古龍

上官鼎與武俠小說

在武俠小說發展過程中，家人同心，戮力於武俠創作的拍檔，頗不乏其人，父子後先創作的，有柳殘陽及其父親單于紅；兄弟檔的有蕭逸、古如風及上官鼎，可以說都是武壇佳話。相較於柳氏父子、蕭家兄弟的各別創作，上官鼎兄弟三人合力共創同部作品，而又能水乳交融、難以釐劃的例子，則是迄今武壇上相當罕見的。

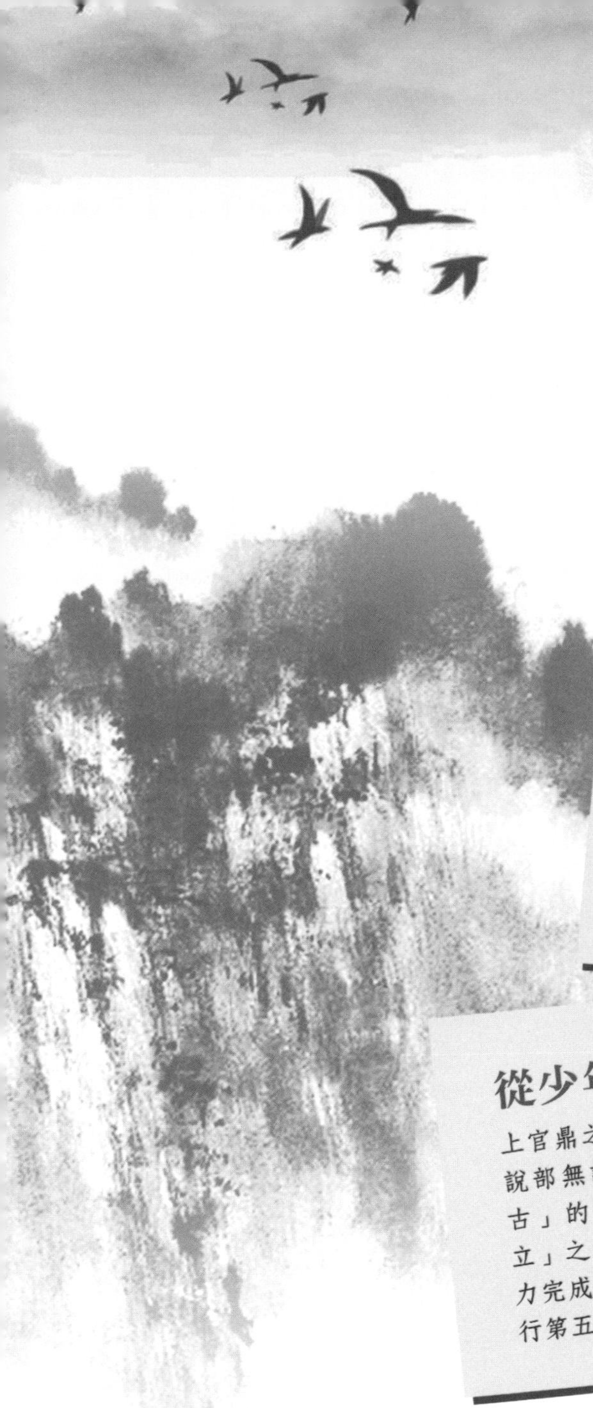

三兄弟協力，鼎取三足之意

上官鼎之名，為兆藜、兆玄、兆凱三兄弟協力共創小說的筆名，鼎取三足之意，大凡故事劇情、人物設定、重要情節，皆三兄弟於課餘閒暇商量討論而定，然後各負責其中章節，大抵兆玄擅於思想、結構，兆藜長於寫男女情感交流，兆凱則優於武打橋段，各有所長。

從少年英豪到調和鼎鼐

上官鼎之名，「上官」複姓源自於武俠說部無論是作者或書中角色刻意「摹古」的傳統；「鼎」字則取「三足鼎立」之意，暗示作品實由劉家三兄弟協力完成的。劉家三兄弟，主其事者為排行第五的劉兆玄。

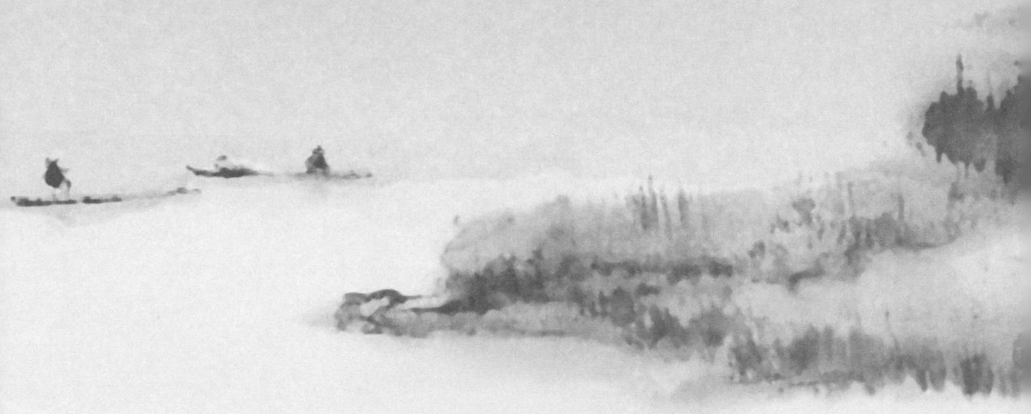

劉兆玄和大多數的武俠作家一樣，
他喜愛武俠文學，
也投入武俠創作的行列，
或者，他只是將武俠視為他的「少年英雄夢」，
而成長之後，還有更重要的夢想該去達成。
上官鼎的「鼎」，尚有「調和鼎鼐」的功能，
與他之後所擔任的職務，或可密合無間了。

林保淳

長干行

（二）

天地悠悠

上官鼎武俠經典復刻版9

上官鼎——著

長干行(二)

天地悠悠

目錄

十三　佛門劫數

就在高戰和大戢島主平凡上人以十二萬分火急離開大戢島後數日，武林中另一場十年不見的大戰正在密集地醞釀著。

時近夜半，天空疾星閃爍，少林古刹如一隻怪角大龍靜靜地盤踞著，鐘鼓聲相間，除了這以外，是死一般的靜穆。

寺後依著一片絕巖，險陡無比，這時候一條人影飛快地踏在怪石奔了上來。

這人輕功好生了得，只見他在絕難落腳的地方如履平地，身形絲毫不受阻礙地飛奔而上，奔到臨頭，猛然長嘯一聲，身形一拔而起，八丈開外的絕壁竟然被他輕易無比的飛渡，那份輕靈快捷只怕當今武林沒有幾人能辦得到。

他停在削筆般的尖石上，伸手摸了摸微亂的頭髮，月光照在他的臉上，那英俊的容光似乎把月光都壓了下去。晚風吹拂著，他肩上黃金色的劍穗隨風而曳，月光下依稀可見他背上那柄古劍正是名震武林的梅香寶劍。

他輕嘆了一下，低聲道：「眼前這一片佛門聖地，誰又料得到立刻就是一片腥風血雨？辛捷呀，你生下來的一刻就注定了你的命運，你豈能畏縮？」

於是他仰首望了望黑夜的天空，是那麼寂靜，那麼深沉……

他提了一口氣，猛然歌道：「前不見古人，後不見來者，念天地之悠悠，獨愴然而涕下！」

他的聲音直送漢霄，渾厚的迴響在山谷中迴盪，驚得週遭樹上睡鴉紛紛而起，霎時嘈聲四起，烏鴉愈飛愈多，直如要把天空都遮住一般。

這時另一個清脆的聲音從寺廟後送出：「月明星稀，烏雀南飛，繞樹三匝，無枝可依……」

歌聲未歇，一條人影直沖上天，在空中極其曼妙地打了一個圈子，竟如凌空步虛一般在空中連跨數步，飛落下來。

辛捷知道當今中原除了自己，再無第二人有這份輕功，當下提氣大叫道：「吳大哥功力精進，別來無恙乎？」

那人並不答話，身形卻是愈來愈快，直如一陣旋風般落到辛捷對面十步之外。

辛捷大聲道：「這些日子來吳大哥可好，小弟——」他說到這裡，猛然止住了！

只見吳凌風袈裟芒履，光首香痕，雖然面目依舊，但是已非紅塵中人！辛捷顫聲道：「你……大哥你……」

激動的淚水在辛捷眼眶中滾動，吳凌風的嘴角上仍然是那瀟灑的微笑，衣袍隨風而舞，更顯得出塵的逸氣，但辛捷的眼光落在那刺目的光頭上，這……就是昔日那名滿武林的美男子嗎？

陡然之間，辛捷似乎覺得這世界都在變了，每一件東西都失去了它的真實性，那些嵯峨怪岩、飛騰古松，在一霎時間都像那峰谷間的山嵐一樣，變得那麼飄渺，虛無……

辛捷在心底暗啞地低呼：「大哥，大哥，這世上就沒有一件事物再值得你留戀了麼？……從此我們就像活在兩個世界中了……」

凌風低著雙眼，嘴角保持著那個安詳的微笑，在表面看來，他似是心如死水的了。

辛捷終於喊出：「大哥——大哥……」

凌風猛揚雙目，平靜地道：「捷……辛施主，你的吳大哥已不存在了，貧僧慧空。」

辛捷的淚珠滾了下來，他茫然低聲念著：「慧空，慧空……」

慧空和尚合十道：「辛施主，紅塵萬端，原是南柯一夢，舊情裊繞，有如過眼浮雲。」

辛捷虎目含淚，顫聲道：「大哥，世人就沒有一人的感情值得你留戀了麼！」

慧空雙眉一揚，淡然道：「世上原無我與你，甚喚做物情之外？若須待醉了方解時，問無酒怎生醉？」

辛捷仰首喃喃自語：「阿蘭，阿蘭，妳地下有靈，也必料不到妳吳大哥會變成這等模樣吧！」

慧空聽到「阿蘭」兩字，渾身一震，但立即大笑一聲，朗然道：「大千皆幻，哪有什麼生死之別？」

這時一個渾厚無比的笑聲響起：「好一個大千皆幻，慧空你當真是得我佛真髓了！」

隨著笑聲，一個人影飛快地落了下來，辛捷抬頭一看，正是曾有一面之緣的當今少林方丈，智敬大師。

慧空轉身合十行禮，智敬大師大笑道：「辛大俠別來無恙，英姿如昔，只是一身內功已到了蘊含如珠的地步了，真是可喜可賀。」

辛捷一言不發，猛然，「嚓」的一聲抽出長劍，虹光閃處，直取慧空左肩——

智敬大師猛吃一驚，急切間本能地一掌推出，五指張處，直指辛捷各脈要穴，端的疾比閃電。

辛捷劍上造詣已臻化境，身形如游魚般一閃而進，智敬大師的一抓雖然快絕，竟也落了一個空！。

只見慧空和尚驚呼一聲，猛地施出名滿武林的絕世輕功，隨著辛捷的劍式猛然一縮，梅香寶劍在間不容髮中落了空。

慧空急叫道：「捷弟……辛施主，你……」

辛捷一咬牙，挫腕又是一劍劃出，狠快兼具，竟是虬枝劍式中的「梅吐奇香」。

慧空身在空中，上軀左右一晃，硬生生左移一尺，智敬大師慌忙中一掌拍向辛捷。

智敬大師乃是今少林主持，這一拍非同小可，只見辛捷左手一掌推出，右劍翻腕而出，施出了狠絕天下的「冷梅拂面」。

「啪」一聲，辛捷單掌和智敬大師結結實實一碰，辛捷身形稍晃，但是那招「冷梅拂面」仍然絲毫不受影響地遞到了慧空的喉前……

慧空口中驚呼：「你……你怎麼啦……」手中再也不敢怠慢，一面躍身飛斜，雙指並立如戟，陡然施出了斷魂劍法中的名招「鬼王把火」——

辛捷匝然收劍，朗聲道：「好一招『鬼王把火』，吳凌風，河洛一劍威名何在？」

慧空陡然一怔，霎時劍眉斜飛，臉上豪氣橫溢，忍不住勒腕長嘯！

智敬大師猛然一聲大叱，聲入漢霄，慧空渾身打了一個寒戰，低垂雙目，霎時面上一片和穆。

辛捷長嘆一聲，把梅香寶劍插入劍鞘。

智敬大師道：「辛大俠不遠千里而來，或有所告。」

辛捷暗叫一聲慚愧，險些把來此的目的忘了，當下一五一十的把自己敗給三個老怪的情形說了一遍。

智敬大師雙目緊皺，想了半天道：「辛大俠竟然敗給他們，那著實難以對付，什麼地方鑽出來這三個人，怎麼從來沒聽說過？」

辛捷搓了搓手，道：「這三人功力絕不在昔日恆河三佛之下。」

智敬大師謹慎地問道：「以辛大俠之意，目下當如何應付？」

辛捷道：「晚輩日夜兼程，那三人又不識捷徑，是以必然會比晚輩慢上一些，不過——今夜不到，明日必會到了——」

智敬道：「不管哪一天到，咱們總得先有萬全之計——」

辛捷道：「晚輩自忖難有把握，是以還望大師全權領導，務求一戰能勝。」

智敬凜然道：「說不得，少林數百弟子佈下羅漢陣，必要時，與寺同亡！」

慧空突然插道：「孫師兄呢？」

兩人都知他是指武林之秀孫倚重。

智敬道：「倚重在大雄殿守護藏經閣主持練功。」

辛捷摸了摸劍鞘。

智敬仰天望了望，少林寶塔的尖頂聳在高空，疏星閃閃，他暗中喧了一聲佛號。

慧空雙眉低垂，宛如入定。

辛捷猛然噓了一口氣，他彈了彈劍鞘，一字一字地道：「大哥，咱們和孫兄再聯手一次，拚得了多久，就算多久！」

慧空雙眉一揚，兩道精光從目中射出，辛捷又看到了那久違的光彩，他的手在不知不覺中握緊了慧空的手，慧空的臉上肌肉微微一陣搐動，友情的溫暖在他枯寂的心田中滋潤著……

少林寺在平靜中過了大半日，於是，是黃昏的時候了。

三條細長的影子灑在地上，正殿前出現了三個怪人。

他們穿著前朝的異服，看上去都有百把歲的高齡了，但是這三人卻手搭在肩上，一面哼著不成調的山歌走了進來。

當中一人甩了甩白鬍子，大叫道：「靈空老禿驢，你死了沒有？」

大殿中空蕩蕩的，他的回音響亮的迴盪著，三人大踏步走進殿門，卻不見半個人影，斜陽從狹窄的窗戶射進來，三人猛見兩個碩大無比的影子照在地上，三人驚然抬頭，只見兩個丈八金剛矗立殿首，豎眉凸眼地對著三人，倒像是瞪著三人瞧不順眼似的。

左邊那個老兒怒叫道：「媽的，討厭！」

揮手就是一掌，只聽得轟然一聲，那龐然金剛竟被他一掌拍得齊腰而塌。

那老兒正待揮掌擊第二尊塑像，突然一個人影從大殿對面一閃而出。

三人齊瞠目而視，只見對面是個年約五旬的灰袍和尚。

那和尚道：「三位老施主不知有何貴幹，又不知爲何毀壞金剛法身？」

居中的老兒大聲叫道：「和尚你喚作什麼名堂？」

那和尚脾氣似乎甚好，聞言淡然道：「小僧智戒。」

右面那老兒停止哼歌，喝道：「和尚你在少林寺是燒飯的還是挑水的？」

智戒和尚雙眉一挑，沉聲道：「小僧主持藏經閣。」

三個老兒相對驚咦了一聲，居中的道：「我問你，靈空這隻老禿驢死了沒有？」

智戒道：「阿彌陀佛，小僧無以奉告。」

三個老兒齊怒聲：「你說什麼？」

智戒大師合十不答，居中老兒叫道：「喚你們方丈來見我。」

智戒不答，只轉身做個讓客之勢。

三個老兒大踏步走過殿內門，只見眼前一開，一片大天井中黑壓壓站了百把人，佈成陣式，卻是鴉雀無聲。

三個老兒猛一站住，大叫道：「哪一個是方丈？」

只見當中陣式首上智敬大師走出，朗聲道：「貧僧智敬，早聞三位施主要駕臨小寺，特率寺下群僧在此相迎。」

左邊老兒轉首道：「咦，他竟說早已聞知，莫非這和尚當真有點未卜先知的鬼門道不成？」

右邊的道：「他還說迎接咱們呢，哈，說不定還有酒喝。」

居中的道：「你這和尚不錯，你也不必費心迎接咱們啦，只問你靈空禿驢在嗎？」

智敬大師正色道：「貧僧無以奉告。」

三個齊怒道：「還是這句鬼話，禿驢豈有好人。」

語罷竟然連招呼都不打一個，一聲呼嘯，三個老兒一齊衝入陣來，旁邊偏陣一個青年和尚沉不住氣舉劍刺向左邊老兒，只見那老兒一掌劈出，那青年和尚慘叫一聲，吐血倒斃地上。

智敬大喝道：「各守崗位，不可妄動！」

同時雙臂猛舉，陡然發出數十年性命交修的少林神拳。

居中老兒單掌一立，竟然將那股驚濤駭浪般的拳風化解去，但是身形終於一窒。

智敬乘機大袖連揮，霎時正中十八個和尚前後巧妙無比地一晃而合，威重武林的「羅漢陣法」已然發動。

老兒右手一連三發，三股怪異無比的勁風橫掃而出，竟然一一碰觸而回，他吃了一驚，怪叫道：「老二、老三，是羅漢陣！」

左右兩人應聲道：「是便怎樣？」

只見那兩個老兒怪叫連連，飛身而入羅漢陣內。

智敬大師大吼一聲，立時羅漢陣法轉入第一套大法，只見十八個智字輩的少林高手如走馬燈一般飛快地推動，而移轉之間，隱含玄機，掌發之間，大非十八人之力相加可比。

三個老兒嘻笑之間，一連攻出十餘掌，竟然已換了七種完全不同路子的拳法。

智敬大師臉色沉重，他觸招之中已發覺這三個老兒較之當年大戢島主力敵羅漢陣的恆河三佛猶有過之，當下一咬牙，暗道一聲罪過，發聲直接推入第十八套大法「天羅逃刑」！

當年達摩祖師用十八隻螞蟻與「星宿魔王」在榻上談兵，達摩祖師佈出「天羅逃刑」大法，談笑之間，困得「星宿魔王」面無人色，抱頭鼠竄而歸，是以「天羅逃刑」被列為羅漢陣法最後一式，智敬大師接掌少林以來，這還是第一次正式以此對敵。

只見這達摩遺陣一變，霎時威力暴增，陣中三個老兒驚叫一聲，鬚髮並舉，連連轉守為攻。

這十八位大師雖則盡是少林寺中一流高手，但是比起這三個老兒來，功力仍然相差太遠，否則這個老兒再強，也難逃出這座陣式之外。

匆匆數十招又過，三個老兒突然一陣眉飛色舞，似乎想到了什麼好計較，只是居中老兒一連攻出三掌，陡然往後一縱躍起，老二和老三卻大喝一聲，筆直對著同一方向衝去，智敬大師大吃一驚，只要發動陣式，那空中的老兒固然逃不出去，但是左面守陣的四人只怕無一能倖兔，急切之間，智敬暴叱一聲，合十八人之力擊向左面兩人，只聽得啪的一聲，兩個老兒又被困在陣子，而一聲長笑起處，居中老大已飄落陣外！

智敬暗道：「你們三個人才能玩這套把戲，看你現在兩人如何能衝出陣去！」當下一揮袖，「天羅逃刑」又已推動，陣中只剩下兩人顯然有些應接不暇——

正在這時，忽然一聲慘叫，只見那逃出陣的老大一躍而入左邊青年和尚所佈的偏陣之中，霎時一掌將一名少林弟子打得腦漿迸裂！

智敬大師驚痛之下，大喝道：「慧輩弟子快退下！」

只得那老兒哈哈大笑道：「退得了麼？」

只見他雙掌連揮，又是兩名少林弟子無聲無息地倒斃在地。

羅漢陣中藏經閣主持智戒大師見多識廣，瞠目大喝道：「快退。腐石陰功！」

這現時陣中兩個老兒突然連連搶攻，羅漢陣欲罷不能，十八個和尚身不由已地推動著「天羅逃刑」大法！

慘叫聲起，又一個少林和尚倒了下去，智敬大師雙目盡赤，一掌接一掌地劈出，他雖然早抱死戰決心，但這時有心無力眼睜睜見著一個個少林弟子慘死，他乃是慈心高僧，此時當真是心如刀割——

藏經閣主持智戒大師見智敬大師掌勢愈來愈重，神情卻是神不守舍，他知智敬正以性命交修的少林神拳拚敵，這種內家真力最是耗費心神，而智敬又復心懸兩端，只見他臉色愈來愈紅，眼看就得廢在當場，智戒大喝道：「主持師兄，趕快撤陣！」

智敬大師本存必死之心，如何肯撤陣認輸，只聽得又是一聲慘叫，夾著那老兒哈哈狂笑，智敬凜然大喝：「咱們認輸，快停手！」

那兩個老兒怪笑收掌，羅漢陣霎時停了下來，三個老兒對地上狼藉死屍瞧都不瞧大笑道：「羅漢陣法不過爾爾。」

那大開殺戒的老兒叫道：「和尚，這下可得說出了吧。」

智敬仰起了頭，臉上泛著一種難以形容的神情，他沉聲道：「三位施主請自進去看——」

三個老傢伙相對望了一眼，齊道：「不肯說也罷了。」

說著三人又搭著肩往內瘋瘋癲癲地走進。

石板小徑通出，一連轉了好些個彎，眼前一亮，只見一座大殿橫在眼前，夕陽在橫匾上，「金剛院」三個漆金大字閃耀發光。

居中的叫道：「那和尚叫咱們進來，只怕有什麼鬼計。」

左邊的道：「鬼計？便是靈空禿驢躲在裡面咱們也不怕。」

右邊的自作聰明地道：「我猜靈空這隻老鬼必然就在裡面。」

就在這時，金剛院的大門突然打開，殿內走出三個人來！

當先的一個一身勁裝，正是梅香神劍辛捷，左邊的青年和尙正是慧空，右邊的儒衫英俠卻是武林之秀孫倚重！

辛捷轉頭看看孫倚重，那眼光似乎在說：「來了，來了。」

孫倚重望了望慧空，那像是在說：「羅漢陣完了……」

辛捷覺得有點緊張，他扯了扯衣衫，當先走下台階。

那三個老兒忽然笑起來：「哈，你瞧，這娃兒腳底好生賊滑，竟比咱們先到了。」

辛捷低聲道：「咱們一上去就先亮劍。」

慧空點了點頭，他那份有如老僧入定一般的鎮靜隨著一步一步的前行而逐漸消失了，他的雙眉慢慢斜舉，雙目射出凜然的英風，他的手慢慢移到腰間的斷魂劍柄上。

居中的老兒臉色一沉，厲聲道：「靈空老禿驢在嗎？」

辛捷昂然道：「你管不著。」

三個老兒欲歡聲道：「那麼靈空老鬼是沒有死了？」

辛捷不答。

左邊那老兒大笑道：「瞧你們倒像是阻住咱們，不讓咱們進去搜一搜似的——」

武林之秀孫倚重雙目一翻，傲然道：「正是。」

那老兒打量了一會，忽然低聲下氣地道：「請問您老人家尊名貴姓？」

孫倚重一怔，大聲道：「小弟孫倚重。」
那老兒雙目一翻，學著孫倚重的口音傲然道：「從沒聽過。」
孫倚重愕了一下，那老兒轉首得意地問道：「如何？」
另外二老齊聲道：「精彩。」
辛捷朗聲道：「在下雖是三位手下敗將，但是在下不得不奉勸三位一句——」
右面的老兒怪喝著：「你說什麼？」
辛捷道：「在下奉勸三位不要在少林寶刹撒野！」
右面的老兒怒道：「該死的，看我老人家宰了你。」
說著飛起就是一拳，直向辛捷打到，辛捷腳步倒踩七星，叮然一聲抽出長劍。
慧空和孫倚重雙雙一晃，各持長劍在手，霎時自然成了犄角之勢。
十年前，長安城外，辛捷和吳凌風、孫倚重，以及毒君金一鵬的衣缽弟子天魔金欹四人，一戰而勝婆羅六奇，從此這四位少年高手分道揚鑣，如今三人再度聯手，辛孫二人英風猶昔，凌風雖則健朗無恙，然而已成了光首麻履的慧空和尙。
辛捷抖動梅香神劍，謹慎無比的一招「梅花一弄」施出，劍勢看似緩慢，內力卻湧至劍尖，嘶嘶作響。
兩道銀虹在空中矯捷而曼妙地一閃而過，這似乎勾起了慧空豪壯的回憶，他驀地大喝一聲，翻手一劍刺出，正是斷魂劍法中的絕著「鬼箭飛磷」！

辛捷大叫道：「大哥，好一招『鬼箭飛磷』！」

他手中長劍一揚，「梅花三弄」的第二弄一沉而上，直取居中老兒。

慧空和尚俊美的嘴角上露出一個瀟灑的微笑，昔日的英雄氣概在他的心中復活了，雖然，他的感情是枯寂了。

三道劍光盤近在空中，這當今三大劍術高手合壁之下，威勢是可想而見。三個瘋瘋癲癲的老兒驚異無比地連連搶攻，每一掌揮出，直捲得飛砂走石。

辛捷劍走游龍，他在慧空一劍掩護之下，陡然之間從前攻之勢變爲倒退，同時劍攻兩人，飄忽至極。

三個老兒齊聲暗驚，同時發掌攻向辛捷，打算先一舉把辛捷毀了再說。

慧空手中斷魂寶劍一引，猛攻三老左方，哪知三老功力著實高得驚人，一轉一蕩之間，竟是依然長驅直入，眼看辛捷就得以一敵三——

只聽得孫倚重長嘯一聲，劍尖陡然暴長，三個老兒只覺背上劍氣吹人，不由大吃一驚，連忙回身一掌——

只見孫倚重劍若驚虹，開合之間，凜然生威，敢情他施出了大戟島主的平生絕學「大衍十式」！

三個老兒叫道：「原來你也是靈空老鬼的傳人！」敢情他們也認出了「大衍十式」！

孫倚重橫手一招「峰迴路轉」，這是大衍十式中居中之式，看似平淡，威力卻是大得出奇，當前老兒發出兩股柔勁，竟然仍被逼退一步！

慧空手中斷魂劍法快絕武林，更加他輕功蓋世，只見他劍光飛出，正好補在那老兒必退之步，迫得那老兒虛空橫跨三步。

三老的掌勁愈來愈強，三道劍光也愈來愈快，只見辛捷引劍長劃，施出大衍十式中的「急湍深潭」，孫倚重反手一記「高山峻谷」，這兩招在大衍十式中本是第七和第八兩招，起伏之中暗暗含有一種順理成章之勢，這時同時由兩人施出，竟如水之就下，沛然莫之能禦！

三老中的老大雙掌齊發，兩股怪離無比的陰功發出，孫辛兩人這等威勢的劍式竟然一窒，幸好慧空輕功絕快，正好一劍補入。

辛捷上次獨戰三老時，就被這古怪勁道逼得棄劍認輸，這時一窒之下，大為不服，奮力反絞而出，梅香寶劍在空中劃過一道優美的弧度，霎時風起雲湧，攻勢陡甚，原來他施出大衍十式起手之式「方生不息」。

同時左邊孫倚重長嘯一聲，卻也是一招「方生不息」施出，同樣是這一式劍招，在兩人手中施出，竟然威勢大不相同！

辛捷那一劃之間，鋒芒畢露，攻勢銳利之極，孫倚重那一劍之中，看來雖似平和，實則

「方生不息」這一招究竟出自佛門無上劍式，孫倚重雖未剃度，但究竟是佛門弟子，是以這招到了他手中，自有一番廣大精深之概。

慧空見機不可失，一招「鬼王把火」攻出，雄厚無比的劍風從斷魂寶劍尖上射出，霎時三道劍光盤繞長空，威勢之大，只怕當今武林再難找出另三支劍能超過於此的。

三個老兒收斂攻勢，聯合力守，一時手忙腳亂。

老大氣得面如赭血，大叫道：「咱們變成挨打啦，老二、老三，像話嗎？」

老二似乎怒不可抑，恨聲道：「好，瞧我的！」

只見他突然脫離戰圈，單獨向孫倚重撲去，孫倚重長劍一抖而上，老兒急怒之下全力一擊！

孫倚重只覺劍上沉重如山，他大吃一驚，連忙扭身換式，不料那老兒竟然不顧武林大忌，欺身直進，孫倚重驚怒之下，倉促發勁，猛覺手上一震，啪的一聲，長劍齊柄而折！

若依武學常例，此時孫倚重應該擲劍身退，但是孫倚重急怒之下，竟然斜躍而去，老兒一聲怪笑，單臂暴長，快逾閃電地拍向孫倚重背骨——

辛捷慧空雙雙失聲驚呼，但都正被困住，脫身乏計，就在這千鈞一髮之際，忽然一條灰形快如流星般飛降而上，伸掌攔在那老二之前。

啪一聲，手掌相碰，來人身形一晃，竟然沒有退後！

老兒心中大吃一驚，心想能如此硬接自己這一掌的，天下也不過寥寥數人，怎麼一日之間，少林寺來了這麼多高手？

於是他瞠目注視來人，只見來人竟是一個十八九歲的高大少年，臉上帶著一片雅氣地望著他。

他不禁下意識地敲了敲腦袋，暗道：「難道世道變了不成，怎麼年輕的小娃兒愈來愈凶了？」

他眨了眨滿佈眼屎的雙眼，板著臉道：「叫你家大人來——」

那少年恭聲道：「晚輩高戰，適才冒犯——」

老兒遇軟則硬，瞪眼道：「告訴你叫你家大人來！」

這時一聲宏亮的笑聲從身後傳來，那笑聲愈來愈響，宛如汪洋中狂瀾排空，隱然有如萬雷齊鳴，連週遭屋宇都是簌然顫震，在場盡是內家高手，全都臉色一變。

只聽笑聲突收，一個響亮的聲音道：「哈哈哈，世上命又臭又長的，除了我老人家之外，只怕就得數你們三位了。」

三個老兒聞聲一回首，只見大戢島平凡上人笑容可掬地站在屋簷下，見到三個老兒回頭張望，忽然捧腹大笑起來。

三個老兒千里迢迢尋找靈空大師，這一下反倒愣得一愣，好半天才迸出一句：「靈空……」

平凡上人正色大叫道：「靈空早就死了。」

那老兒這才大怒，破口罵道：「他媽的，你裝什麼蒜，不要以為胡湊一句靈空死了，就可以混賴得過，憑你這副缺德模樣，便是燒成灰老子也認得。」

平凡上人道貌岸然，大聲宣佈：「老僧法號平凡，世居東海大戢島……」

三個老兒咬牙切齒道：「靈空禿賊，你一害咱們九十九年，今天可得算算老帳了。」

平凡上人滿不在乎地從大袍後扯出一把鏽劍，呵呵笑道：「我老人家曉得必是你們三個妖怪出世，所以特地帶了這把寶劍來會會你們。」

三個老兒一聲呼嘯，蹤即前圍，把平凡上人圍在中央，又是一副群毆的模樣。

高戰一見，可忘了平凡上人是何等人物，立時動了俠義之心，大步往前一擋，朗聲道：「三位豈能以多敵寡？」

那老兒見高戰一臉正經，不像是說笑的模樣，他從來沒有想到過世上會有這等事，不由大奇，問道：「唉，關你什麼事？」

高戰凜然道：「有本事的以一抵一！」

那老兒臉色一沉，暴吼道：「小子讓開。」

當胸就是一掌劈到，高戰奮力一擋，退了兩步。

那老兒只道高戰非跌個手腳朝天不可，哪知高戰只退了兩步，不禁惱羞成怒，臉色鐵青。

正在這時，忽然一聲笛聲響起，那笛聲好生古怪，似乎令人非摒除一切去聆聽它不可，笛聲初帶幽怨之聲，繼而成了一種難以形容的調子，似乎嗚咽流水，又似悽悽秋雨，霎時在場諸人都停下了動作。

只見那三個怪老兒，臉色愈來愈難看，最後竟變得害怕起來，驀地一聲怪呼，三人一齊飛躍而起，沒命往西邊逃跑，兩三個起落就跑得無影無蹤。

三人一跑，那笛聲也就悄然而止，眾人正在奇怪間，只見平凡上人臉上露出一種又得意又有點迷惘的神色，高戰不禁大奇，問道：「上人，那笛聲是怎麼回事？」

平凡上人面露得色，慢慢地道：「哈，這是一個秘密，天下只有我知道。」

高戰道：「什麼秘密？」

平凡上人笑而不答：「這是不能亂說的。」

眾人都被弄得糊里糊塗，平凡上人似乎在回憶一樁極其久遠的事，臉上神色悠然。

這時少林群僧已匆匆趕來，平凡上人正在阻止辛捷等人行禮，他見凌風做了和尚，怒道：「偏你這娃兒沒出息，三百六十行哪一行不好幹，偏偏做什麼勞什子和尚，哪天惹得我老人家興起，撕掉你這身破架裟。」

看樣子他是完全忘記自己也是和尚的事了。

這時智敬大師率眾趕到，平凡上人見他們又要行禮，大叫一聲：「不好，小娃兒咱們決走！」一把抓起高戰，身形比大鳥還快地騰空飛起，一口氣飛落重殿外，片刻不見蹤影。

少林群僧呆在地上作聲不得，辛捷和慧空想起少年時跟著平凡上人一起胡混的情景，一抹微笑不知不覺掛到嘴角上。

十四 當年明月

平凡上人原想大顯神通，和那三個老魔頭分個高低，可是一陣清越的笛聲，驚走了不可一世的三個老魔，平凡上人好生沒趣，他天性自由自在，怎耐得少林群僧的繁瑣禮節，當下愈來愈是不喜，只略略向中原大俠辛捷、武林之秀孫倚重和新入佛門的吳凌風扯了幾句，便拖著高戰奔下少林寺，如飛而去。

且說高戰跟著平凡上人跑了半夜，已然遠離高山，平凡上人放開拉他的手止步道：「娃兒，你輕功不錯呀！內力也不壞，跑了這半天也不見絲毫喘息。」

高戰恭然答道：「要不是上人扶我一把，我哪能跑得這麼快。」

平凡上人哈哈笑道：「那也不見得，如果你沒有底子，就是我拉著你，像這樣疾奔累也會累死你的。」

高戰見他神色甚是喜悅，當下心念一動，想起姬蕾臨別時所說的話，便道：「還請上人指點幾招，就可受用無窮了。」

平凡上人道：「等我老人家高興，就來求我老人家傳武功，這法子一定是那鬼精靈女娃兒教你的。哈哈！」

高戰臉一紅，很是羞愧，平凡上人敲敲大腦門，愈說愈是得意，高戰愧然道：「晚輩早有此意，助老前輩傳信，這原是份內之事，是以晚輩不敢出言求前輩傳授幾招，免得被別人誤會是挾功相求。」

平凡上人點頭道：「什麼別人別人的，你是怕我老人家罵你才是真，你這娃兒心地真好，此起辛捷那娃兒要忠厚得多，將來成就絕不會在辛捷之下的。」

高戰正色道：「辛叔叔名震天下，晚輩豈敢與之相比。」

平凡上人搖頭道：「非也，非也，你將來名氣不會比他小的。」

高戰很感不好意思，平凡上人道：「你替我老人家辦事，我老人家怎能虧待於你，好吧，我們先回大戢島，我老人家再教你。」

高戰大喜，跪下身去正待叩頭，忽聽平凡上人樂道：「喂，娃兒，你怎麼也這樣笨，剛才還在讚你聰明哩！」

高戰莫名其妙，平凡上人又道：「你知道我老人家生平最討厭什麼？」

高戰恍然大悟，他天性又慈又寬，不再計較小節，起身道：「上人，我真該死，忘了您老人家的脾氣。」

平凡上人笑笑不語，此時已近午夜，月光當頭，風涼似水，高戰才忽道：「上人，咱們回大戢島去，如果那三個老魔又回去尋辛叔叔和少林寺的晦氣怎麼辦？」

平凡上人道：「不會，不會，那吹笛子的是他們的剋星，他們逃都來不及，哪還有空再生事。」

「這人當真這麼了得？」高戰問道。

平凡上人道：「這人的確不凡……。」

高戰是少年心性，當下按捺不住道：「上人，難道您老人家也不……也不如他嗎？」

平凡上人作聲答道：「說功夫，這人雖則高明，可也不見得能贏過我老人家。」

高戰大喜道：「是啊，我也是這樣想，可是那三個老魔爲什麼一聽到笛聲就溜走了。」

平凡上人道：「那是別的原因，喂娃兒，你知道東海三仙中排名第二的慧大師那個老尼姑嗎？」

高戰道：「家師常常談到東海三仙，他說東海三仙功參造化，已成金剛不壞之身，上人您和無恨生老前輩我師父都見過的，只有慧大師他未曾得見，我師父常引以爲憾哩！」

平凡上人道：「當年你師父風柏楊和無恨生比武，兩人不見真章不肯罷手，我老人家恰好趕到，這才解圍。你師父雖則輸了半籌，可是憑他修爲不過一甲子，已具如此功力，真難而又難的了。」

高戰聽他把話題帶開，怕他扯開不說，忙道：「上人，您說慧大師怎樣？」

平凡上人道：「娃兒，這老尼姑脾氣壞極，總是和我作對爲難，你想想看我老人家是何等人物，豈能和一個娘兒們一般見識，是以處處退讓一步，這東海群島原無人跡，是我老人家第一個人先來，後來過了八年老尼姑也來了，我老人家讓她佔一個島住也就罷了，沒想到她老是想方設法折服我，娃兒，你看女子可怕不可怕，討厭不討厭。」

高戰想到嬌艷如花天真可愛的姬蕾，也想到溫柔淑嫻的林汶，稚氣真摯的方穎穎，對平凡上人這句話怎麼也不能贊成，當下便不言語，平凡上人道：「娃兒，你不信也罷，我老人家知道你心裡想些什麼，那在大戢島上的女娃，和你好的時候確是惹人憐愛，可是她鬼花樣也不少，娃兒，她心裡所想的，你能夠知道嗎？」

高戰想起上次姬蕾無緣無故便和自己鬧翻，孤身離開，心中到現在也不明白是爲什麼，他一向不打誑語，便道：「我猜不到。」

平凡上人得意笑道：「這就是了，和女子打交道是最難不過的事了，因爲你根本就摸不清她們的意思，我老人家寧可三天不吃飯，也不願和女子來往。像從前，很久的從前，我老人家……」

說到此，突然一種激動的神色閃過平凡上人臉上，但立刻就恢復他那番高深莫測的樣子，高戰心中大感奇怪，接口道：「上人從前你怎樣？」

平凡上人呵呵大笑，半晌揚手道：「娃兒，咱們還是來講老尼姑的故事。」

高戰知他在掩飾，也不好意思追問，平凡上人道：「娃兒，我老人家也不想趕路啦，你就坐下來聽吧，喂，我講到哪裡？」

高戰依言坐下，對平凡上人道：「你老人說到慧大師很難惹。」

「正是，正是，這老尼又難惹又討厭，偏偏武功又高，我老人家幾次險些吃虧在她手中，後來過了幾年，無恨生也到東海無極島來了，他巧服仙果，又得前輩奇書，練成武功，當時他年紀很輕，自然不耐久居荒島，常常跑到江湖上去，終於打聽出慧大師原來就是當年鼎鼎大名的太清玉女。」

高戰好生奇怪，心想：「我問那驚走三個老魔的人來歷，上人卻不停地說慧大師，難道那人竟是慧大師不成？」

平凡上人接著道：「在我老人家沒有到大戢島來時，我老人家就久聞太清玉女的大名，只是不曾遇上過，後來我老人家作不慣家和尚，這才逃出去當無人管的野和尚，想不到這以艷名震驚湖海的太清玉女，也出家爲尼，哈哈，真有趣得很。」

平凡上人正說到此，突然兩眼神光暴射，注視幾丈外樹梢上，高戰正待回頭，平凡上人呵呵笑道：「女娃兒就是天生鬼鬼祟祟的，快下來，快下來。」

一聲清脆的笑聲響起，接著從樹上跳下一個女孩，高戰定眼一看，心中大喜過望，原來是留在大戢島上的姬蕾，也不知她何時溜出島來，兩眼似嗔非嗔含情脈脈的注視著他。

姬蕾走近前來，平凡上人板著面孔道：「喂，女娃，叫妳守在島上，妳怎麼這樣不聽話？」

姬蕾嘻皮笑臉道：「那島上一個人都沒有，上人你養的鷹都驕傲得緊，也不肯跟我玩，我真要悶死了。」

平凡上人怒道：「這幾天妳都悶不住，我老人家一住就是幾十年，是怎麼住的？」

姬蕾笑道：「我也奇怪，上人您怎麼一個人能住在這種荒島上。」

高戰道：「蕾妹，別跟上人頂嘴。」

平凡上人不樂道：「女娃兒，妳說我大戢島是荒島，那妳以後永遠別再來，如果再踏進我大戢島一步，可別怪我老人家無情了。」

姬蕾伸伸舌頭，正想接口辯論，忽見高戰對她連連示意，她知高戰忠厚多禮，便笑吟吟的住口，但是心內卻想道：「只要我跟高大哥在一起，什麼地方不好去，幹嘛要住在大戢島上。」

高戰道：「上人，她一向最愛鬧的，您老人家千萬別生氣。」

平凡上人哼了一聲，姬蕾笑道：「上人，您先慢生氣，我說大戢島是荒島，只是因為它什麼可吃的果子都沒有，可是明年或者是後年，一定遍地都是蘋果、西瓜和香蕉哪。」

平凡上人大喜，再也裝怒不成，連連搓手道：「妳說的可是真的嗎？」

姬蕾道：「我這幾天可也沒有歇著不作事，我把您島上的果樹都整理了一遍。」

平凡上人道：「那麼你們兩個小娃就走吧，我老人家回島去。」

姬蕾道：「上人，您老人家不是答應傳授他武功嗎？」

平凡上人道：「女娃兒真是纏人，我老人家答應過姓高的娃兒，又豈會混賴了，現在我老人家可沒空。」

姬蕾一看高戰，只見他滿臉期望神色，可是不好意思開口，她靈機一動道：「上人，我替您整理花果，您老人家用什麼謝我？」

平凡上人不防她突問此言，一時沉吟不決，姬蕾又道：「上人，您老人家真不公平。」

平凡上人奇道：「什麼不公平？」

姬蕾正經道：「我在您老人家島上，整天服侍您老人家，可是您老人家老是鐵青著臉對我，高大哥只替您傳報消息，您便對他這樣好，又要傳他武功喲，又講好聽的故事給他聽喲。」

她愈說聲音愈低，到了最後幾句像在飲泣了，平凡上人心想姬蕾說的，倒也不假，自己果然對她甚是不客氣，當下心中略感歉意道：「依妳說便該怎樣？」

姬蕾裝著想了一會道：「上人，我也不要您老人家什麼東西，也不要學什麼武功，您老人家既然肯傳高大哥功夫，那比傳我要強得多，只要高大哥能夠成為武林高手，那……還有人敢欺侮我麼？」

高戰心內好生感激，偷偷瞧了姬蕾一眼，只見她臉上紅暈微生，真如盛開鮮花，月光下更顯得動人，還在一本正經為自己要求著。

平凡上人道：「女娃兒，我老人家生平不受別人恩惠，妳別兜圈子，有什麼要求只管說出來。」

姬蕾道：「上人，您剛才不是在講故事嗎？那您就把這故事講給我聽，算是謝我可好？」

平凡上人喜道：「咱們一言為定，以後妳可不能再麻煩我老人家了。」

姬蕾連連點頭，心內卻道：「只要你肯留下，終可騙得你傳高大哥功夫。」

姬蕾道：「剛才您老人家說到慧大師俗家本是鼎鼎大名的太清玉女。」

平凡上人接口道：「正是，正是，我老人家當時非常奇怪，太清一門向來都是父子代代相傳，從不收門徒，太清玉女父親只生了她這一個女兒，她這再一出家，豈不是斷絕太清一脈嗎？」

姬蕾插口道：「我想慧大師一定受過痛苦的打擊，這才不顧一切出家求得解脫。」

平凡上人驚道：「女娃兒，妳真是聰明，一猜就猜著了，我當時只當……只當是……」

姬蕾問道：「什麼？」

平凡上人滿面羞愧道：「我只當她也是不耐世上種種繁瑣臭規矩，才出家落個清靜，這脾氣倒和我老人家差不多，像我老人家連和尚也當煩了，逃到這海外大戢島才得安靜。」

高戰問道：「太清門武功如此了得嗎？」

平凡上人點頭道：「厲害得緊，厲害得緊。」

姬蕾道：「高大哥，你別打岔。」

平凡上人接著道：「後來有一次，我老人家從海上歸來，經過小戢島，忽然聽到一陣怪難聽的笛聲，不停地順風飄了過來，聽得我老人家煩燥極了，我老人家大怒，以爲又是老尼姑找麻煩，便跳上小戢島，想找老尼姑理論。」

「等我一走到島中，只見老尼姑閉著眼坐在她那自以爲天下無雙的破陣前，在她身旁不遠也坐著一個白髮如雪的老太婆，口邊放著一隻短笛，正在吹奏著，老尼姑緊閉雙目，運著上乘內功，對於笛聲有若不聞。」

高戰脫口道：「那恐怕是白婆婆。」

平凡上人奇道：「你怎麼知道了？」

高戰道：「我有一個朋友，他也可吹得一口好笛子，笛聲能把各種鳥類都引過來。」

姬蕾搶著問道：「小黃鶯也會來嗎？」

高戰點頭道：「當然會來的，小白兔，小鵲雀都飛來停在樹上動也不動的聽著，連狐狸也躺著不動，乖極了。」

姬蕾非常羨慕，高戰接著道：「他說這笛子是一個叫白婆婆的人教他吹的，後來他自己學久了，漸漸有了心得，把心中所想，目下所見，行雲流水，都能譜入曲中。」

平凡上人道：「娃兒，你所遇見那個朋友多半就是那白髮老太婆的徒兒，你下次千萬小心，白髮老太婆脾氣比慧大師更壞，她徒弟也定不是好人。」

高戰道：「上人那倒不會，他對我很好，還送我千里鏡，蕾妹妳身上的千里鏡，就是他送的。」

平凡上人道：「娃兒，先講故事再說，我老人家見她們久持不下，那白髮老太婆，愈吹聲音愈是淒慘，我老人家一疏神，幾乎著了道兒，心中也悲涼莫名，娃兒，想我老人家廿多歲就出家，苦修二甲子，七情六慾早已化爲輕煙一般，飄離我身，怎會無端生悲，當下氣納丹田，大喝一聲，這正是佛門降魔大法『獅子吼』，果然打斷笛音，那白髮老太婆轉過身來，用怨毒眼光瞪了我老人家一眼。我一瞧之下，登時大吃一驚，打了一個寒慄。」

姬蕾道：「她一定長得醜極了。」

平凡上人道：「醜倒也不醜，只是整個臉上並無絲毫表情，娃兒，世上再難看再醜的臉孔，也比不上不帶表情的面孔更嚇人。」

高戰姬蕾雙雙點頭，平凡上人又道：「那白髮老太婆一聲不響，只用無限怨恨的眼光盯了我老人家幾眼，娃兒，那眼光真是惡毒極了，好像天下的恨事都集中在我老人家身上，我老人家被她盯著大不耐煩，也就回瞪了她一眼，這仔細一瞧，不由大吃一驚，那白髮老太婆一句話也不講，掩面飛奔而去。」

平凡上人歇了歇口，臉上神色突然凜重起來，姬蕾聽到正起勁，忍不住問道：「上人，後來呢？」

平凡上人道：「我老人家大驚之下，一回過頭，只見慧大師這老尼姑仍然閉目坐在石陣之前，只是眼角掛著兩滴淚珠，海風不停地吹著，慧大師就像一尊石佛一般，動也不動，我老人家百思不得其解，心想與這老尼姑打交道也不得要領，便滿腔懷疑的回到大戢島。」

「娃兒，讓我老人家最驚的就是這白髮老太婆竟是南荒三奇的么妹，前數年我老人家見著時還是一個年幼美貌女子，這幾年之間怎樣會變成這個樣子。」

姬蕾插口道：「會的，會的，內心痛苦的摧殘，比歲月的催促更使人老得快，那白髮老婆婆在短短幾年間一定受了極大極大的苦痛折磨，高大哥你說是嗎？」

高戰點點頭，問平凡上人道：「那南荒三奇是何等人物？怎麼最小的師妹卻如此厲害。」

平凡上人道：「這南荒三奇老大老二老三是親兄弟，就是殺死姬蕾家人的三個老魔了。」

此言一出，姬蕾高戰驚呆了，平凡上人接著道：「這四人不但武功怪異，而且精通『樂音蝕骨』的絕傳功夫，他們把上古失傳的樂章都搜羅齊全，一曲音樂，端的可使江水倒流，百物無聲無息而亡。」

平凡上人說到此，忽然抬頭向遠方看去，高戰姬蕾也不由跟著看，只見遠處空中一個小白點向平凡上人所坐之處飛來，月光下漸漸看得清楚了，原來是頭絕大的白鶴。

平凡上人搓搓手道：「娃兒，故事講不成啦，我老人家有事得走了。」

那白色大鶴落下來，站在平凡上人身旁，比起平凡上人還高半個頭，平凡上人一縱，穩穩坐在鶴背上，向高戰一招手道：「娃兒，我老人家答應過傳你功夫，你去找辛捷那娃兒，就說是我老人家說的要他傳你劍法，我老人家這套劍法已全部傳給他和孫倚重那娃兒，再要我傳授給你，可煩死我老人家了。」

高戰大喜，平凡上人拍拍鶴頭，那白鶴雙翼一展，衝霄而去。

姬蕾抬頭看了很久，嘆口氣道：「上人真是奇人。」

高戰道：「簡直就是神仙中人。」

姬蕾道：「高大哥，你帶我去找那個會吹笛子的朋友，叫他教我，以後如果我一個人孤孤單單，也好吹吹笛子，招些小鳥來陪我。」

高戰道：「好的，咱們明天就去找他，我答應過去看他。」

他說到此，忽然想起一事，正色道：「蕾妹，妳剛才說什麼？」

姬蕾奇道：「你不是已聽到了嗎？」

高戰道：「蕾妹，妳以後不會孤孤單單的，大哥不會再離開妳了，大哥永遠陪著妳。」

姬蕾心中十分感動，眼淚不由流了下來，半晌說道：「大哥，你真好，我真是幸福，只要你不討厭我，我就是跟著你吃苦受難也甘心情願。」

高戰情不自禁握住姬蕾雙手，只覺又溫又軟，姬蕾堅決地道：「大哥，你口袋中的東西，只要你不討厭而丟掉的話，它永遠會留在你口袋中的，大哥，你明白嗎？」

高戰點點頭，良久也說不出一句話。

殘月曉星，露意甚濃，高戰姬蕾手拉著手並肩坐著，大地寂靜得很。

這一對少年人誰也不願開口擾亂這美好的氣氛，讓時間過去吧！

天際出現魚肚白，高戰忽道：「蕾妹，天就要亮了，咱們走吧！」

姬蕾像是從仙境中回到現實，漫聲應道：「好啊！好啊！咱們這就去找你那位會吹笛子的朋友。」

兩人經過一次誤會後，忽吐心事，感情大大進了一層，高戰下定決心要一心一意的去愛姬蕾，他想天下只怕再也找不到比自己更幸福的人了！

次日兩人走到一個鎮市，高戰姬蕾因爲吃乾糧吃得膩了，就到一家乾淨酒店要了幾樣菜，揀了臨窗的位子，邊吃邊談，十分融洽。

忽然上來五六個衣衫破爛的中年漢子，當著高戰對面桌子坐了，姬蕾生性愛淨，心中大是不樂，鼻子一撇，示意高戰結帳離去，高戰瞧了那幾人一眼，低聲對姬蕾道：「這幾個人內功很好，不知有什麼事聚到這小小鎮上來了，咱們且聽聽看。」

那幾個中年漢子似乎並不注意高戰姬蕾，其中一個年紀較輕的見酒保久久不來侍候，不由忿怒非常，拿起桌上酒壺便欲發作，一個年紀較長的漢子笑勸道：「老六，咱們當乞丐的只配吃別人施捨的冷飯殘餚，今兒咱兄弟來上館子充大爺，難怪別人愛理不理啦。」

那年紀較輕的漢子似乎氣忿未消，這時酒保才慢慢走來，高戰低聲對姬蕾道：「丐幫的，這樣說來倒是朋友了。」

姬蕾不樂，輕聲道：「你怎麼跟這些人交朋友？」

高戰正色道：「丐幫是天下第一大幫，幫中臥虎藏龍，人才輩出，而且人人義薄雲天，蕾妹，妳千萬別看不起這些江湖上的粗野漢子，以為他們長得兇惡難看，其實他們心裡仁慈得很。」

姬蕾大感不好意思，笑道：「是我錯了，喂，你怎麼會和丐幫的人交朋友呢？我瞧你跑江湖才不過幾天呀！」

高戰神秘笑道：「我和他們幫主是好朋友！」

姬蕾道：「大哥，那你就邀他們一道來吃可好？」

高戰看看那幾個漢子，正在風捲殘雲一般大嚼，那年紀較輕的喝完了湯，猶自舔著唇上的碎屑，似乎吃得極為痛快，高戰正待相邀，那漢子忽然低聲道：「老大，你看咱們新幫主可壓得住麼，聽說他年紀輕輕，雖說是文老幫主臨終授命，可是最近幾年咱們幫裡不肖分子紛紛起來，想另立門戶哩！」

那年紀最長的道：「壓不住也得壓，文老幫主對我們丐幫是何等賣力，對我兄弟又是何等恩義，說不得，咱們兄弟只有一死才能報答他老人家，如果有誰不服老幫主遺命，先要請他嘗嘗咱們關中六義的滋味。」

另外幾個漢子一齊用力放下碗道：「大哥說得對，關中六義也不是好惹的！」

高戰聽他們說到新幫主繼承問題，心想只怕就是指師兄李鵬兒，當下連忙屏氣凝神仔細聽去，姬蕾正想開口發問，高戰嘟嘟嘴示意她不要說話。

其中一個高漢子忽道：「金護法金老大在今晚只怕一定會到的，有他老人家主持大事，咱們丐幫忠義兄弟再來一次歃血為盟，還怕大事不成嗎！」

年長的漢子道：「聽說那些敗類分子也準備今夜在城南關廟開大會，另行擁立新幫主哩！」

年輕漢子高聲道：「這樣正好，咱們在城西土地祠聚齊了去見幫主，再一塊兒去關帝廟，把這些欺師滅祖的混蛋殺他奶奶的一乾二淨！」

年長漢子對高戰等瞟了一眼沉聲道：「老六小聲，當心隔牆有耳。」

年長漢子又道：「金老護法也是這個意思，聽說新幫主功夫可俊得很，金老護法的陰風爪功夫大家是見過的，據金老護法自己說，他在新幫主手下走不了三招。」

眾漢子一齊歡聲道：「天老爺保佑我丐幫重振威風。」

說罷，那幾個漢子站起便欲離去，高戰忙道：「且慢。」

那年輕漢子反身打量了高戰兩眼道：「不知這位老弟有何見教？」

高戰拱手為禮道：「在下姓高名戰，適才聽得各位忠於舊主，義薄雲天，端的好生欽敬。」他到底江湖經驗太少了，不知偷聽別人談話，犯了江湖大忌。

那年輕漢子見他居然偷聽自己兄弟說話，當下甚是不悅，但見高戰文縐縐地，又不好意思發作，只道：「這位老弟如果沒有什麼事，兄弟這就告退。」

姬蕾見他搶白高戰，心中可就不樂了，說道：「大哥，別理這些不知好歹的人。」

那年輕漢子正待發作，年長漢子沉聲道：「閣下是誰？」

高戰道：「貴幫李幫主與在下有舊，就請轉告李幫主，說在下高戰今夜準時赴會。」

年長漢子正自沉吟，他身旁一個高大漢子低聲道：「老大，你不是說對方要立的幫主是一個年輕後生嗎？還有他身旁跟著一個女子，莫要就是這兩個。」

姬蕾見他竟然懷疑起自己和高戰來，真是勃然大怒，正待反唇相譏，忽然高戰一揚手，一支筷子有若閃電一般直向門外樓梯口射去，只見「噗咚」一聲，丐幫眾人首先竄出，但見門口倒下一個漢子。

高戰朗聲道：「此人適才在門口鬼鬼崇崇，偷聽已久，只怕多半就是各位敵人。」

丐幫中被稱著「老大」的一看地下躺著的漢子，不由勃然大怒，沉聲喝道：「好小子，原來是你。」

高戰一拖姬蕾，趁著眾人不注意，偷偷走開，忽聽耳邊有人讚道：「好俊的功夫。」

高戰抬頭一看，只見一個高大的老年人，正向自己微笑，他只好也報以一笑，和姬蕾飛快走開，正在奇怪這老人是誰，忽聽「金大護法！金大護法！」

從後面傳來了丐幫眾漢子的歡呼，高戰一怔，隨即恍然，輕呼道：「原來這老人就是丐幫幾代元老，護法尊者金老大！」

「大哥，你說什麼？」

高戰喃喃道：「那老人，那老人就是金老大。」

姬蕾茫然，路上行人漸多了，她掙開高戰的手，看見大家都在好奇地看著他倆，不禁一陣嬌羞，低頭走出鎮外。

黑壓壓一片林子，從外面根本就看不出到底有多深多廣，風吹著，月色朦朧。

林中卻是一大片空地，一所破舊的土地廟倒還不算小，東邊的屋子裡透著昏暗的燈火。

屋中坐著一個廿多歲的青年，手中正自把玩著一把長劍，臉上陰晴不定，似乎在考慮著一件非常重大的難題。

他嘆了口氣，輕輕地彈著劍身，發出了清脆的聲響、燈光下，長劍放出了藍汪汪的光彩，他並未注意到這一切，臉中全是迷惘之色。

這青年正是即將就任的丐幫新幫主李鵬兒，他站起身來，目光又落在桌上一張大紅的拜帖上。

「李大俠大鑒：

文倫　張麗彤　再拜」

「果然是他，果然是他！」他喃喃地說道，心中不禁又想起了張麗彤溫柔的笑容，關懷的眼神。

「文老幫主臨終諄諄的遺命，金叔叔重振丐幫的願望，就要在今夜決定了。」李鵬兒想著想著，胸中豪邁之氣大增。

「為了達成任務，不辜負文幫主、金叔叔和師父的恩惠，我得盡力和姓文的周旋，為了壓服幫眾，我只得出手擊倒他，這樣豈不是大大傷了那位姑娘的心麼？」

他反覆思索，心中並不能釋然，看看天色，已是初更將盡，就快要到約定和丐幫各香主會面的時候了，他咬著牙，心中只是默默想著古俠士的雄風，忖道：「大丈夫一諾千金，我李鵬兒答應過文老幫主，就要不顧一切爲丐幫奮鬥。」

「噹！」是清脆的彈劍聲，李鵬兒終於挺起了胸膛，仗著劍大踏步走了出去，一縱身上了屋頂，點燃了掛在彎曲簷角上作爲信號的大燈，然後平靜的等待著丐幫諸香主的來臨。

「好男兒，放得下，提得起。」

在後窗陰暗角下藏身的高戰，輕聲的讚揚著他師兄的決斷，對於師兄的心事，他在上次見師兄與文倫交手便明白了。此時，他明白師兄已打勝了一仗，那是戰勝了感情，然而感情戰敗後的創傷，卻是夠他受的。

高戰心想：「現在天色還早，我暫時先不露面，到城西關帝廟去探探對方的實力，再回轉來和師兄一塊去會敵。」

他盤算既定，便閃到密林深處，向關帝廟奔去。

原來高戰在酒樓上不願與丐幫人多費唇舌解釋，於是出手擊中伏在門口偷聽消息的敵人穴道，乘亂和姬蕾走開。他知師兄一定在城東土地祠，於是決定待到天黑，隻身前往會晤師兄。姬蕾原也要去，高戰心知今夜之事甚是危險，一個不好，丐幫不但不能重振，也許一敗塗地，所以再三向姬蕾說明，姬蕾也自知自己武藝低微，去了反而礙事，便答應在店中相待。

高戰一等天黑，便把短戟背在背上，向土地祠跑去，那林子到處佈下暗樁，高戰展開全身輕功，身形捷若狸貓，竟然閃過所有暗樁，隱身祠後，正待現身與師兄相見，忽然發覺師兄神色頹喪，全無要興大事的飛揚氣態，不由心中暗急。

他略一沉吟，便知師兄仍然暗戀和文倫在一起的少女，不由對師兄甚爲同情，後來見師兄毅然拋棄兒女私情，不禁大爲佩服，忍不住讚了一句。

且說高戰展開天池絕技平沙落雁的輕功，不多時便到了城西，他在白天就看完了關帝廟附近的情勢，是以很輕鬆地就混身進入，趴在一棵大樹上，只見這失修已久的關帝廟內此時燈火輝煌，高高矮矮坐了幾百個江湖漢子，正當中空著一席，文倫和那姓張的少女便坐在空席兩旁。

高戰心中奇道：「姓文的小子不是要被擁立爲幫主嗎？那麼中間空著的位子是要等誰？此人地位看來猶在文倫之上。」

忽然文倫站起身來，眾人立即寂靜，高戰心中暗笑道：「瞧不出姓文的這隻草包，倒有如此威風。」

文倫一擺手道：「待會等我師父來了，咱們便開大會，他老人家有一件信物，可以讓大家看看，證明在下身分。」

高戰大吃一驚，心中叫苦不已，忖道：「這姓文的師父天煞星君也要來，此人一到，師兄這面只怕無人能敵，就是我和師兄聯手仍然不支。」

他正自焦急，文倫又道：「家祖文老幫主終生爲丐幫奮鬥，想不到死後幫主信物被姓李的小子弄到手，竟然想冒充家祖遺命，幸好各位丐幫兄弟可不是瞎子，咱們今夜就重新開壇，待消滅了姓李的小子那般喪心之徒，再擇吉日，大邀天下武林同道，宣佈丐幫重建，不知各位意下如何！」

眾人一致叫好，高戰心中暗忖：「原來這姓文的是老幫主孫子，難怪有如此號召力量。」

原來丐幫分南北兩支，傳到文老幫主這一代，他本人雄才大略，恩威並施，併合了兩支幫眾，他爲人大公無私，處處爲幫眾著想，是以深得全幫擁戴，後來他神秘失蹤，丐幫群龍無首，這才各自爲政。金氏昆仲任護法多年，執法嚴厲，自有不少人怨怒於他兄弟二人，是以對於他所擁護之李幫主表示反對，恰好此時文倫來到，敵視金老大的一幫人對於文老幫主仍是感恩甚深，是以立刻推舉文倫爲首。

高戰突然想到師父與天煞星君約定在華山比武之事，心中一沉，忖道：「天煞星君就要來此，這樣看來他和師父比武是沒有受什麼損害了，可是師父呢？」

他想到壞處，不由全身發抖：「師父已是年登古稀，一個失手，後果真是不堪設想，那天煞星君武功實在高強，師父疏神失手敗於他之下，也是大有可能之事。」

他愈想愈急，但覺天地悠悠，再也見不著師父，微一疏神，不覺踏折一枝樹幹。

「奸細！」廟裡的幫眾一哄而出，高戰也不及思索，從樹上落下抽出短戟，便向外走，忽聞風聲嗤嗤，忙使一招「后羿射月」，連頭也沒回一下，暗器紛紛墜地。

高戰不敢怠慢，足下不停向前跑去，幾個起落，已把眾人拋遠，忽然前面白光一閃，兩把長劍向門面攻來，高戰閃身還擊，身形並未停留，鼓起一口真氣一揮，「噹」「噹」兩聲，震飛兩支長劍。

高戰心想先把對方情勢告訴師兄，如果萬一師父遭了不幸，再找老賊拚命不遲，他腦中想著，不覺已跑到郊外，忽然背後一個冷冷的聲音道：「你的輕功不錯呀。」

高戰回頭一瞧，身後不遠處站著一個中年儒生，面色白皙冷峻。那儒生道：「你可是天池門下？」

高戰點點頭，儒生又道：「你比你師兄強多了。」

高戰以爲他在說李鵬兒，便道：「李師兄功夫比我穩得多了。」

儒生哈哈大笑道：「難怪風老兒口口聲聲向我吹噓，說是收了個如何了不得的小徒兒，這樣看來，倒不是胡吹哩！」

高戰急問道：「前輩，您是誰？」

那儒生也不答話，揚手一彈，一顆小石子嗚嗚破空而出，砰然一聲，樹上落下一物，高戰瞧了瞧，原來是一隻大貓頭鷹。

高戰驚道：「金剛神指！前輩是無極島主無恨生。」

那中年儒生輕嘆一聲，看了看高戰兩眼，喃喃道：「天縱之才，天縱之才！喂，我那獨門手法你看清了嗎？」

高戰大喜道：「晚輩看清了。」

那儒生轉身便走，高戰急喊道：「前輩，你最近可見到我師父嗎？」

一個溫和的聲音接口道：「戰兒別急，你師父前十天還在無極島上和我爹爹論劍啦！」

高戰一看，不知何時辛嬸嬸已到身前，忙道：「辛嬸嬸，我師父和天煞星君比武怎樣了？」

張菁笑道：「瞧你急得這個樣子，真是把你師父看得太差了，戰兒，你想想看，連我爹爹也奈何不了風大俠，宇文老鬼又怎能傷他呢？」

高戰歡喜無限，竟然說不出話來，張菁見這孩子厚道善良，人見人喜，將來福緣猶在愛子辛平之上，不由也很歡喜。

高戰道：「辛嬸嬸，辛叔叔他們和那三個老魔交過手了。」

張菁點頭道：「這事目下已傳遍武林，我請爹爹出島助陣，沒想到才出無極島，便聽見到處傳說，什麼當今天下三大俠聯手抗敵喲，什麼三個老魔不戰而退喲！大家一渲染簡直把你辛叔叔他們說成神仙一般了。」

高戰道：「辛叔叔劍術通神，如果說單打並不見得比老魔差多少，辛嬸嬸，你知不知道平凡上人也出手了？」

張菁道：「有他老人家在，真是萬無一失了。喂，戰兒，你可見著你吳凌風吳大叔？」
高戰悽然道：「他已削髮爲僧了。」
張菁道：「真的？」
高戰點頭道：「辛叔叔和他爭論了老半天，最後好像還是被他說服。」
張菁轉身垂下淚來，高戰道：「辛嬸嬸，現在丐幫之事很急，妳在此真是好極了，可以助我師兄一臂之力，辛嬸嬸，天煞老鬼也要來和我師兄作對哩！」
張菁道：「戰兒不必擔心，我爹爹早就發現宇文老鬼了，你知道我爹爹一生不服人，一路上暗中和他較量了幾天，現在已把他引到歧路，要和他比劃哩！」
高戰大喜過望，他知辛嬸嬸離家已久，很是掛念辛平等人，便向張菁再三道謝告辭，向師兄李鵬兒處跑去。
高戰路線已熟，閃閃躲躲神不知鬼不覺又來到廟前，此時丐幫諸香主還未來，師兄李鵬兒站在門前張望著，高戰素知師兄感情雖則隱藏甚深，其實是個極爲多情的人，他走了出來，高聲喊道：「師兄，小弟來了。」
李鵬兒一聽聲音，立刻辨出是最爲相得的師弟來了，他趕緊收起情思，歡然道：「好啊，師弟！我知道你一定會來的，今夜丐幫面臨著存亡的考驗哩！」
高戰緊緊握住李鵬兒的手，一股友情的熱流通過李鵬兒的心中，突然之間不知怎的，他覺得羞慚起來。

高戰道：「師兄小弟今兒早路過此地，無意中得知師兄丐幫要在今夜開壇，這就馬上趕來，師兄，文倫那小子的事你是知道了。」

李鵬兒道：「這小子只怕當真是文老幫主的孫子，金叔叔也說他和老幫主像得很。」

高戰道：「師兄你是文老幫主親自傳以大位的人，還要管他是誰嗎？他武功又不及你，師兄，你只管放手去幹，丐幫全仗著你啦。」

李鵬兒沉吟半晌道：「金叔叔和我想的一樣，只怕此舉引起丐幫內部火拚，自己把力量削弱了。」

高戰點點頭，忽道：「師兄，你瞧，有人來了。」

李鵬兒連忙走上前去，只見金護法金老大領先率著幾十個漢子緩步走來，見了李鵬兒納頭便拜道：「丐幫護法金老大率全體香主叩見新幫主，恭祝幫主長命富貴！」

李鵬兒還了半禮道：「各位香主辛苦了，就請進屋商量。」

他經金老大再三囑咐說明，知道自己身分極高，不能太過謙卑，是以受了禮便先進屋，高戰混在眾人中也混進了屋，金老大向他點頭笑笑。

金老大先向幫主引見各堂香主，高戰見白天所見關中六義也在人群中，那六義老大想來地位必然不低，就站在金老大身旁。

金老大朗聲道：「天佑我丐幫，總算今日又得盟主領導，眾兄弟如有口是心非，不服新幫主者，就如此桌。」

他右手五指向供桌一伸一曲，硬生生抓下一大塊硬木，一張開手，木屑紛紛墜地，這正是金氏昆仲名聞天下的陰風爪獨門功夫，眾人不由轟然叫好。

金老大對李鵬兒道：「幫主，那姓文的小子在關帝廟聚集不肖徒眾，一定有所圖謀，眾位香主適才已決定先下手爲強，不知幫主有何指示？」

李鵬兒沉聲道：「各位香主所慮甚是，如今事不宜遲，咱們這就動身前去。」

各香主見新幫主當機立斷，不由暗自折服，正要離開土地祠，忽然門一開，走進一男一女，高戰正神一看，正是文倫和張麗彤兩人。

文倫向眾人一拱手道：「在下文倫，文老幫主是在下爺爺，這樣說來和各位是一家人了。」

眾香主見他面貌果然酷似文老幫主，各人不由都想起了老幫主的恩義，不禁怦然心動。

金老大道：「老夫追隨老幫主四十餘載，只聽說老幫主有個不肖兒子，被老幫主驅逐出門，父子恩義早斷，閣下是誰，竟然冒充老幫主孫子。」

文倫冷冷笑道：「在下何必冒充，今日之事，在下不願家祖辛辛苦苦整頓起來的丐幫發生內訌，是以單身前來向各位請教。」

關中六義中老六年紀最輕，按捺不住一領單刀喝道：「哪裡來的野小子，咱們新幫主持有老幫主信物及臨終手令，你幹麼要冒充？」

文倫陰陰道：「老幫主死於野地，當時的情形並無一人得知，這姓李的小子湊巧拾到老幫主的信物，哼，再被一般自以為對丐幫功高望重的人利用，竟想把持全幫，這事只怕難以瞞過天下人之眼。」

他沉聲侃侃而談，似乎就像目睹當日之事一般，眾人雖則都是忠義漢子，聽來也覺此事頗有可能。

高戰心中暗驚忖道：「這草包小子怎的幾月不見，竟然滿腹詭計。」他不由瞟了一眼站在文倫身旁的少女，但見她似笑非笑的望著眾人，甚是得意。

李鵬兒站起身道：「依你便待怎樣？」

十五　恩義兩難

文倫冷冷道：「先祖當年統一丐幫，也不知花了多少心力，流了多少鮮血，他老人家如果死後有知，一定不願見咱們互拚分裂，依在下看來，不如大發英雄帖，在一個月後，在泰山之巔，當著天下英雄面前，由丐幫弟子推舉，如果有誰不服，儘可向大家推選出來的新幫主挑戰，如果——如果——」

他一口氣說著，臉上毫無表情，眾人起初聽得合情合理，不禁對他惡感大消，可是一瞧他臉上冰冷，似乎已穩操勝券，絲毫未將大家放在眼內，不由哄笑起噪。

那關中六義中老么一身橫練功夫，偏他脾氣又暴躁，當下如何忍耐得住，破口罵道：「姓文的小子快滾，咱們瞧在你祖父面上也不爲難於你。」

高戰忖道：「我還道這小子突然變聰明起來，原來是背好一大段說詞，瞧他說到激動處，居然也和頑童背經一般，不但不能引得丐幫眾人感動，反而引得別人反感，真是愈描愈黑了。」

他偷瞧了一眼和文倫並肩站著的張姑娘，只見她焦急之色溢於形表，心想：「真虧這巧姑娘準備好一大段說詞，也真虧她能央著文倫背熟。」

文倫脾性何等暴躁，依他脾氣早就想在今夜大拚一場，可是師父天煞星君突然命令他今夜萬萬不能妄動，因爲他本人有事不得分身前來，他知自己不是李鵬兒敵手，是以忍住氣聽師妹的話，還向師妹張麗彤發了一頓脾氣。此時一聽一個年輕漢子竟然大罵自己，再也顧不得一切，虎吼一聲道：「小子出來，瞧你家爹爹教訓你。」

他怒不擇言，大是失去風度，丐幫諸香主又是好氣，又是好笑，暗暗忖道：「適才幾乎著了這草包小子的道兒。」

關中六義老么應聲而出，一言不發，舉起斗大雙拳，直奔文倫太陽穴，這招喚作「鐘鼓齊鳴」，正是五行派中「石拳」的絕招。

文倫見他來勢甚疾，心想這小子力道倒也不小，一低頭，閃身關中六義老么背後，輕輕往前一按，李鵬兒和他交過手，知道他殺機已動，竟然用起他師門絕藝無形掌，那關中六義老么只怕萬萬不是對手，當下怒哼一聲，正待上前接下，關中六義老么驀地一轉身，不閃不躲，化拳爲掌挾著全身力道直推上去。

文倫神色不變，單掌仍然緩緩推出，與關中六義老么雙掌一接，臉上突變凜重，猛吸一口真氣，勁道從掌心中緩緩吐出，關中六義老么悶哼一聲，身子向後飛起，砰然撞著牆角，倒在地下。

關中六義老大老二急忙上去扶起老么，只見他口角鮮血汩汩流出，一探脈息已是甚爲微弱，他六人結義以來，也不知闖過多少風險，一向同心協力，此時大家最愛護的老么眼看身受重傷，存活的機會甚是虛渺，不禁心如刀絞，虎目中流下淚來。

高戰連忙從袋中取出兩顆鴿卵大小藥丸，走上前撬開關中六義老么緊咬住的牙齒，餵了下去，右手輕輕按著他後心要穴，盤坐下來。

李鵬兒再也忍耐不住，一長身雙掌一錯逼近文倫，文倫上次已經領教過李鵬兒本事，此時騎虎難下，只得出手一拚，他雖性子暴躁，天資並不愚蠢，不然如何學得這高本事，略一盤算，心知先出手佔先機，也許還有幾分勝算，當下一言不發，反臂飛快拔出長劍。

「嗆！」一聲，就在同時李鵬兒也拔出劍子，兩人凝視一下對手，文倫腳踏中宮，直往李鵬兒面門刺去。

李鵬兒雙肩連連展動，閃過文倫三招，朗聲道：「看在老幫主面上，在下讓你三招，再不知進退，莫要怪在下得罪了。」

文倫臉一紅，手中劍勢攻得更是凌厲，適才三招，李鵬兒都是在間不容髮之際一閃讓過，但見劍氣森森，文倫劍子在李鵬兒四周刺來刺去，似乎佔盡上風，但是丐幫眾香主武功造詣深的，已然看出李鵬兒涉險如夷，身法猶在文倫之上。

李鵬兒閃了三招，不再相讓，長劍泛著藍光刺向文倫脈穴，反守為攻。

文倫一開始就用起他師父生平最得意的「萬流歸宗」劍法，這天煞星君的確是個大大奇才，他一身武功都是東偷一招，西學一招得來，一生並無師承，當年為了一事退隱湖海，埋頭精研生平所學，終於創出這套取各家之長的劍法。

丐幫眾香主心知目下一戰，實是決定丐幫日後命運，不由緊張萬分，凝神注視。

金老大見李鵬兒武功雖高，但對手文倫也打得有聲有色，心想兩人一個失手，立刻有生命之危，他固然不願李鵬兒受傷，對於文倫也不希望死於李鵬兒之手。一霎時間，老幫主的面容又浮起了，他想起當年兄弟二人委身綠林，受人利用，誤殺一位鐵錚錚好漢，引起北方武林群起圍攻，那時他兄弟倆正在走頭無路，文老幫主挺身而出，因為只有老幫主最是瞭解此事，那時丐幫聲望如日中天，老幫主一言九鼎，不但替他兄弟洗脫了罪名，更邀他兄弟二人為丐幫護法。他呆望著門外無邊的黑暗，嘴角掛上了一絲笑意。

「那時候丐幫是何等興隆，北方一個個大幫派，一股股惡勢力都被丐幫瓦解了，幫主的百結拳法、自己兄弟的獨門陰風爪，掃遍了北方武林，青龍幫、紅旗幫——一個個屈服於丐幫了。」

「嚓！」是劍子相擊聲，金老大一驚之下，放目場中，只見李鵬兒文倫雙劍一碰，立刻滑開。

李鵬兒清嘯一聲，聲音中儘是冷峻的味道，高戰不由一分神，只覺真氣往上湧，連忙運功調息，心內卻暗自忖道：「師兄打出真怒，這姓文的就要傷在師兄之手。」

李鵬兒見久攻不下，心中大是不耐，也顧不得傷那姑娘的心，一招「雷動萬物」，長劍不住顫動，抖起一片劍光，指向文倫「氣海穴」，翻腕之間，劍身竟帶嗡嗡之聲，敢情是名震關外的「先天氣功」從劍身上發出了。

文倫一見李鵬兒變招，身形若閃電連閃帶攻，也跟著變招，「厲鳳朝陽」反削李鵬兒右臂，這一招施得又快又狠，若是李鵬兒「雷動萬物」施實，文倫「厲鳳朝陽」正好遞滿，劍尖離李鵬兒咽喉不及一寸。

李鵬兒早已料到，不待劍式施盡，身子已滑到文倫左側，劍子上擊下刺，劍氣森森，一時之間迫得文倫連退三步，大爲狼狽。

金老大見李鵬兒沉著臉仗劍一步步前進，威猛有如天神，那文倫只是不住往後退，其勢已成強弩之末，不由憂喜交半。

文倫腳踏八卦方位，雖退不亂，乘隙還反攻一兩劍，兩人身形相隔三四尺，招式愈打愈慢，而且一擊不中，立刻收回劍子護身。

李鵬兒不願僵持，平挽一個劍花，身形再往前逼，他這招看去甚是平凡無奇，其實卻隱伏著極厲害的後招，文倫自幼受名師薰陶，眼力自是不差，絲毫不敢怠慢，迎面一劍，緩緩刺向李鵬兒劍花中間，左掌運起內勁，向李鵬兒脅下拍去。

李鵬兒視若未睹，眾香主眼見李鵬兒脅下要穴露在敵人掌下，不由得驚叫了起來。

突然，李鵬兒一轉身，眾人也不知他用什麼身法反到文倫身後，左臂時掌時拳，不停在揮動，就如在空中打了千百個結一般，這掌法正是丐幫歷代單傳的「百結掌法」，眾香主一見之下，有若重睹舊主，同聲歡叫：「百結掌法，百結掌法！」

文倫只覺敵人左手飄忽至極，自己全身穴道都好像置於他之手，可是又不知到底向何處攻到，心知已臨絕地，他到底是名家弟子，一凝神反刺一劍，招式才施一半，足下運勁，倒竄丈餘之外，方一落地，李鵬兒劍子上已遞近肩胛。

文倫縱有通天之能，此時也閃躲不過，他凶性大發，不躲不閃，反而挑向李鵬兒下腹，想落個兩敗俱傷，李鵬兒一吸氣，收緊小腹，文倫長劍勢子已盡，只差寸餘再也遞不前去，李鵬兒哈哈一笑，長劍仍往前刺。

驀然，一道幽怨絕望的眼神直逼過來，李鵬兒心中很快地盤轉了幾遍，千百個念頭一起湧上來，然而最後都構成一個中心的問題，是下手？還是放過？

他這一沉吟，勢子自然緩了一些，文倫野性暴發，只求出招傷敵，長劍一吐，疾若流星點向李鵬兒胸前。

「噹啷！」文倫長劍墜地，眾人驚叫聲中文倫倒退幾步，左袖破了一大截，李鵬兒鐵青著臉，挺劍立著，鮮血緩緩從胸前流出，很快地就染紅了胸前的衣襟。

一種深刻的表情從他白皙的面孔閃過，混合了痛苦和漠然，高戰心中一慘，他知師兄此刻承擔著肉體上和心靈上的痛苦，可是他運功不能分神，只得投以一個同情的眼光。

丐幫眾人對這突來的變故驚呆了，大家明明看到李鵬兒佔盡優勢，可是突然一下子快若閃電，互換一招，李鵬兒反而受了重創，金老大何等目力，只有他看清了李鵬兒劍子即將刺到文倫肩胛重穴時，一歪劍式攻到上臂，在文倫右臂劃了一道口子，就在這同時文倫反擊已到，李鵬兒閃躲不開，只得運起天池劍法中絕招「孔雀開屏」，劍柄向外，劍身向內，避開文倫致命一擊，然而畢竟慢了一步，雖然擊脫文倫長劍，胸口也被刺了一劍。

當年邊塞大俠風柏楊大戰長白三熊，在千鈞一髮時，露了這一招，擊去了長白三熊三件毒藥暗器，長白三熊從此終身拜服，原來這招施出來其勢有若自刎，非上乘劍士又安敢妄用此招？

金老大忙上前道：「鵬兒，你怎樣？」他關心情切，竟然脫口又喊起鵬兒來。

李鵬兒慘笑一聲道：「不打緊，不打緊，這小子也沒討好去。」

眾香主紛紛上前視看幫主傷勢，金老大一瞧刺得不深，只是鮮血直冒，心想定是劃破了血管，連忙替他上了金創藥，包裹好傷口。

金老大回頭一看，文倫身旁的少女正小心地替文倫包紮臂上傷口，他心念一動，暗忖：

「此時除去這小子真是易如反掌。」

他一瞧眾人，只見有幾個年輕丐幫弟子滿臉義憤的守在門口，防備文倫逃走。

「這小子一除，丐幫便無隱憂，可是文老幫主只有這一個後裔。」金老大反覆沉吟，目光不由又轉到文倫身上，只覺他依稀之間與老幫主簡直一模一樣，就是少了老幫主那正直的神情，於是金老大想起了文老幫主的恩義，朗聲道：「姓文的，今日之事咱們瞧在老幫主份上，也不再來為難你，如果再要在丐幫興風作浪，可莫怨我金老大手黑心辣了。」

文倫咬牙切齒，一言不發，扶著身旁少女的手，大踏步走出了古廟，消失在黑暗中，李鵬兒心中輕輕的嘆口氣，那姑娘的影子是消失在黑暗中了，然而刻在他心中的影子，不知是否也能消失呢？

高戰對四周所發生事故視若未睹，他運功替關中六義老么療傷，已至最緊要關頭，他鼓足真氣從掌中發出，逼入六義中老么體內，又過了半晌，高戰臉上汗水漸漸增多，眾人適才只是注意那場龍爭虎鬥，此時才又記起六義中老么生死未卜，不由紛紛上前觀看情況。

忽然關中六義老么一張口吐出一口鮮血，人也悠悠醒轉，六義中老大金槍楊宜中歡然道：「老么，不打緊啦。」

他是北寧大將楊業的後裔，當年他先祖楊再興與高戰的先祖高寵同在岳元帥麾下，都是名聞天下的勇將，一槍一戟直殺得金人望風而遁。

眾香主見關中六義老么醒轉，也都甚爲欣慰，高戰長吁一口氣，緩步走到李鵬兒和金老大身旁。

李鵬兒雖然流血甚多，可是他自幼練功，後來居住在關外風家莊院，那風家宅院遍地均是野參，他經常服食，血氣自是極旺，略一休息，臉上神氣已是自若，他見高戰臉上並無歡色，悄聲道：「師弟，好了嗎？」

高戰搖搖頭道：「內臟已碎，神仙也難救轉，這姓文的好辣手。」

金老大也道：「這是迴光返照，馬上就不成了。」

金老大好生難過，這關中六義俠名甚著，在北方威望只遜於秦嶺一鶴魯道生，料不到六義中老么竟成丐幫中第一個犧牲者。

關中六義老么道：「大哥，我……我……不行了。」

金槍楊宜中道：「老么，別瞎思亂想，你內傷已被這位……這位大俠治好啦。」他不認得高戰，又因關切老么傷勢，是以一直沒請教高戰姓名。

六義中老么道：「大哥，別騙……別騙……我，我……我……」

他聲音漸漸低微，最後咳起嗽來，六義中其他兄弟五人，見老么似乎已到彌留地步，不禁又驚又痛，紛紛向高戰看了一眼，高戰苦笑搖頭，五人立刻明白。

六義中老么又道：「大哥，我還有……還有一件……心事，我就要……要去了，我得講，講個明白，否則……死不……不瞑目。」

楊宜中流淚道：「老么，你講吧，我們做哥哥的就是拚著老命也要替你辦到。」

六義中老么道：「大哥，我死後你可要好好照顧雲姑娘，她……她心裡是真的喜歡你。」

他鼓起最後真力，很快地說完，眾人只見楊宜中鬚髮俱張，似乎激動至極，一跺腳踏碎了腳下一塊青磚，半晌說不出一句話來。

高戰心中暗忖：「這關中六義老大功力不弱，爲人孝友重義，倒是師兄的一個好幫手。」

楊宜中忽然怒道：「老么，雲姑娘是……是你未……未過門的妻子，你，你……這是……這是什麼意思。你……你信不過……這不成器的大哥麼？」

他激憤之下，也顧不得老么命在旦夕，聲音愈說愈高，顯然甚是憤怒！

眾人起先見關中六義老么不行了，都紛紛退開了讓他們兄弟訣別，此時忽見金槍楊宜中發起怒來，都摸不清到底是怎麼回事，只有高戰站在近旁，正待上前相勸，那關中六義老么又道：「大哥，我知道你心裡喜歡她，她也是真心喜歡你，我……我很對不起……對不起大哥，明知是大哥所喜，而用計……用計騙她上手，大哥，你處處讓我護我……做兄弟的竟然忘恩負德，你能……能答應……答應原諒……」

他說到此，再也無力繼續，雙目一閉，瞑然逝去，金槍楊宜中淒然長笑，聲音中透著無比悲憤，笑聲方畢，楊宜中喃喃說道：「好，好，老么，你……你放心去吧！」

他一伸手拾起地下長劍，便往脖子抹去，高戰見他不哭反笑，心中便是注意，他自幼失母，童年失父，對於悲慘的感情自是特別敏感，此時一見金槍楊宜中俯身拾劍，立刻不加思索竄上前去，輕輕在楊宜中肘下一拍，「嗆」的一聲，長劍墜地。

丐幫眾人紛紛上前勸阻，金老大、李鵬兒各挾著金槍楊宜中一隻手，六義中其他幾個也勸兄長釋悲。高戰抬頭向窗外一看，已是曉星殘月，心中惦念著姬蕾，心想她見自己久久不歸，一定焦急萬分，說不定會來尋找，便向師兄示意，向眾人長揖作別。

原來關中六義老大金槍楊宜中與老么師出同門，自幼友愛非常，他比師弟整整長了廿歲，後來一同出師揚名立萬，與北方另外四個豪傑義結金蘭，楊宜中豪邁正直，年紀又長，是以眾兄弟舉他為老大。

他六人結義以後，威名大增，丐幫文老幫主親自禮聘六人分掌關中分堂，文老幫主雄才大略，領袖群倫，關中六義欣然入幫，共為效命。

後來有一年楊宜中和老么同時愛上一個姑娘，楊宜中一方面為顧全兄弟之情，而且他一向讓慣了師弟，再則自慚年長，配不上那姑娘，於是托口祭掃師尊之墓，一去三年不歸，其實那姑娘本心對他甚好，見他不告而別，一氣之下便與老么訂下婚約。

楊宜中歸來，見事已成定局，雖然替師弟高興，而且慶幸自己也交待了一樁心事，可是他心底不免暗自傷神，他一生只知勇往直前，為正義而衝，對於兒女私情從來就沒有想到過，然而這件事卻令他久久不能釋懷。他竭力把這件壓在心房深處，就連另外幾個兄弟也不吐露半句，不意老么臨終時竟然舊事重提，楊宜中感情大大激動，是以幾乎控制不住。

且說高戰匆匆趕回客舍，見姬蕾室中燈火已滅，心想她已入睡，便輕步走到自己屋子，推門而入，忽然雙目一黑，雙眼已被遮住，他此時何等功力，當下不及思索，微一錯步，向旁閃開，雙掌一錯，正待轉身上前會敵，耳畔已聽到姬蕾的輕笑聲，他立刻大悟，也笑道：「怎麼還沒有睡呢？」

姬蕾道：「你怎麼現在才回來?天都快亮啦。」

高戰長吁一口氣道：「又是那姓文的小子，他出手把丐幫中關中六義的老么擊斃了。」

姬蕾驚道：「大哥，你們這麼多人還讓這壞蛋傷了人？」

高戰道：「這小子武功雖然高強，但幫中除了我師兄外，金老前輩也不會輸給他的，壞就壞在他當真是丐幫當年文老幫主後裔，大家出手自然有個顧忌。」

姬蕾恨道：「這人真是天生壞蛋，上次我無意將爹爹給我的家傳寶珠拿出來玩，竟叫這廝看見了，他一路追著我，要想奪去，嘴裡還不三不四說些瘋話，真氣死人，大哥，你答應替我揍他一頓出氣的呀！」

高戰道：「我師兄和金老前輩都不曾出手，我不是丐幫的弟子，自然不好意思打他，蕾妹咱們先休息去，要揍他的機會還多著哩。」
姬蕾忽道：「那姓文的師妹也在嗎，她長得很美呀！」
高戰點頭道：「他那師妹對他的確很好，只是這小子不識好歹，對他師妹凶得緊。」
姬蕾嗯了一聲，也不說話，逕自回房去了，高戰寬衣就寢，他運功替六義老么療傷，體力大是疲乏，一直睡到日上三竿，這才醒了過來。連忙穿好衣服，正待開門出去，姬蕾已叩門進來，手中揣著一盤大餅油條，一碗豆漿，笑道：「大哥你真會睡，太陽已當頭啦。」
高戰見她手中大餅香噴四溢，不覺食慾大動，伸手接了過來，大嚼起來。
姬蕾見他吃得甚是香甜，芳心暗喜，高戰道：「想不到這個地方，倒有如此好手，煎得如此好的油餅。」
姬蕾笑道：「大哥，好吃嗎？」
高戰邊吃邊讚，姬蕾道：「那麼我以後天天給你作，只怕你吃了幾天就厭了，看到它就發愁哩！」她說到此，忽然發覺語病，臉上通紅。
高戰驚道：「怎麼，是妳煎的餅嗎？」
姬蕾嫣然一笑道：「這又有什麼了不得的！大哥，你當我是嬌生慣養，什麼也不會做嗎？只要是別個女孩會做的事。我都會做哩，只是平常在家……在家裡，婢子們生好了火，切好了菜，只等我下廚去炒，現在一切得自己做而已。」

高戰見她右頰上有塊淡淡的油煙，頭髮上也沾了一條稻草，心想她是在家被供奉得像女王一般，現在竟然處處替自己著想，真是感激萬分，只無限深情的看著姬蕾，也不知說什麼是好。

姬蕾道：「大哥，我們找到辛叔叔，等你學會了少林寺的劍法，再去找平凡上人，我有法子讓他老人家傳你內功的，這樣你比辛叔叔也不差了。」

高戰天性謙遜，忙道：「我就是得了上人傳授，也不會有辛叔叔那樣成就，辛叔叔何等天資，上次我瞧他與文倫師父天煞星君大戰，那劍法步法，不但凌厲絕倫，灑脫美妙，簡直令人有劍神下凡之慨。我師父也算是天下少數的高手了，可是他尚且說日後能傳世外三仙衣缽的，只怕非辛叔叔莫屬呢！」

姬蕾不以為然，嘟嘴道：「我不相信，我不相信，大哥，我只信你將來一定可以成為武林第一人。」

高戰笑道：「蕾妹，妳真看得起我，儘管這世上千千萬萬的人都瞧我不起也不打緊，只要妳一個人看重我便成了。」

姬蕾正色道：「大哥，像你這般正直善良的人，人人都會看重你的。」

高戰道：「正因這世上的人都是待我太好，我也不知要怎樣報答。」

姬蕾道：「你動不動就捨命為人，把自己看得那麼輕，別人自然都對你好啦！」

高戰見她臉上笑容突斂，板著一張俏臉，明知神色有異，卻想不起爲何如此，姬蕾忽然嫣然笑道：「大哥，是我不好啦，我是小氣的姑娘，你別見怪。」

高戰不解道：「怎麼啊？」

姬蕾紅著臉問道：「那……你那次在日出瀑前救的那姓林女孩……女孩子在哪裡，我們去看看她可好？」

高戰不覺大悟，他近來常與少女交往，對於女孩子心理明白了些，原來她剛才就爲這個生氣，心想姬蕾這人什麼都好，玉潔溫柔令人不克自己，就是太過小性兒，當下便道：「她就住在辛叔叔家裡哩！」

姬蕾心中不樂道：「咱們走吧，先去瞧瞧你那曾用笛子招來禽獸的朋友。」

兩人向西行走去，行了半日，只見前面一條大溪清澈見底，溪水中桃花片片，間雜著小塊碎冰，砰砰撞擊著溪中石塊，景色甚是幽雅，高戰道：「這溪定是從高山上流下來的，這時候還有未融冰塊。」

姬蕾自幼愛花，心想這溪的上游必定是個桃林，她靈機一動，從懷中取出千里鏡，一望之下，只喜得大叫起來。叫道：「大哥，快來看，那邊多好看。」

高戰接過千里鏡，只見一片粉紅色桃林，花瓣紛紛墮地，就如仙女散花一般，其間五色大蝴蝶來往飛翔，高戰但覺心胸一暢，彷彿嗅到那桃花的芬芳。

姬蕾忙道：「大哥，快去快去，這荒野竟有這好地方！」

高戰也是甚為欣賞，拉著姬蕾雙雙跑去，高戰邊跑邊道：「別看從鏡中看來好似眼前，其實也有十來里路哩！」

姬蕾笑道：「這千里鏡真有用，日後咱們遊山玩水，靠它不知可發現多少美景哩！」

兩人笑語間，不覺已走近桃林，姬蕾掙開高戰的手，飛奔入林，找到一株最高大的桃樹，一縱身上了樹，放眼看去桃花連綿不絕，無邊無涯，只是那南面桃花早謝，枝幹上盡是纍纍果實，一個個金黃碩大，姬蕾大叫連連，高戰連忙奔了過來，姬蕾道：「大哥，快點上來，你瞧那邊桃子好多喲！咱們快去摘一大包。」

高戰以為她發現了什麼奇事，是以跟著跑來，不料只是發現一些桃子而已，心想日下只是夏天，那桃子只怕青澀難吃，姬蕾這人真是孩子氣，看到樹上果子便想偷摘，不管是否成熟，也不顧自己是否真正愛吃，當下漫漫應道：「沒熟的桃子可真難吃，又酸又苦。」

姬蕾嗔道：「誰要吃青桃子，大哥你上來瞧瞧。」

高戰好奇心起，也竄上桃樹，果見南面熟桃成纍，不由大奇，沉吟不語。

姬蕾甚是得意，見他猶豫不前，催促道：「我想這桃林定是無主之物，咱們摘他幾個算得了什麼？再說就算是有主的，咱們遠道而來，他也得招待一番呀！」

高戰見她滿臉焦急，盡說著一廂情願的孩子話，不覺莞然，隨口應道：「是呀，蕾妹妳說得真對。」

姬蕾道：「我替你把風，你趕快去摘吧！」

高戰笑著躍下，忽然一拍腦門道：「是了，是了，我怎麼忘啦。」

姬蕾奇道：「怎樣了？」

高戰道：「我只奇怪這桃林一邊還在盛花開放，一邊卻是纍纍成熟的桃子，原來是因為地氣關係，那邊氣候特暖，地下多半有溫泉之類，所以催桃樹早花早果，在關外我師父的風家村園時當嚴冬，冰天雪地，可是內園玫瑰芍藥還在鬥艷哩！」

姬蕾原是栽花植果能手，聽他這麼一說，也自奇怪，心想現在只是初夏，這桃子已自成熟，看來只怕真是地氣暖潤所致。

姬蕾道：「大哥，我們先別管這些，我想你口也渴了吧！」

高戰一笑和姬蕾向南走去，走到一株桃子最外的樹旁，伸手摘了幾顆，姬蕾用手一接，微一用勁，桃漿四溢，連忙湊口上去，吸吃起來。

那桃又大又甜，吸完果漿只剩一層薄皮，包了一個核桃，姬蕾連吃兩個，意猶未盡，對高戰道：「比水蜜桃還好吃些，可惜不能收藏，否則多摘幾個，一路上便不愁天暑口渴了。」

高戰點頭道：「果然是異種。」

姬蕾道：「我留幾個桃核，有空到大戢島去種，如果能栽培出這般好果，也算報答上人對我諸般好處。」

高戰道：「這是異種名果，栽培只怕沒有這麼容易，氣候土壤均須差不多才行，不然果子就差了。」

姬蕾點頭道：「我也是這麼想。」

姬蕾小心包好桃核，忽道：「那溪中的水太涼啦，全是小冰塊。我想洗洗腳洗洗臉都不行。」

高戰道：「這也不算涼呀，我小時候在關外冬天和朋友去河裡捉魚，河裡全結了冰，厚薄不一定，一個不心踩到了薄冰就掉了下去，那才叫冰哩！」

姬蕾笑道：「高大俠好了不起喲。」

高戰瞧她臉上喜氣洋洋，假裝著甚是佩服的樣子，偏著頭，眼睛斜睇自己，那模樣真是又天真又嬌美，高戰忍不住讚道：「蕾妹，妳真好看。」

姬蕾心內受用非常，忽見前面白氣濛濛，似是燒水沸騰，心中大奇，拖著高戰上前觀看。只見一棵桃樹旁兩塊大石縫中噴出一股熱泉，高戰道：「果然地下有溫泉，這南邊幾千棵桃樹全靠這泉才能長得如此茂盛！」

姬蕾掬手一捧，那水溫熱適度，潔淨非常，心中大喜，就用手先洗了臉，又脫下鞋子洗腳，高戰連忙轉過身去，不敢相看。

半晌，姬蕾笑道：「好啦，好啦，老道學先生，可以轉身了。」

高戰轉身忽見那噴泉石上刻有字跡，連忙走近去看，只見上面寫著：

「南天異果普潤眾生。　松泉老人字。」

下面是用蠅頭小楷寫的：「老夫自號松泉，足跡遍天下名山異域，以天性清幽不滯於萬物，生平所喜無他，唯花果而已，偶得海外異種仙桃，尋宜地栽育三年而不得，適遊此處，見靈泉壤土喜不自勝，遂卜居於斯，越年桃苗初成，而老夫忽感不適，自知不起，名花名果，老夫心血所育，竟不得親見其成，甚憾！然而老夫栽此果一爲興之所致，再者此果功能清神兼強身，久食則仙業可卜也知，尤能除卻瘴毒，老夫昔年行腳苗疆，知瘴氣爲害之烈，但願後者珍之惜之，毋令老夫心血白流也。」

高戰一口氣讀完，心中對於先輩胸存義德，無私唯公的氣度甚是嘆服，手撫桃幹，心內慨然不已。

姬蕾忽道：「大哥，這松泉老人真是可憐，辛辛苦苦種的桃子，自己竟然不能吃到。」

高戰道：「他老人家目的只是濟人救世，又不是爲飽自己口福的，這桃子定然活人無數，他老人家死後也覺甚是安慰。」

姬蕾道：「話雖是這麼說，可是我倒想活著的時候能夠達到自己的希望，人死了就完了，我想什麼也不知道的。」

高戰見她突然變得鄭重起來，心內大大不解，姬蕾又道：「大哥，你瞧這桃樹有多大年紀了。」

高戰雖然不太在行，可是他見桃枝又粗又長，信口答道：「我想總有百多年了。」

姬蕾點頭道：「正是，草木無靈卻能與天地同壽，人爲萬物之靈，能夠活到一百歲的真是少之又少，大哥，難道愈有靈性的東西便愈不長久嗎？」

高戰聽她愈說愈離題，神色甚是悲涼，再也忍耐不住，和聲道：「蕾妹妳怎麼啦，眼下這好風景妳不去欣賞享受，心中胡思亂想作什麼？」

姬蕾不理高戰，又問道：「大哥，你相信鬼神命運之說嗎？」

高戰搖頭道：「鬼神是飄渺不可信，命運卻是有的，可是也得由每個人自己去奮鬥去努力。」

姬蕾道：「我本來也不信命運，可是我現在卻信了。」

高戰問道：「爲什麼？」

姬蕾道：「我剛剛忽然想起，從前小時候有個算命的說爹爹活不過今年，他又說我也活不過廿歲，爹爹起初聽他說自己在某年必死，只是一笑置之，後來聽他斷我，不由勃然大怒，丟了五兩銀子把那算命的趕了出去，現在果然應驗了，爹爹好端端被奸賊殺害，我只怕……只怕……」

高戰聽她原來爲這個悲傷，忙安慰道：「那算命的信口胡說，不過被他湊巧碰上。蕾妹，有大哥在妳身旁，妳還怕什麼。」

姬蕾低聲道：「我好端端的自然不會死去，但是，但是，我害怕你離開我，而且永遠離開我，這樣我不就等於死去嗎？」

她愈說愈是悲涼，高戰不由打了寒慄，彷彿目前真有什麼力道硬生生要分開他和姬蕾，他一定神，忙道：「蕾妹，妳還不相信我嗎？」

姬蕾悽然道：「大哥，我並不是信不過你，而是有時候有些事情你是無法避免，無法想像得到。」

高戰激動地道：「蕾妹，別怕，當危難降臨的時候，大哥和妳一起承擔，還有大哥的朋友像李鵬兒師兄、大哥的師父和辛叔叔一定都會幫助我們渡過的，啊，對了，還有平凡上人不是也挺疼愛妳的嗎？」

姬蕾見他說得誠懇，那張正直英俊的臉孔充滿了毅力、勇氣，似乎就是天下人都和他兩人作對，他也會不顧一切挺身而起。

姬蕾原是少女情懷，觸景生悲，想到身世悲涼，除了高大哥外更無親人，一時之間患得患失之心大起，是以悲不可抑，此時見高戰情深若斯，芳心又喜又悲，淚眼迷濛，但覺又苦又甜。

高戰最怕見人落淚，他一直記得父親臨終之言，丈夫流血不流淚，此時見姬蕾又流淚，還當她仍然不信自己，忙道：「別哭，別哭，蕾妹若不棄，咱們……咱們……就……」

姬蕾忙問道：「就怎麼樣？」

高戰紅了臉，結結巴巴道：「就……就對天……對天發誓，永不相離，結爲……結爲……」

他年輕面嫩，再怎樣也說不下去，姬蕾冰雪聰明，如何不解，只羞得轉身抬不起頭來。

高戰見她羞不可抑，也不知如何是好，姬蕾一定神，見高戰悵然若失，心念一動，不再羞澀，說道：「大哥，我總是聽你的話。」

高戰道：「蕾妹，今日我們捧土爲香，將來等遇到師父，再請他老人家作主可好？」

姬蕾低頭不語，高戰用手推起一大堆土，拉著姬蕾一起跪下，誓道：「弟子高戰與蕾妹結爲……結爲夫婦，如有欺心背誓，天厭之，天厭之。」

他愈念愈低，最後只有自己聽得到，姬蕾待他誓畢，站起來，但覺胸中甜暢無比，對高戰道：「大哥，我累啦，你替我守衛，我要睡一會兒。」

高戰道：「好啦，好啦。」

姬蕾閉上了眼，靠在樹旁睡了，半晌高戰見姬蕾呼吸均勻，似乎甜甜睡去，太陽從桃林空隙照進來，照著姬蕾的眼上長長的睫毛，還閃爍晶瑩的淚光，高戰長嘆了口氣，心想：「真是天真的孩子，一會兒哭，一會兒笑。」
忽然姬蕾睜開大眼睛接口道：「大哥，你嘆息什麼？」
高戰笑道：「妳原是裝的，我還以爲妳已睡啦。」
姬蕾道：「大哥，我今天真是快樂，我不再要求什麼了，否則老天爺一定會怪我不知足。」
高戰道：「別亂想，我瞧妳已是很疲倦，好好休息一會。」
姬蕾笑問道：「大哥，你師父比辛叔叔還厲害麼？」
高戰微一皺眉，尋思這問題好生難答，他師父天池大俠關外盟主風柏楊的先天氣功的確獨步武林，可是辛叔叔兼長各家，功夫真是神出鬼沒，高戰心內自是希望師父強些，然而他對辛叔叔也甚是敬重，是以沉吟半刻道：「蕾妹，妳問這個幹嗎？」
姬蕾笑道：「我想到了就問，難道不可以？」
高戰無奈，只得道：「論功力我師父年過六旬，辛叔叔才卅多歲，自然比我師父略遜一籌，可是若論身法劍術，辛叔叔劍可通神，當今天下除了平凡上人外，只怕再少有人與之匹敵了。」
姬蕾道：「從前我在家中，只道父親已是天下武功最強的人，卻想不到天下武學高明之士，多如過江之鯽，就是文倫那壞蛋的師父，武藝也相當了不起呀！」

高戰笑道：「正是正是，井底之蛙只能見到像井口一般大的世界，便道天下只如井口之小，磨房之牛，目力短淺，只能明視牠身旁幾尺方圓之地，便道宇宙狹窄若斯。」

姬蕾聽他說得很有道理，忽然一轉念叫道：「不行，不行，大哥你罵人啦！」

高戰笑而不語，姬蕾道：「你罵我是磨房之牛，不知天高地厚，其實也不盡然，我雖然少在江湖行走，可是在家中可也讀了不少書，並非孤陋寡聞。大哥，我給你看個物事，看你這博學多聞的明達君子識不識得？」

姬蕾從懷中取出一顆卵大明珠，高戰定睛一看，只見那珠子在姬蕾手中滾來滾去，發出柔和的光芒，更顯得姬蕾手如白玉，膚如凝脂。他瞧了一會，伸手拿了過來，仔細玩賞，對著亮處一照，只見那明珠一半暗，一半亮。

姬蕾得意道：「這就是文倫要搶的，他說要用來療什麼傷。」

高戰聽她一說，驀然想起上次在浙南雁蕩大俠生日席上，天煞星君不速而來，想取得賈俠為賀雁蕩大俠生日而送的釆品，當下脫口道：「這是水火風雷寶珠。」

姬蕾讚道：「大哥，好見識。」

高戰忽然哦了一聲道：「不對，不對，那珠兒明明由賈俠送給辛叔叔，謝他解圍之恩，怎會到你手上呢？」

姬蕾一怔，恍然大悟道：「原來你是碰運氣猜著的，大哥，你在別處也見過這一樣的珠兒嗎？」

高戰點頭，說出上次在浙南之事，姬蕾道：「這珠子是漢武帝時大宛國朝貢來的，相傳是大宛山上野龍之睛，分爲雌雄兩粒，當年貳師將軍李廣利率師途經大宛，索取汗血寶馬，大宛國王力戰不敵，只得獻出國寶汗血馬及這對水火風雷寶珠求和。」

高戰哦了一聲道：「難怪賈俠那珠子和這顆完全一樣。」

姬蕾道：「這顆是雄珠，辛叔叔有的那顆想來定是雌珠了，爹爹說，雌珠不祥，屢害其主，非得雌雄合一，才能免除凶禍。」

高戰道：「福禍無常，唯人自招，辛叔叔仁心義俠，持此珠定能反禍爲福。」

姬蕾道：「這珠子聽說能治百毒，爹爹說這是我們姬家家傳之寶，大哥，你送給我這麼好玩的千里鏡，我現在家都被燒了，什麼都沒有啦，就把這個珠兒送給你吧！」

高戰推卸道：「這怎麼可以？這是妳傳家之寶呀！」

姬蕾見他不收，心中很不高興道：「我送你的東西自然不稀奇，人家什麼姓林的啦，隨便送你一點什麼東西，卻當做寶貝一樣。」

高戰知她借題發揮，他胸前那個錢袋是林汶在他離家時給他的，是林汶自己親手所繡，高戰每一看到這錢袋，自然想起關外故居和老友「老黃」，所以一直甚爲喜愛，經常掛在胸前，姬蕾幾次看到都甚是不樂，可是知高戰爲人厚道念舊，是以不好發作。

姬蕾取出千里鏡道：「你既不要我的東西，這千里鏡也還你吧！」

高戰心知不能再事推托，便道：「蕾妹，妳別生氣，我收下便是。」

姬蕾大喜，口中猶道：「我以爲你瞧人家不起。」

高戰貼身收了，姬蕾忽道：「大哥，哪天我們遇到辛叔叔，你向他把那雌珠也要來啊，不然就把這雄珠也送給辛叔叔算了。」

高戰奇道：「怎麼啊？」

姬蕾突然羞紅了臉，低聲道：「那珠子……珠子……原是……原是……」

高戰大悟叫道：「是啊，那珠子是一對，咱們自然不能把它分開，辛叔叔夫婦感情好得緊，咱們正該把這珠兒送給他們，辛叔叔掛雄珠，辛嬸嬸掛雌珠，一切災害都可免除啦。」

姬蕾見他會錯了意，心中雖則不喜，但見他絲毫不爲自己作想，處處爲人，心中也甚感動，心念一動，便道：「辛叔叔是長輩，怎會平白受你寶珠，我看他多半會把雌珠送給你的。」

高戰並不愚笨，只是天性忘我，不思爲己打算，如何聽不懂她言外之音，當下喜道：「這樣也好，那麼雌珠讓妳佩掛，也是一樣，一樣好。」

姬蕾羞澀道：「大哥，你別忘記向辛叔叔討啊！」

高戰應了一聲，姬蕾心滿意足，笑生雙靨。忽然一陣幽幽的笛聲從遠處傳來，姬蕾聽了一會，只覺心內惶惶不已，她彷彿又聽到了老父溫和的聲音，近了，近了，已死的爹爹就如在身畔呼喚一般，姬蕾突覺一種莫名的悲哀，全身不由打了個寒慄，抓住高戰的雙手，高戰凝神聽了一陣，大呼道：「蕾妹，咱們走，這就是我那個會吹笛的朋友吹的。」

姬蕾正待答話，驀地從桃林外飛入一隻絕大金色禽鳥，高戰歡叫道：「金鳥金鳥，我那姓金的弟弟在哪裡？」

那金色大鳥爪一鬆，落下一張素紙，上面歪歪斜斜畫著幾行字，姬蕾忙湊過來看，只見上面寫著：「高大哥，我在前面山谷裡等你，金兒會給你帶路，我不喜歡你身邊那朋友，希望別帶她來，金弟上。」

姬蕾大大生氣，她在家何等嬌縱，想不到居然有人不願見她，當下板著臉道：「大哥，這人好生無禮，你也別去啦。」

高戰見她神色不善，只得答應了，那金鳥兒卻不服氣，連連對姬蕾呱叫，似乎是責罵姬蕾一樣，姬蕾雖然有些喜歡那鳥兒生得雄俊，但實在氣極，揮手欲打金鳥，金鳥雙翼一展，衝霄飛去，臨走時還偏著頭看著姬蕾，神色甚是頑皮。

那笛聲又響了，這次聲音中充滿了焦急之意，好像大軍被困，人糧兩絕，而援兵遲遲未到，眼看即將為敵所滅，姬蕾雖是大大不滿這人，可是也不免暗暗為他心焦，再看高戰也是焦急非常，不禁衝口道：「大哥，你就快去見你那金弟，我在林子裡等你，我也不稀罕和他見面啊！」

她雖如此說，心中對於那姓金的實在很是好奇，高戰如釋重負，飛奔而去，那金色大鳥又從高空降低，引領著高戰向前去。

姬蕾看見高戰走遠了，突然心內惶然不安，坐在桃樹下無聊地胡思亂想。

笛聲又起了，這次充滿了歡愉，姬蕾心中也愉快一點，然而這是真的歡樂嗎？在笛聲中，一些事已決定了！那是上蒼早就安排好的。

十六　百年仇怨

且說高戰隨金鳥轉了幾個大彎，來到一處幽谷，四周都是花草，當中凹下一塊方圓約有餘畝，那路上相識的少年金英，正端坐在中間，舉起白嫩小手向他招呼。

高戰一縱身下了谷底，那谷只有一丈左右深淺，姓金的少年滿面堆歡道：「大哥真是信用，昨天我就看到你啦，只是我不喜歡你身旁那姑娘，這才跑到此處用笛子招呼你。」

高戰道：「那位姑娘是我好朋友，人是很好的，只是脾氣有點怪。」

金英道：「又小氣又驕傲，有什麼了不起。」

高戰不言，金英柔聲道：「大哥，我邀你來也沒有什麼別的事，咱們相交一場，我就要回家了，如果連彼此身世都不知曉，那還叫交什麼朋友。」

高戰道：「是啊，上次你說教你吹笛的白婆婆，我不久前聽一位老輩說她是南荒三奇的么妹啦。」

金英大奇道：「這事當今世上只有幾個人知道，你說的那老前輩到底是誰啊？」

高戰道：「是東海三仙之首平凡上人。」

金英臉色一變，恨聲道：「原來是這老鬼，師父真恨死他了，師父也被他害慘了。」

高戰對於平凡上人無憂無束面嚴心慈的性子甚是仰慕，他見金英罵平凡上人，正色道：「英弟，你怎可出口傷人，這位老前輩別說武功天下第一，就是算年歲，普天之下也難找出如此高壽，你師父是誰？我想定是他老人家晚輩，怎麼這樣無禮。」

金英見他正色責問，臉上一紅，幾乎急得哭了起來，委委屈屈道：「我師父就是白婆婆，她不但教我吹笛，而且教我武藝，高大哥，你聽我講段故事，你便明白師父為什麼恨平凡上人了。」

高戰上次聽平凡上人說起南荒三奇和白婆婆，正說到關鍵所在，上人忽然飄然而去，心想這幾人之間定有恩怨相纏，就連一塵不染苦修多年的慧大師也涉及在內，這金英既是白婆婆徒兒，定然知道其中關係，於是便道：「英弟，這件事我只知道一點點兒，你說給我聽可好？」

金英點頭，略一沉吟道：「當年師父是南荒三奇的么妹，脾氣又嬌又蠻，像是你的女伴一樣，大家當她面叫她南荒仙女，背著她卻喊她蠻女。大哥，你想想看有三個大靠山師兄，師父自己又長得很美而且武功又俊，當然會目空一切啦。」

高戰接口道：「這個上人也說過的，後來她又怎麼會和慧大師交惡呢？」

金英道：「師父就這樣有若公主一般的過日子，南荒三奇個個生得都很英俊，而且又是親生兄弟，三人在外威風凜凜，出言即是法令，可是在小師妹面前卻一向將就慣了，百依百順，那老二老三就是我二師伯和三師伯，一向唯大師伯馬首是瞻。」

他歎了口氣，又道：「後來我大師伯偷偷愛上了我師父，他那兩個弟弟也幫著大師伯出主意，討取師父好感，可是過了一年，師父仍然我行我素，對大師伯並未特別親近，大師伯傷心之餘，這就放棄心念，潛心武學，咱們南荒一派武功竟被他們三人練到登峰造極。」

高戰心想這三人雖則兇惡，倒是非常友愛，金英又道：「這一年，師父廿歲生日，不但南荒邊地綠林豪傑備送重禮祝壽，就是中原也有不少高手專誠來賀，因爲師伯三人這時的名頭已是震驚湖海了，就這樣，惹下了一件不可挽回的悲劇，我師父變成現在這個樣子，我師伯被關在無底洞中將近百年。」

高戰聽得津津有味，不敢打斷金英話題，見他忽然住口，只得以目示意，催他快講。

金英抬起頭來，仰視向晚的天空，良久才嘆口氣道：「這些都是師父告訴我的，她一生的感情就在這次生日宴會後斷送了，所留下一點點兒都灌注給我，她老人家對我真是好得不得了。」

高戰忍不住問道：「難道平凡上人也來了麼？」

金英道：「平凡上人那時方自少林逃禪，躲他少林寺徒子徒孫的追蹤都來不及，那敢公開露面。」

高戰聽她不再喊平凡上人為老鬼，很感欣慰，對金英微微一笑，表示嘉慰，金英繼續道：

「來的不是別人，乃是太清門中鼎鼎有名的美人，太清玉女西蘋。」

高戰接口道：「那就是現在的小戢島主慧大師。」

金英點頭道：「那太清玉女據師父說的確美極，人又天真可愛，師父一生自負容顏絕世，也不由從心底為玉女喝一聲采。這玉女在滇池住了幾個月，她對於南荒風光甚是欣賞，大師伯敬她年紀雖輕，卻已是一派宗主，親自陪伴她遊山玩水，大師伯學富五車，人又瀟灑多才，太清玉女出身名門，在中原不知風靡了多少年輕俠士，想不到竟會在南荒對一個半邪半正的人垂青。大師伯在傷心之餘，對於這明慧可人的小姑娘也甚是喜愛，我二師伯三師伯還不是趕緊湊趣，替他們大哥安排種種好機會。」

金英說到這裡，又嘆了口氣道：「師父說有些事情是老天爺已安排好的，不管你想什麼辦法，也不管你從那條路走，那結果都是一樣的。」

高戰忖道：「這白婆婆真是歷盡滄海，是以見事深刻，想來當年之事甚是悽慘。」

金英道：「大師伯和太清玉女交遊了幾個月，兩人形影不離，大家都為他倆人慶賀，師父卻愈來愈不高興了，常常背著人一哭就是一天。後來大師伯向師父宣佈將與太清玉女成婚，師父一聽之下，勉強裝著笑容道賀，話未說完，忽然哇哇吐出兩口鮮血，大師伯大驚，連忙扶她進屋，悉心替她調治了一個多月，這才病癒，這樣他和太清玉女的婚期自然延遲下來。」

高戰道：「原來你師父也暗中喜愛你大師伯哩！」

金英哦了一聲，不喜道：「大哥，你對女孩心事知道不少呀，我想你一定和不少的女孩子作朋友。」

高戰喃喃不知所語，金英又道：「我大師伯在師父病中，聽到師父夢語，才明白原來他這個小師妹竟然心裡也偷偷喜愛自己，只是從前少女情怯，而且又嬌縱已慣，是以對大師伯並不稍加詞色，大師伯起先原是喜愛這個小師妹，可是如今太清玉女也成爲心中至愛之人，他左思右想，也想不出一個好辦法。」

高戰心想：「這三個老魔倒也非完全無義之人，只是憑一己喜怒而殺人，這卻大爲不對。」

金英道：「我師父的父親，就是南荒一門的開山祖師，南荒三奇是其嫡傳弟子，我大師伯受他師父臨終托孤，要終身善待這小師妹，大師伯身受師恩，怎麼也不願使師妹傷心，雖然太清玉女可愛至極，可是大師伯爲免打擊師妹，終於想出一條絕路。」

高戰道：「太清玉女真是淒慘，她並沒有做錯任何事，可是老天爺硬如此罰她，她燦爛一生就這樣完了。唉！你師父，白婆婆——」

金英道：「師父說這就叫前緣天定，她說當大師兄離開她那天，神色甚是怪異，眼光中流露出至愛和絕望，大哥，當一個名聞天下的大豪傑，從他眼中流露出的不是令人心醉的神光，而是英雄末路的眼神，那情況真是難堪啊！」

高戰點點頭，金英又道：「太清玉女住在滇池，過了兩天，一個騎馬的人送來一封信給她，一封信給師父，兩人一看之下，雙雙臉色大變，太清玉女恨恨瞪著師父，一言不發，立刻離開滇池。」

原來大師兄託言赴中原參加武林百年一屆開府大會，最多一月便回，其實他計算已定，明知此事不能兩全，深感對不起師父和太清玉女，只有藉敵人之手一死，他素知太清玉女和師父都是剛烈性子，決不會因他之死而殉情，一定會苦練武功爲他報仇，這樣便可消磨去她們無涯的時光，等到年紀大了，那自然會把一切看得淡薄的。」

高戰脫口道：「原來如此，他就故意去尋上人晦氣，想要決鬥求死哩！」

金英答道：「大師伯這番用心的確苦極，大哥，你想想看以大師伯功力，放目天下又有幾個能和他匹敵，除了平凡……平凡上人外，誰都經不起他老人家一擊的。」

高戰聽他說得狂妄，心中雖然不悅，但心想這話也不是金英胡亂吹噓，上次自己在少林寺與那三個老魔中老三對掌，但覺全身勁力如石沉大海，這三人之功力，當真深不可測了。

金英道：「我二師伯三師伯和大師伯當真是焦不離孟，明知大哥死意已決，竟然還是跟著大師伯一塊走了。」

「好不容易找到平凡上人，大師伯故意激怒平凡上人，兩人動上了手，平凡上人名滿天下，武功之高令人不可思議，大師伯和他大戰一場，二師伯在旁看得興起，也上去合戰平凡上人，平凡上人當真厲害，戰了一日一夜，並不見絲毫敗意，大師伯原是想藉決鬥求死的，然而遇著生平未有之敵，雄心奮發，三兄弟竟是一般意思，先打敗敵人再說。」

高戰問道：「你師父當日也在場嗎？」

金英道：「正是，我師父一直躲在旁邊看，她不敢開口，怕要影響師伯，後來平凡上人長嘯一聲，不住後退，師伯們明知有詐，但仗著武功高強，不住前逼，平凡上人忽然向後一躍，落入山谷中，三人也像著魔一般跟著躍下去，那山谷深不見底，終年被雲霧封住，看不清楚谷底，師父在旁只嚇得面無人色，走到谷邊一看，什麼都看不見，忽然平凡上人哈哈長笑，聲音中充滿了得意之味，師父心中一痛，便昏倒在地上。」

高戰道：「上人並沒有殺他們，上人說他用詭計騙得他們三個入洞，再用巧力推動萬斤大石蓋住出路。」

金英嘆道：「我師父當時神智已亂，如何能想到這許多，她只道師伯已為她而死，當她老人家醒轉以後，平凡上人已走遠了，她性子剛烈，適才見平凡上人功夫非凡，自知萬萬不是敵手，這才咬牙切齒重返南荒，居於大雪山頂上，苦練功夫。」

高戰道：「那太清玉女大概也覺塵緣已盡，就出家為尼，卜居小戢島，她心裡自然也惱平凡上人，是以千方百計要佔上人上風。」

金英道：「師父說她一夜之間容顏大變，第二天太陽還是一樣的出來，然而她眼中景物卻是枯黃的，灰色的，小溪中的水還是一樣的清澈，緩緩向東流著，然而水中的影子卻變了，那明媚如花的少女不見了，那烏黑油光的秀髮不見了，師父肩上披著的是一身灰色的頭髮，師父的心也像枯木一樣，再也沒有生氣。」

高戰道：「慧大師又何嘗好過，平凡上人說她到小戢島時就是一個老太婆，照時間算來也只有幾年工夫呀！」

金英道：「慧大師一方面固然恨平凡上人殺死她唯一情人，另一方面又恨我大師伯薄情，大哥，像她這樣一個漂亮的少女的全部感情，還不能挽回一個人必死的決心，她自然是氣憤非常，歲月悠悠，她自然也像師父一般老得快呀！」

高戰道：「這三個人都脫出了那石洞，還練成了一宗絕傳武藝『腐石陰功』，他們都和平凡上人照了面。」

金英道：「我師父她說，住在雪山起初幾年，一閉上眼就夢見我大師伯，全身鮮血站在雲端，向師父微笑，那笑容，大哥，在我師父看來真比用刀割還令她難受，師父每次從夢中驚醒，伸手一摸，果然是鮮血淋淋呀！原來是她咬破了自己的下嘴唇。」

高戰聽得十分感慨，暗忖：「吳大叔爲情而終身寡歡，終於出家爲僧，這南荒嬌女這般磨折自己，爲的又是什麼呢？生命是可貴的，然而和真情比起來，那又算得了什麼？」

金英接著道：「後來師父慢慢平靜下來，長自靜坐，終於悟出萬事從來有定，不可強而求得，她這一悟，性情大大改變，只覺悲天憫人，對於平凡上人之仇視也不像先前那麼強烈，後來有一天接到慧大師戰書，她此時已無勝敗之心，心想看看昔日情敵變成什麼樣子也好，這就單身赴約，到小戢島上去。」

高戰道：「難怪平凡上人說他老人家見一個白髮婆婆與小戢島主鬥功力，白婆婆吹笛想使慧大師入魔哩！」

金英道：「正在鬥得不可開交，平凡上人忽然出現，師父看了他一眼，但覺新仇舊恨一起湧將起來，幾乎想上前和他動手過招，但是自忖不敵，終於恨恨而去。」

「又過了好幾十年，師父收我爲徒兒，把一腔情感便都寄托在我身上，我自幼喪母，可是師父給我的，比起慈母給我的恐怕並不少哩！」

高戰聽他也是自幼喪母，對他不由大起同情之心，執住他手道：「白婆婆一定愛極你了，英弟你真幸福。」

金英道：「白婆婆教我讀書識字，又教我武藝，每次我不高興了，她老人家就吹笛子給我解憂，久而久之，我也會吹笛子了。」

高戰道：「白婆婆那樂音蝕骨是極上乘內功武學之一，英弟你如此年輕，竟然得了白婆婆衣缽，真是福緣不淺。」

金英道：「我爹爹見師父待我好，每年只有過年的時候才接我回去，我還有一個叔叔叫做金伯勝佛，在天竺是鼎鼎大名的。」

高戰聽師父說過恆河三佛至中原，與東海三仙大戰之事，當下大吃一驚，金英道：「你以爲我是中國人，其實我是天竺人哩。」

高戰喃喃道：「金伯勝佛，恆河三佛，原來是你…是你叔叔呀！」

金英年紀甚輕，見高戰對於金伯勝佛名頭甚是震驚，不由非常得意說道：「我叔叔雖然武功高強，可是也不見得勝我師父多少，聽說東海三仙二次趕赴天竺，找恆河三佛比劃，結果恆河三佛都吃了點小虧，倒是我爹爹是天竺第一怪人，財產之多，就是你們中原也找不出幾個。」

高戰哦了一聲道：「難怪我聽說那千里鏡是無上寶物，只有皇宮大內才有，可是你卻隨意送給我一個。」

金英得意滿臉道：「誰說不是呢？那千里鏡是我心愛之物，我家也只有兩個，除了大哥，我誰也不會送的。」

高戰感動地道：「英弟，你待我真厚，你漢話說得很不錯呀！」

金英笑道：「我就是不喜學寫漢文，所以寫得東倒西歪，大哥你別見笑。」

高戰見日已偏西，心想適才金英敘述那段往事的確動人，不知不覺已過了兩個時辰，正待起身告辭去找姬蕾，金英道：「我師父一聽到三位師伯出困的消息，便如身坐針氈，一刻兒也不能平靜，最後按捺不住，帶我一塊兒下山，我自跟師父以來，從來沒有見過她老人家如此沉不住氣，一點小事就激動得不得了，她自己也時常嘆息道：『快一百年的苦修，到頭來還是並無絲毫用處，看來情孽害人真是不淺。』」

高戰急於離去，抬頭一看，四周奇花異草，輕風拂面，微香襲人，真如置身仙境，他剛才只顧專心聽金英話說前因，是以一直不曾注意。

金英道：「這地方是我師父無意中發現，她現在已去追趕我師伯，只有我和金兒住在這裡。」

他說得楚楚可憐，意思就是要高戰陪他，高戰心念姬蕾，只得裝作不懂，忽然金色大鳥呱呱大叫，不遠之處有沙沙腳步之聲，高戰和金英縱身樹上一瞧，只見一個高大老人手中托著一個少女，高戰只覺那少女身形非常熟悉，但相隔甚遠，不能肯定，那老人用一手托著少女，手伸得筆直盡量離開自己，似乎害怕背上欺侮女流之名，嚴守授受不親之禮，那少女被點了穴道，不能動彈，忽然大眼一睜，向高戰停身樹上瞧去，高戰大震，幾乎落下樹來，當下低聲急道：「英弟，你去告訴我那女伴，叫她先一個人向川南走去，我有一個朋友被壞人捉住了，我得趕快去救她。」

金英冷然道：「那少女又是你的朋友，你真討女孩子喜歡呀！」

高戰無暇辯論，翻身下樹，金英忙叫道：「大哥，你瞧。」他說罷一揭頭巾，高戰只覺眼前一亮，金英俏生生立在樹上，秀目娥眉，原來竟是一個女孩子。

高戰雖是驚異，可是腳步並未止住，金英高聲叫道：「大哥，我不該騙你，我……我……」

高戰急道：「現在沒工夫啦，我有空再來瞧妳。」

金英手一揚，打出一件物事，高戰伸手接住，往懷裡一塞，金英結結巴巴道：「這是我媽……我媽媽的遺物……師父和爹爹……爹爹都叫我送給一個……一個最……最可靠……最好的朋友。」

高戰幾個縱身已穿出林子，耳旁還聽到金英哭喊道：「大哥，你要小心啊！」

他這一陣急趕，已走離林子很遠，適才略一耽誤，那高大老人已失去蹤跡，高戰心中好生奇怪，暗忖這老人手中托了一人，竟然走得這般迅速，難道武功如此了得？

他見眼前道路突然分叉，當下一沉吟，跳上高樹，向四周一望，只見左邊那條路上荊草無風而動，心中立刻瞭然，趕緊向左撲去。

原來高戰適才瞧清那漢子，正是上次他和師兄李鵬兒在怪林中碰到的翠木老人，那少女正是住在辛叔叔家中的林汶，這叫他如何不急？

且說高戰向左走去，他全身佈滿先天氣功，輕身功夫已使至十二成，他小時誤食千年參王，今日又食了南海仙桃，但覺精氣凝注，愈跑愈是精神，過了一會，便追近前面老人。

高戰高聲喊道：「前面的朋友留步，大丈夫欺侮不會武功的女流之輩，又算得了什麼英雄好漢。」

那翠木老人一回頭見是高戰，也不答話便往前走，他感到甚爲羞慚，好在他臉上濃濃罩著二層青氣，是以並不顯出兩頰生紅。

高戰見他不顧江湖道義，不由勃然大怒，其實這翠木老人昔年也是大有來歷之人，爲了一事，這才不得已幹出這種見不得好漢的事，他聽高戰叫罵，心中真是又痛又慚，腳步不由放慢，想要出言解釋。

高戰見機不可失，一縱身，雙掌平拍過去，這招正是天池狂飆拳中「雷動萬物」，那翠木老人知道厲害，閃身滑步躲過，向前樹叢中一鑽，無影無蹤。高戰此時也顧不得入林之忌，跟著撲了進來，翠木老人幾個轉身便不見人影，高戰心中大奇，他向四周仔細一看，只見古木參天，均是粗可數人合抱的老木，他心念一動，走向一棵樹木一拍，只覺手上一痛一麻，趕緊一看，原來手背中插了一根細若牛毛之青烏鋼針。

高戰一定神抓出鋼針，他知這針上有奇毒，他向後轉身，只見一條人影如飛逃去，高戰遭人暗算，不禁氣憤膺胸，運過無堅不摧的先天氣功，遙向那人推去，那人身形正起，閃無可閃，悶哼一聲，身形一滯，又復縱起，口中斷斷續續道：「姓高的小子，你再凶也只有……只有十二個……時……辰好活……好活啦，老子……這勾魂草熬練的毒針，天下……只怕……只怕無人救得了。」

他方說完，哇的吐了一大口鮮血，高戰見他內傷沉重，他心地厚道，也懶得上去再加殺手，凝神尋思救人步驟，但覺一條手臂都麻了起來，他大驚之下，趕緊服下幾丸師門解毒丹，心想：「既知是翠木老人捉去林汶，黃木翠木師兄弟兩人居住的地方自己是知道的，而且瞧他二人非並萬惡之輩，他們是辛叔叔仇人，看來擒捉林汶多半是爲逼辛捷出來，眼下還是先療毒重要，毒消後再趕去不遲。」

高戰盤算已定，趺坐運功逼毒，天池派一向我行我素，獨居關外不與關內各派來往，是以他本門不但武功卓絕，另外醫傷療毒也有一套絕學，免得去求別派，高戰真氣運行一周，只覺並無停滯不通，然而痲木之處漸往上移，他心念一轉，立刻慘然站起，閉住全身穴道，向原路而去。

原來天下最厲害之毒莫過於「無形之毒」，這無形毒是或隨血液運行，或停於體內久久不發，一旦妄用真力則發作起來。當年無恨生被玉骨魔酒中下毒，就是無形毒中第二種，是以在華夷之爭時真力突然不濟，幾乎喪生恆河三佛之手，這種毒一入體內與血液化合，任是絕頂高手也難憑內力造詣逼出毒素。

高戰心知所中之毒非同小可，眼下在這荒野中誰也不能救得，他連連幾個念頭都找不到適當的決定，最後一咬牙，暗想：「先拚著去救林汶，免得林汶多受苦難，自己中了別人獨門毒藥暗器，非獨門解藥莫解，這生死之事從來自有天定，正如白婆婆所說是強求不得的。」

他一路疾奔不停的想著，暗自嘆息忖道：「從前歷代忠臣如文天祥，岳鵬舉都是以死全節，求死以成名，那南荒三奇的大師兄爲了情思難償，不能兩全其美，於是決鬥求死，這世上有的爲名而死，有的爲情而死，這生死之間卻也甚是微妙，我高戰今日受人暗算，要是死於荒野，這算是爲什麼呢？」

前面有三條路，高戰向中間走去，走了很久，天色已然全黑，此時正當仲夏，天空繁星密佈，高戰又想道：「求仁得仁，求義得義，夫復何憾！先祖當年出生入死爲國宣勤，抵禦外侮，終至馬革裹屍，我高戰於國家無寸功，於百姓無寸勞，就這樣不明不白死去，高戰啊，你真死不瞑目呀！」

他又轉了兩個彎，前面是一片松杉交錯林子，高戰知已到達翠木黃木所居之處，立即屏住雜思，運足真力叫道：「晚輩高戰奉辛大俠之命請黃木老前輩現身。」

他知黃木老人師兄弟定是去尋辛捷夫婦晦氣，恰巧辛捷夫婦不在，這就捉住林汶爲人質，逼使辛捷出面，是以假借辛叔叔名義向黃木老人招呼。

果然不過多久，翠木老人從樹枝走出，一言不發帶著高戰入林，高戰依照規矩，用汗巾掩住雙眼跟隨入內。

走了一會，翠木老人冷冷道：「到了，到了。」

高戰脫開汗巾，只見黃木老人端坐樹上，向他點頭示意，高戰朗聲道：「前輩擄我師姐，不知有何見教。」

黃木尚未答話，翠木搶著道：「你這小哥別胡說八道，那丫頭手無縛雞之力，怎麼又是你的師姐了？」

高戰行走江湖每次向人介紹姬蕾時，都稱她為師妹，是以說慣了口，連林汶也說成了師姐，當下既感不好意思，翠木冷道：「你能代表辛捷那小子嗎？」

高戰見他無禮，強忍怒道：「兩位和辛大俠有樑子，何不去找他本人，大丈夫恩怨分明，找婦女孩子逞威又豈是男兒本色。」

他此言大是義正詞嚴，翠木變色欲起，黃木上次與高戰對過掌力，知他功夫甚深，翠木並非其敵，舉手制止翠木老人道：「我們本來只是想向辛大俠討教，順便和老朋友聚聚，哈哈，想不到老朋友竟然不理會我們，只派些孩子女娃接待，真是不夠朋友。」

高戰見全他全無誠意，心中暗氣，忽然想到一事，急問道：「辛大俠的公子呢？」

翠木冷冷道：「那小鬼倒有些真功夫，我兄弟見他天真可愛，放他去搬救兵了，姓高的，你再要是以為我兄弟是專門欺侮婦女之徒，老夫可要對你不客氣了。」

高戰長吸一口氣，心中大為放心，便道：「兩位前輩與辛叔叔的樑子，晚輩自然不能過問，可是這位姑娘，請老前輩放她走，晚輩擔保數日之後，辛叔叔登門謝罪。」

他這單刀直入一語，黃木老人微微一笑對翠木道：「這位少俠真是快人快語，咱們就依他吧！」

高戰大喜，他經驗畢竟不足，以爲黃木老人珍惜名頭，不願與小輩爲難，正想行禮道謝，黃木老人緩緩道：「不過少俠須爲我兄弟做一件事，作爲彼此交換。」

高戰慨然道：「只要前輩放走這位姑娘，就是上刀山下油鍋，在下也心甘情願。」

翠木老人冷然道：「你對那姑娘倒是一往情深哩！」

他一生未涉情海，對於少年男女相悅，認爲是無聊之事，一向極爲討厭，是以出口傷人。

高戰臉一紅，正色道：「晚輩有一條件，前輩吩咐晚輩所做之事，必須要能在數個時辰作完之事，否則晚輩實有苦衷。」

黃木老人道：「用不著那麼久，只是此事危險至極，從來無人生還，你得仔細考慮一下。」

高戰苦笑道：「生死之事，倒也不放在心上，只是前輩得先放我師姐，晚輩再去爲前輩辦事。」

黃木老人陰笑道：「這個當然，翠木，你帶他去看看那位姑娘。」

翠木領著高戰走到一棵大樹旁，一按活門，那樹中間露出一室，佈置得清雅非常，林汶正躺在床上，睜大眼睛不能動，她一見高戰，作勢欲撲到高戰懷中，只是手腳不能動，一滾之下，落下床來，高戰身形一閃，伸手接住，輕身對翠木老人道：「相煩前輩爲她解開穴道。」
翠木老人正在猶豫，怕高戰改口不覆行諾言，黃木老人從外走來接口道：「翠木，你別小看這少俠，他可是千金一諾哩！」
高戰暗罵這老傢伙真是狡詐百端，先用大帽子套住自己，翠木上前拍開林汶穴道，林汶拖住高戰，埋頭在高戰懷中痛哭不已。
高戰道：「汶姐，妳得救啦，快回去，辛嬸嬸他們定然爲找妳而忙呢！」
林汶哽咽道：「我妹妹那天和梅公公一塊上山採藥去了，這兩個壞蛋欺上門來，金童和他過招，被比較老的老鬼打敗，我叫金童去向辛叔叔投信求救，金童死也不肯，這孩子天生俠義，再怎樣也要保護我，後來我騙他玉妹也遇險了，他仍不肯罷手，護在我身前。」
「辛平小小年紀，真是難能可貴。」
林汶道：「這兩個老鬼見糾纏不清，他們大概也動了愛才之心，便溫和告訴金童，絕對不爲難我，只是希望和辛大叔見面而已，我也以死相脅，金童這才放手。」
高戰柔聲道：「汶姐，妳受苦了嗎？」
林汶臉一紅道：「這老鬼人雖壞，倒是很古板的。」
高戰細細瞧了林汶一眼，兒時歡樂又陡然回到心頭，但一盤算時間無多，如果真如那暗算自己的人所說，那麼還有五六個時辰好活，當下一橫心道：「汶姐，妳先回去，我就來看妳。」

他說此話時，但覺悲不可抑，聲音復微發抖，林汶睜大眼奇道：「你怎麼不陪我去，我在林子裡就看到你啦，可是我不能講話，總算謝天謝地，你也發覺趕來相救。咦，那兩個老鬼你認識麼?怎麼放我呢?」

高戰騙她道：「我的確認得他們，汶姐聽我話，我從小一直聽妳的話，妳也該聽我一次呀!我真的現在有事情。」

林汶見高戰眼角似有重憂，那黃木翠木不斷探頭偷視，似乎有急不可待之事等著高戰，她細心一想，抓住高戰手道：「戰弟，別騙我，你答應他們什麼條件?」

高戰大笑想要混賴，林汶最是細心貼切，高戰的脾氣她真是瞭若指掌，他這一笑，更證明了她的想法，林汶悲聲道：「戰弟，不要答應他們，寧可我死了，也不能讓你受到傷害。」

高戰甚爲感動，眼角微濕忖道：「我高戰處處受人關切，今日爲汶姐而死，也不枉她對我好一場。」

高戰見時間一刻一刻過去，林汶抓緊自己不放，一橫心拂中她睡穴，扶她睡在床上，又細瞧了一眼，心想就是立刻死去，也不會忘掉她的面容了。

黃木在外拍掌，高戰昂然而出，朗聲道：「前輩有何事情快說出。」

黃木沉吟一會道：「這事端的九死一生，如果少俠不幸遇難，老夫敬少俠是條漢子，這位姑娘老夫不但放她，而且送她返回沙龍坪。」

高戰隨手一拍大樹，樹上印出五個深深手印，高戰亦聲道：「君子一言，快馬一鞭，晚輩就向前輩先謝了。」

黃木老人讚道：「好深的功力。」

高戰微微一笑道：「現在時間無多，就請前輩示下。」

黃木老人緩緩道：「少俠既有要事，老夫也不再嚼舌說明其間因果。就在這林子東南五里之處，有一個深不可測的地洞，洞中藏著一部絕世神功，我兄弟兩人……。」

高戰心想自己只有幾個時辰好活，還受這黃木老人挾持，要爲他去拚命，真是哭笑不得，黃木老人見他心不在焉，陰陰道：「這事端的危險至極，少俠如果懊悔，現在還來得及。」

高戰怒道：「丈夫一言，快馬一鞭，晚輩雖則少不更事，這個倒也懂得。」

黃木老人點頭道：「少俠名門弟子，這『信』之一字自是看得極重，那洞中藏著的秘笈叫做『枯木神功』，是武林中絕傳已久的功夫。」

高戰心中一凜，暗忖這兩個老人綽號以什麼翠木黃木，只怕與這「枯木神功」有關，當下沉吟不語，黃木老人接著道：「不瞞少俠說，我兄弟自從當年一敗於七妙神君梅山民，再敗於他的傳人辛捷，便發誓埋首苦研奇功，以求雪昔日之恥，這『枯木神功』正是我兄弟久欲習睹之術，是以……是以相煩少俠下洞一取。」

高戰暗忖：「這兩人久居此地，一心一意想得枯木神功，竟然不敢入洞去取，可見那洞中定是凶險無比，哼，倒要我去替死。」

他正想開口問黃木老人洞中情況，但轉念一想，自己生望渺茫，那洞中就是奇險絕倫，好歹也要闖它一下，此時倒也不必多問示弱。

黃木老人道：「入洞的人每年都有，可是能活著出來的，我兄弟居此十餘年，從來不曾見過。」

高戰冷笑道：「飛蛾撲火，其咎自取，但是兩位老前輩也脫不了慫恿之責吧！」

黃木翠木老臉脹紅，這兩人練就異功，臉上死氣沉沉，是以不易看出喜怒哀樂，高戰此語道破兩人心事。他兩人並非萬惡之輩，平生行事除了稍嫌偏激外，並無不赦大惡，只是爲了爭一口氣，這才雙雙埋名隱居，並且四處放了空氣說這林中有武林絕學，江湖上的好漢自是連綿不絕前來找尋，他兄弟兩人也曾入洞，但都吃了大虧回來，是以想利用別人冒險取書，自己兄弟再利用林中佈置出手相奪，以收漁人之利。

黃木翠木羞慚得說不出話來，高戰心地厚道，不忍再羞辱他們，便道：「晚輩這就去取，萬一晚輩不幸，但望前輩不要食言才好。」

黃木老人手一揮在前領路，高戰長吸一口真氣緊隨在後，那林中盡是松杉，夜風吹來，松濤似海，高戰心中也像波浪起伏，姬蕾的面容清晰的浮起來，林汶溫柔的眼睛似乎含著淚在注視著他，高戰激動得幾乎要大叫幾聲，但他畢竟忍住了，心中不住地說：「蕾妹，別了，大哥說過不離開妳，可是天意如此，又有什麼辦法？汶姐，妳那溫柔的眼光別再含愁看我，我求求妳！爲妳而死我是很願意的，何況我身中劇毒哩！」

三人把輕功夫施到十二成，不一刻便走到林之東南角，黃木老人一指前面一塊草地道：「這就是那古洞的入口。」

高戰走近前去，只見那草地中有一個尺餘方圓小洞，恰可容一人入內，底下黑漆漆什麼也看不清，他放目四看，夜涼似水，月光一線從古樹葉叢中透過，照著黃木老人黃蠟似的臉和翠木老人青濛濛的臉，更顯得獰然可怖。高戰猶若置身魔宮，不由打了一個寒慄，這世上的美好和善良都一齊湧向他心頭。但覺世間之恩怨情孽都變得甚是親切，竟然怔怔不知所措。

翠木老人道：「從這裡入內，有三條通道，向左走的就是那秘笈所在。」

高戰一驚，見黃木翠木滿臉企望之色，心中一動，朗聲道：「晚輩盡力爲前輩效命，只是還有事須得前輩見諾。」

翠木老人意似不耐，黃木老人道：「少俠尚有何事？」

高戰聽他語氣似乎甚是誠懇，當下便道：「這枯木神功定然是厲害無比了……」

翠木搶著道：「這個自然，否則師兄和我何必眼巴巴等在此處十多年。」

高戰道：「晚輩知兩位前輩心地慈善，只是爲報辛叔叔當年斷劍之仇，晚輩斗膽求前輩，萬一晚輩幸不辱命，兩位練成絕藝，除了找辛叔叔外，不可以此功誤傷任何人。」

黃木一怔，隨即讚道：「俠心俠行，老夫答應了。」

高戰點頭稱謝，道聲再見，頭也不回向洞中走去。

原來高戰只道辛捷功參造化，這黃木翠木就是練就枯木神功，也萬萬不是辛叔叔對手，所以出言纏住他二人，卻萬萬未想到這番話救了天下武林無數好漢，此是後話不提。

黃木翠木見高戰躍身入洞，兩人相顧一望，黃木老人徐徐道：「這孩子福緣甚厚，並非夭折之相，這次只怕會成功也未可知。」

翠木老人嘆道：「大哥，我此時倒有點後悔不該要他入洞啦，這孩子真是憨厚善良，偏他長得又俊。」

黃木哈哈笑道：「青眼紅魔一生殺人無數，倒也懂得悲天憫人，真是大大奇事。」

翠木老人一怔，也放聲笑了起來，笑聲在靜靜的夜裡，隨風傳得老遠，這師兄弟兩人攜手回去，笑聲中，似乎辛捷已被他兩人擊脫長劍，正在步步後退哩！

十七　一代毒君

且說高戰一躍入洞，立刻腳踏實地，他估計這洞大約深五六丈，當下運起先天氣功，摸索前進，那洞中雖則黑暗，卻是乾燥無比，高戰伸手向洞壁一拍，擊碎了一塊岩石，放近眼旁一看，是一塊雪白的石灰石，高戰暗道：「難怪這洞中這般陰涼卻又乾燥，竟是石灰石洞穴。」

他走了片刻，發現前面果然有三條通道。他不加思索便往左走，那洞中漸漸寬敞，又走了片刻，忽見一線天光從縫隙中透了出來，那石壁上寫著四個大字：「重寶之地。」

高戰見那字筆走龍蛇，這洞中甚少受風化雨融，是以字跡猶若新刻，他再往前走，但見遍地都是奇形怪狀蕈類，有的大若桌面，顏色鮮艷無比。

高戰心想：「師父說過愈是顏色美麗的蕈類，愈是劇毒，這片蕈類，只怕都是毒物。」

他正在亂想，忽然前面不遠處一個蒼老的聲音自言自語罵道：「哪裡來的野小子，一定又是那兩隻老鬼派來的，快給老夫滾過來。」

高戰大吃一驚，連忙戒備，那聲音又道：「小子怎麼還不滾過來，老夫見你年幼無知，說不定會饒你一命也未可知。」

高戰聽他一口北方土話，和父親語音甚是相近，心中大感親切，雖則嫌對方語氣嚴厲，也不覺他討厭，立刻循聲前去，只見不遠處一棵大蕈下，靠著一個氣勢騰騰的高大老人，穿著一件碧綠袍子，上面雖是油垢滿佈，骯髒至極，可是氣勢凜凜，大有一代宗主之風，當下不敢怠慢，正待上前行禮，只見那老人雙手捧著一捧蕈子，不住往口中送去，高戰大驚之下，不及思索叫道：「老前輩，這蕈子是有毒的，吃不得啦！」

老人一怔，怒道：「天下又有什麼毒物，能毒得倒我老人家，真是笑話，真是笑話！」

高戰見他臉上雖然被長髮長鬚遮住大半臉面，可是露出的那一部分卻是紅潤細嫩，絲毫無中毒樣子，脫口說道：「前輩真是奇人。」

老者抬起頭來一看高戰，搖頭道：「瞧你這孩子心地甚好，怎麼會和那黃木、翠木兩隻老鬼混在一起？」

高戰很簡單地說明了原因，那老人對黃木翠木的目的似乎絲毫不留心，只是聚精會神興致盎然聽著高戰所述之細節。

老者忽道：「你說那個女孩被黃木老賊捉住了，你就為救她而入洞，這麼說來你是很喜歡她了。」

高戰萬料不到他會問這個，一時之間甚難作答，但見老者一本正經的問著，又不忍心不理，那老者見他不答，又道：「你如果爲她死了，她會永遠記得你麼？」

高戰道：「晚輩爲她而死，並非望她永遠記得，這樣她會爲此事終身不安的。」

老者哦了一聲，神色大是驚訝，似乎從未想到此點，當下一抓高戰雙手道：「你說得真對，你說得真對。」

高戰問道：「前輩在此住了多少年？」

那老者細瞧高戰幾眼，驀然大聲道：「糟了！糟了！你這孩子還有兩個時辰好活！」

高戰慘然一笑道：「晚輩身中劇毒，自知再無生望……」

老者突然一摑自己長滿長鬚的臉，哭道：「原來又是假的，原來又是假的……」

高戰大驚問道：「前輩你怎樣了？」

老者伸手不住捶胸哭道：「你這小子……你這小子，我老人家，看走了眼，看走了眼。」

高戰如墜雲霧，不知怎生是好，那老者突然厲聲道：「小子快給我老人家滾，你知不知道，入此洞者從來無人生還。我老人家今日不願殺人，總算你這小子運道不錯，還不快滾。」

高戰見他瘋瘋顛顛不可理喻，心道今日反正死多生少，千萬不能壞了師門威風，於是亢然道：「晚輩若是怕死，也不會到此地來。」

老者想了一會道：「你說得倒是挺對，可是我老人家瞧你都是欺心之談，欺心之談。」

高戰聽他每說一句重要的話，必定要重複一遍，心想這人定是久不與人言，是以生怕別人聽他不懂。高戰正色道：「晚輩從不打誑。」
那老者注視著高戰片刻，雙手亂搖道：「快滾，快滾，別以爲裝得誠懇，便可使我老人家著你的道兒，我老人家不知見過多少像你這樣的僞君子。」
高戰暗暗稱奇，忖道：「這人行動瘋癲，可是言語清晰，而且語鋒凌厲，說得頭頭是道，我一生所遇之人，只怕以此人最爲奇異了。」
老者見高戰沉吟不語，又不肯走開，勃然怒道：「你這小子真不識相，難道非要我老人家動手不成。」
高戰凜然道：「晚輩不知何事開罪前輩！」
老者大叫連連道：「你還假裝不知，也罷，我老人家抖出你的心思，你可得乖乖給我滾出去。」
高戰真是又好笑又好氣，想不到臨死之前還會撞到一個如此糾纏無理的老頭。
老者接著道：「你自知必死，這就裝得大義凜然，好像是爲那個姑娘去赴死，好傷她一輩子的心，你當我老人家不知道嗎？」
高戰從未想到此處，他一生但求爲人，爲自己打算之事卻是極少，此時聽這老頭把自己看得如此卑下，怒火上升，也顧不得敬他年長，脫口衝撞道：「只有閣下如此卑下之人，才會有如此卑下之想法。」

老者對他辱罵並不在意，冷笑道：「你這招只能騙得那姑娘的心，要騙我老人家可沒那麼容易。」

高戰正色怒道：「男子漢大丈夫行事但求心之所安，義之所在，雖刀山槍林也決不反顧，又豈是爲得別人相信和尊敬而做。」

老者想了半天，搖頭道：「你說的我老人家聽不大懂，不過瞧你這樣子，好像也有幾分道理，總而言之，我老人家問你一句話，如果你沒有中毒，你爲救那姑娘也會答應黃木老賊冒險入洞嗎？」

高戰哈哈長笑，老者聲色俱厲道：「快說，快說，否則我老人家便要不客氣了。」

高戰道：「寧可拚得頭顱不在，我高戰也得保護那位姑娘，使她絲毫不傷。」

老者面有喜色，急問道：「喂，你說的可都是真心話，喂！你爲什麼肯爲那姑娘犧牲生命。」

高戰黯然答道：「有些人，你會看得比自己還重要，這是我的感覺，至於爲什麼，我也弄不大清楚，還有，在有些時候，珍貴的生命，那並算不得什麼。」

老者喃喃念道：「比自己還重要……比自己還要重要。」一拍大腿叫道：「你說得不錯，成啦，成啦，老夫可以出洞了。」

高戰奇道：「前輩你說什麼？」

老者樣子似乎樂不可支，不停哼著不成曲的調子，忽然用力拍著高戰的肩道：「你從今日起就是我老人家生平第一至交，誰要是欺侮你，我這個做老哥哥的定然不容。」

高戰見他一會兒哭，一會兒笑，一會兒凶若煞星，一會兒又善若父兄，真摸不清他到底想些什麼。

老者突然飛快一扣高戰脈門，高戰心神不定，是以不及閃躲，可是他一入洞就運起先天氣功，這時一受外力，自然而然產生一種抗拒力道，老者微微一愕，扣住高戰脈門的手也加了幾分真力，高戰嗔目欲罵，老者呵呵笑道：「別急，別急，老夫替你治毒。」

高戰忽然想起適才見他大食毒蕈，竟然毫無影響，心想此人果真對毒物有獨到之見解也說不定，正自盤算不已，那老者柔聲道：「快快放鬆全身穴道。」

高戰抬眼見他臉上柔和無比，兩眼中充滿了友愛，便不由自主地收起先天氣功，老者探了一會脈，大驚叫道：「是誰下的毒！」

高戰道：「晚輩因為一事和龍門毒丐等人結下了樑子，今兒下午在林子裡中了一支毒針，我雖沒有瞧清誰下的手，可是聽那聲音，多半就是龍門毒丐那廝。」

老者哼了一聲道：「什麼龍門毒丐，我老人家可沒聽過，天下會施毒的都是我老人家徒子徒孫。」

高戰問道：「前輩你看我這毒還有救麼？」

老者怒道：「天下之毒連我老人家也解不得，那還有什麼人解得了。」

高戰見他自負之色溢於言表，似乎甚有把握，心中不由一喜，要知高戰此時雖已抱著生固欣然死亦安樂的想法，可是人人愛生畏死，乃是出自天性。

老者接著破口大罵道：「什麼龍門毒丐，真是豬狗不如的東西，這『無形之毒』這等險毒，竟敢這般濫用，我老人家倒要見識見識。」

高戰道：「這廝已吃我百步神拳打成重傷，就是僥倖不死，全身功力已失，再也無法作惡。」

老者點頭道：「你真是厚道的孩子，你怕我還要去找他麻煩嗎？」

高戰不語，老者又道：「只要我老人家一出手，任你是天下第一高手，甚至大羅神仙也不成，保他準死無疑，喂，玉骨魔的事你一定知道了。」

高戰見他扯開話題，心中暗暗叫苦不已，他此時求生之念一起，心內大是焦躁不定，老者並沒注意他，繼續道：「那才叫真功夫呢！玉骨魔這傢伙也是下毒的一把好手，在東海海上率領海盜無惡不作，誰要他吹噓自己如何了不起，中原如何無人，嘿嘿！偏偏遇著我老人家了。」

他不管高戰知不知道玉骨魔其人，便滔滔不斷的講著，他瘋癲已久，這刻神智初醒，只道自己知道的事，別人也應該知道，高戰只得耐心聽下去。

老者道：「結果嘛，咱倆打了一個賭，每人喝下對方一杯毒酒，那廝在酒中放下了千年鶴頂紅，天竺孔雀膽，和南荒蟾蜍砂，我老人家一口而盡。」

他說到這裡不由得意洋洋，高戰明知他不曾死去，可是想到這幾樣天下至毒的玩意，真是不寒而慄，暗暗替這老者擔心。老者接著道：「我老人家何許人也，這區區毒物又奈我何，當然是平安無恙，那廝無奈，口中含著解萬毒的千年龍涎，也喝下我老人家一杯酒，不到片刻，立刻毒發而死。」

高戰聽得有趣，忍不住問道：「那麼前輩你酒中的是什麼毒？」

老者大笑道：「是百年老鯽的濃腦汁和無形之毒。」

高戰奇道：「鯽魚之汁是無毒的呀！」

老者長吁道：「這就是我老人家的獨到之處了，咱們弄毒的人，因爲經常接觸毒物，不得不食用別種毒物來相互克制，這百年鯽魚汁是大發之物，你想想看，那廝全身血中都充滿毒素，只是靠相生相剋，這才保得性命，一旦引發其中毒素，這廝就算是銅打鐵鑄，也經不住百毒攻體啦！再加上那無形之毒，哼，哼！」

高戰對他這番理論大爲拜服，老者忽然想起尙未替高戰治毒，急道：「你這毒只有北燕山的鳥風草和天竺河畔的蘭九果可治，可是北燕山離此萬里，天竺那蘭九果少之又少，被視爲國寶，你就是到了天竺，也未必求得。」

高戰一慘，老者道：「不過你也不必擔憂，天下之毒，我毒君金一鵬自信尚能應付。」他說到最後，眼中神光四溢，聲音低沉有力，震得山洞嗡嗡不止，大有天下雖大，唯我獨尊之慨。

高戰驚道：「原來前輩就是北君金一鵬！」

老者暢然一笑道：「你見識倒不少，你想不到北君會在這暗無天日中一住將近廿年吧。」

高戰道：「北君之名垂寰宇，晚輩師父常常提及，說是天下一大奇才。」

金一鵬道：「勁道含而不發，發而不絕，這是先天氣功的特徵，你是風大俠的高徒。」

高戰恭身道：「風柏楊正是家師。」

金一鵬道：「令師英風高義，我也是極爲欽敬的，只是他一向少入關內，我一向又不曾踏出過山海關，是以不曾得見。」

高戰忽覺全身血流加快，有一種說不出的受用感覺，心知毒漸近心，那毒君金一鵬侃侃道：「當年我突然昏癡，就是有一件事任是怎樣也想不通，我自忖並不愚笨，可是此事再想也想不清楚，一急之下，神經錯亂，終日瘋瘋癲癲。」

高戰心道：「你現在也並沒有完全好呀！放著人命大事不管，竟有閒空聊天。」

毒君金一鵬道：「適才老弟一語驚破我不解之謎，原來這世上有些人在我們看來比自己更爲重要，我待她……待她這般好，她……她竟背叛於我，可是我至今仍耿耿於懷，一合眼即見她聲容言笑，因爲……因爲我把她看得比自己還要重要哩！」

他低低敘述著，好像在吟一首悲傷短詩，吟完了，心也碎了，眼角含著一顆晶瑩淚珠。

他見高戰不理會，不由看了高戰一眼，只見他雙目緊閉，臉上燒得通紅，不禁大是懊悔，用力打了左手一下忖道：「我真是瘋子，這孩子看來柔和，其實倒也倔強無比。」

他從袋中取出一把玉製小刀刷的一刀，劃破腕間血管，放了半杯鮮血，撬開高戰緊咬之齒，灌了下去，半晌高戰悠然醒轉，只覺遍口血腥，毒君金一鵬坐在背後，用手抵著自己後心大穴，真力緩緩輸入。

高戰問道：「晚輩所中之毒是否全部解了？」

他知毒君金一鵬這人是個至性怪人，是以一出口也不客套，便向他詢問，毒君微微一笑道：「解是不曾解得，只是與你服下緩毒之藥，一年之內可以穩保不發。」

毒君又道：「有一年時間，你可以赴北燕山或者是天竺去尋解藥，我也替你親自赴龍門瀑布去找毒丐索取解藥。」

高戰好生感激，暗忖：「人言毒君喜怒無常，依我看來倒也是個至性漢子。」

他一轉眼看見身旁一個小杯還有幾滴鮮血，毒君左肋間縛著一塊小布，他一想之下，恍然大悟，尖聲道：「前輩我剛才服下的就是你的鮮血？」

毒君淡然道：「我食盡天下毒物，收以毒制毒之效，這血中自然產生一種抗體，能夠與百毒化合在一起，只是這種化合之物不能久存，只能保持一年左右便會破壞，毒素跟著流了出來。」

高戰不知如何感激，毒君道：「我知你心中感激得不得了，其實這是大大不必，我毒君認你是個朋友，這區區放血解毒之事也算不了什麼！如果我老瞧不上眼的，就是天皇老子，也不會買帳。」

他這話非是大豪傑萬萬說將不出，雖是淡淡幾句，已然隱把高戰視為生死過命的交情，高戰心中理會得到，知道他並不須自己相謝，便問道：「前輩怎會隱於此處？」

毒君金一鵬道：「當年我瘋瘋顛顛，東闖西蕩，後來到此處，看上這小洞隱密，心想一個人到這隱密地方，或許可以想清楚胸中之事。」

高戰道：「黃木翠木怎麼會知道前輩在此處？」

毒君道：「這兩廝鳥就是昔年勾漏二怪，後來大概吃了敗仗，就跑到這林中來苦練復仇，後來不知怎樣被這兩廝鳥尋得枯木大師遺傳武功，練就枯木功第一、二部。」

高戰恍然道：「難怪他們兩人急於得到什麼枯木神功，想來就是枯木功第三層了。」

毒君點頭道：「這枯木功練到第一層，全身青色，就如欣欣向榮之樹木，如果練到第二層，全身黃黃，有若秋風後萬木枯寂，如果練到第三層，全身便像枯木老枝，任是何種內功，也難傷其分毫。」

高戰道：「黃木老人已練到第二層了。」

毒君道：「這兩人千思百計想入洞去取那部『枯木神功秘笈』，是以慫恿許多江湖中人前來奪取，但都被我老人家除去，你瞧那邊就是。」

高戰順他所指，只見牆角磷磷發光，他走近一看，原來纍纍白骨，當下心中甚是不忍，暗忖這毒君也太殘忍了些。

毒君冷笑道：「非敵即我，非我即敵，這出手放對之事，老弟千萬別婆婆媽媽，免為別人所趁。」

高戰暗忖：「這偏激天性，我有機會得勸他幾句，也不枉被他救了一場。」

原來毒君金一鵬當年家庭劇變，又兼他自幼弄毒，神經中自然而然滲入毒素，是以終至癲狂，後來與玉骨魔比毒，毒死玉骨魔，他當時並不知那人就是玉骨魔，更不知站在玉骨魔身邊的就是名揚天下的無極島主無恨生，後來在湖海飄蕩，聽人說起這段公案，這才明白自己竟然殺了威震東海的大盜。

毒君忽道：「當年我至愛的人背叛於我，我只道天下再無真心真意之人，後來遇著一個老和尚，我瞧著他光著一個大頭，臉上笑容可掬，只覺是在譏笑於我，於是一言不發給他一掌……」

高戰急問道：「後來怎麼了？」

毒君道：「哪知那和尚武功高得緊，與我打了百餘招不分勝負。」

高戰道：「前輩就施毒去傷敵？」

毒君搖頭道：「那禿驢不停向我笑，惱得我怒火上升，正待下殺手，那和尚忽然一滑步，往後便跑，我見天色已黑，也懶得去追，那和尚猶自回頭大吼了幾句。」

毒君接著道：「他喝道：『大千世界，虛虛幻幻，真既是假，假既是真。佛門廣大，普渡眾生。』那聲音從風中傳到我耳中，像一個焦雷打到我頭頂。」毒君緩緩道：「我一怔，但覺胸中千頭萬緒，原來這世上都是假的，愛也是假的，恨也是假的，你也是假的，我也是假的，至愛的人也可以棄你不顧。」

他說到此，聲音漸漸提高，神情非常激動，高戰忙道：「那倒也不一定。」

毒君道：「我追上前去問道：和尚法號如何稱呼？」

那和尚道：「小僧人稱不老禪師。」

我又問道：「何謂真，何謂假，禪師說個明白。」

不老禪師道：「世上本無真和假，施主執迷不悟，小僧無可奈何。」

高戰默默念道：「世上本無真和假。」心中彷彿有若干感觸，毒君又道：「我停下一想，那和尚已入禪林，我跟上前去，原來正是名聞天下的嵩山少林寺。」

毒君接著道：「我在寺前站了半夜，那寺裡的鐘響了，聲音悠悠傳得老遠，我的心也如鐘聲一般飄飄蕩蕩，也不知過了多久，我只覺全身冰涼，暗暗下了決定，飛奔下山。」

高戰問道：「什麼決定？」

毒君道：「我恨那禿驢無情，但他所說倒也不假，世人真假難分，於是心一狠，發誓除非遇真情真意之人，再不出世見人。」

高戰嘆道：「前輩因此就自己關在此處十多年，那些來取書的人，也都因爲前輩不願見人之誓言而死於前輩之手了。」

毒君道：「正是如此，今早我要不是見你長得好，而且又甚是溫厚誠懇，只怕也下了毒手哩。」

高戰道：「可是那些取書的人，也未必就會是虛僞小人，世上並無百惡不赦之人。」

毒君冷笑道：「你遇著的人都對你好，你自然會這樣想，如果你遭遇了像我這樣的事，唉！往事已矣，不說也罷。」

高戰知他受刺激已深，一時之間萬萬不能改過他觀念，便道：「那枯木神功秘笈真的在這洞中麼？」

毒君道：「就在中央洞底。」

高戰道：「前輩自是練習過上面所載功夫了。」

毒君不屑道：「我可不像那黃木翠木兩個奸賊那麼沒出息，咱毒君一生除了本門功夫外，從不學外派武功，你既然答應黃木老賊，就把這書拿給他，叫他練個十年八載，再找我老金較量，看看是枯木功厲害，還是我老毒厲害。」

高戰道：「前輩你說過今日便要離洞，咱們這就去取書。」

毒君道：「好啦，好好，我也悶得慘了，這蕈子雖然鮮美可口，可是天天吃就不美了。」

高戰笑道：「也只有像前輩這種奇人，才有這種口福。」

毒君大笑道：「說得好，說得好！」

一拖高戰，便向中間那條路走去，二人走到盡頭，只見地勢開闊，竟然是一間人工闢出之石室，其中有石桌石床石櫃，毒君走上前，打開石櫃之門，捧著一個小小玉盒，對高戰道：「這就是那載枯木神功之秘笈了。」

高戰道：「晚輩怕那兩個老魔練就枯木功，任意殺戮好人，如此我雖不殺伯仁，伯仁因我而死，所以與他們約定不得任意用此功傷一人。」

毒君詭異笑道：「就是不約定也不打緊，也不打緊，那兩個老賊也傷不了什麼人。」

高戰奇道：「前輩不是說過這神功練就全身有若枯木，天下各家高手都傷他不得？」

毒君搔首道：「話雖是這樣說，可是事實上卻也未必盡然。」

高戰見他大有得色，神色詭秘至極，也不知他到底在想什麼，只得住口不問。

兩人喜氣洋洋，一個徹悟了多年不解的難題，一個保全了寶貴的生命，高戰隨在毒君後面，放目觀望這洞中光景，只覺路徑曲曲彎彎，那毒君想是久居黑暗，是以在黑暗中健步如飛，好像能夠透視一樣。

高戰心想入洞時萬念俱灰，而且提心吊膽步步為營，料不到出洞時坦坦蕩蕩，而且性命有望，生平經歷雖多，要以這次最為驚險多采了。

兩人沉默地走著，那毒君想是久居洞中，想要早見光明，是以愈行愈疾，高戰運起全身功力，這才能首尾相接，他想到因為自己不死，那會帶給許多人無限的歡喜，包括師友和老前輩，尤其是姬蕾和林汶。

忽然前面一亮，毒君一衝出洞，高戰也隨著跟去，只聽見前面不遠處喝叫之聲不絕，中間竟然夾著一個清脆的女音。

毒君冷冷道：「黃木翠木又與人爭鬥啦，咱們在旁瞧個熱鬧。」

高戰聽那聲音甚是熟悉，倏然心念一動，急道：「是我的朋友……我的前輩來救那姑娘，咱們快上前去助陣。」

他和毒君前後相交不過幾個時辰，可是他心地真誠，竟然將毒君視為自己一方幫手，毒君微笑道：「你準知我就幫你麼，我可懶得和這兩個老賊為仇哩！」

高戰已聽清那女音正是辛嬸嬸，是以不待毒君說完，便飛奔上前，毒君在後呵呵笑道：「小老弟，你連這本書也不要了。」

高戰一停，急道：「那麼前輩就請將書交給晚輩，好讓晚輩有個交待。」

毒君縱聲長笑道：「我毒君又豈是顛三覆四，畏事退縮之輩，我老人家答應過助你一輩子，誰也別想欺侮你，老弟，我只是試試你而已。」

高戰心道：「這當兒還試個什麼勁？這毒君端的古怪絕倫。」便道：「那麼快走！」

毒君笑聲未畢，身形已縱了起來，高戰也竄上前去，只見眼前黃光一閃，黃木老人鐵青著臉，手執一支長長的木杖，當前而立。

高戰一看，只見林汶委頓在地，靠在一棵大樹旁，翠木老人在旁監視，辛夫人張菁和金童辛平杖劍站在近旁，高戰歡呼道：「辛嬸嬸您也來啦！」

張菁嫣然一笑，她雖年已三十，但是天生明麗，比起少女時更出落得珠圓玉潤，高戰只覺那笑容又親切又好看，那模樣就好像年輕的母親，溫柔的望著她頑皮的孩子，高戰感到胸中暖烘烘的，非常受用。

黃木老人對高戰道：「那枯木神功秘笈呢？老夫答應過放這姑娘，可是姓辛的自恃武力，漢子不來，來了娘兒們就想要老夫兄弟放人，老夫雖則年邁，嘿嘿，倒要見識見識這狂妄小輩到底有何能耐。」

辛平怒不可抑，一挺劍就要上前拚鬥，張菁見林汶落在別人之手，是以不敢妄動，否則以她那驕傲的脾氣，早就大戰起來，當下一拉辛平小手，阻止他上去。

高戰沉聲道：「前輩所需之物，在下已爲前輩取得，希望前輩遵從諾言。」
黃木老人喜道：「那書……那書在哪裡？」
高戰轉身向毒君討書，但回身一看卻不見人影，原來他已乘眾人不注意時溜開。
高戰好生難爲，心想這毒君真不夠意思，只得吶吶道：「在我……在我一個朋友那裡，他……他馬上就來。」
翠木叫道：「師兄，別中這小子緩兵之計。」
辛平罵道：「以女子爲要脅，真是下流至極。」
翠木怒道：「沒有家教的野孩子，難道你家大人都是這樣嗎？」
張菁聽在耳裡大是憤怒，正待出劍攻擊翠木，高戰朗聲道：「晚輩答應過的事，就是走遍天邊海角也替前輩做到，前輩先放了這姑娘，如果和辛叔叔有什麼過不去的事，辛叔叔自會了結。」
黃木冷冷道：「話是說得好，可是誰能相信？」
忽然身後一個冷冷聲音道：「誰敢不相信這位老弟之話？」
高戰大喜，知道毒君出面，黃木老人暗自心驚，自忖功力不弱，可是此人來去自若，有若鬼魅，大家都沒發覺，輕功之高，真是不可思議。
黃木一定神，喝道：「閣下是誰？」

毒君雙眼望天，似乎根本沒有把他放在眼內，右腳在地下劃了幾筆，倒退一步。

黃木老人一瞧，只見地上深深刻著四個大字——「毒中之王。」

翠木老人冷冷道：「什麼毒中之王，沒聽說過。」

毒君不怒不笑，端端立在那裡，臉上毫無表情，黃木老人心內一寒，暗忖：「這人隨意一劃，便劃出這深刻字跡，這北方黃土之堅硬不下於岩石，這廝腳力也真強。」

黃木老人道：「閣下是來挑我兄弟樑子了？」

毒君一言不發，右手一揚，由袖中飛出一物，黃木老人連忙側身閃過，砰然一聲，那物墜在地下。

毒君冷嗤一聲：「兩個老賊，咱們分明見過面，而且交過手，怎樣說不認得了。」

黃木老人沉吟不語，毒君金一鵬大袖一揮，發出一股掌力，黃木老人已處下風，立刻嗅到一股甜香，但覺心頭一蕩，連忙閉氣躍開，調息幾下，見無異狀，這才大聲喝道：「老賊原來就是埋在洞中的活死人！」

毒君看著地下之物道：「上次苦頭吃夠沒有？看在我這位老弟面上，這就是你們想昏了的枯木秘笈。」

黃木低頭一看，心中猶自戒備怕毒君施毒手，這一看之下，登時高興無比，原來那玉盒上工工整整的寫著「枯木神功第三部」幾個篆書。

毒君一揮手道：「快滾！快滾！」

黃木呼嘯一聲，領著翠木頭也不回隱入林中，毒君也飛快走開，高戰叫道：「老前輩且慢。」

耳畔傳來毒君低沉而有力的呼叫：「記住，天竺恆河之畔，北燕山巔之陽，老夫也爲你去找尋，一年之後，老夫自會尋上你。」

高戰好生感激，張菁上前拍開林汶穴道，林汶一睜開眼便急道：「伯母，快去救高戰弟弟。」

張菁心內一軟，暗忖這姑娘才一醒轉便念念不忘高戰，看來林汶對高戰真是情深之極了。她少年時爲尋愛侶辛捷，曾經萬里關山，行蹤遍於湖海，對於少年心情自是最爲明瞭，當下輕托著林汶玉肩柔聲道：「妳戰弟不是好好在那兒？」

林汶定神一看，只覺仍在夢中，連揉了幾下眼睛，高戰走上來道：「汶姐，我好好的，妳別擔心。」

他這柔聲安慰，林汶只覺再也忍耐不住，淚若泉湧，張菁奇道：「你們早就碰上了？」

高戰正思如何措詞，林汶搶著道：「是戰弟答應這兩個老賊一件事，他們才肯放我的。」

張菁哦了一聲道：「我還以爲是高賢侄湊巧趕上哩！」

辛平湊上來問：「高大哥，那是什麼書？剛剛那穿綠袍的是什麼人？」

高戰道：「此人名頭不小，辛嬸嬸一定知道的。」

張菁道：「我瞧他武功的確不錯。」

高戰道：「此人就是毒君金一鵬。」

張菁驚道：「金一鵬，和梅公公並稱南北二君的金一鵬，戰兒你怎麼遇上他的？」

高戰便把其中經過簡略說明，林汶聽他爲自己不顧生死入洞取書，又感激的流下淚來。

張菁道：「你辛叔叔現在少林寺和吳凌風叔叔，即慧空和尚盤桓，一方面保護少林古刹，一方面還想勸他返俗哩！」

高戰道：「我師父在哪裡，不知辛嬸嬸可知？」

張菁道：「風大俠與天煞星君比過武，就回遼東去了，聽說上次比試，天煞星君吃了點小虧，正待生死相拚，恰巧遇上平凡上人的師兄，騎鶴老僧前來，便好言好語將兩人勸開了。」

高戰想起上次上人正講著南荒三奇的故事，忽然一隻絕大白鶴飛來，上人便騎了去，這樣看來，多半是他老人家師兄喚了去。

辛平忽道：「我們一路上又遇到平凡上人老人家，他說要爹爹傳你劍法哩！高大哥，那『大衍十式』，沒得上人允許爹爹連我都不傳，你真是好運氣。」

高戰道：「平弟別急，上人心軟無比，你只要求求他，他一定會答應的。」

林汶問道：「戰弟，你現在到哪去？」

高戰心想目下最急之務莫過於求藥療毒，這毒連毒君也非賴靈藥才能救治，如將此事告訴他們，只是徒增別人煩惱，當下便道：「我還有一點急事要辦，半年之後，再到沙龍坪去看辛叔叔。」

張菁道：「汶兒，平兒，咱們也得快回家了，免得梅公公和玉兒焦急。」

林汶道：「半年之後，是過年時候啦，你一定要來。」

高戰點點頭，張菁道：「過年的時候，你辛叔叔無論如何都會趕回來，你也好向他求教呀！」

十八　千里求藥

且說高戰一一別過眾人，心中不住盤算道：「那毒君雖則告訴我這兩種解藥的形狀，可是一在極西，一在極南，到底先到哪去？」

他忽然想到一件事，暗道：「如果我那英弟在的話，由他領著我赴天竺去尋藥，豈不勝過自己胡亂摸索。」

他想到英弟，不由從懷中取出一物，正是金英臨別時送給他的，高戰當時匆匆忙忙趕去救林汶，是此根本不曾看清便塞入袋中，此時一看，原來是一個用象牙雕成的小鎖，四周精巧地鑲著烏金絲，上面橫刻著一行符號，高戰心想：「這定是天竺文。」

那小鎖發出一種令人出塵的香氣，高戰只覺心曠神怡，這一夜奔波不但不感到疲倦反而精神奕奕，心知定是這小鎖發出的香氣所致，暗忖金英這人真是富家子弟，隨便出手便是寶物。

高戰一直以為金英是個少年，金英雖已表露身分，可是高戰心裡仍然把她當做小弟弟，並無絲毫雜念，此時想到如能與金英結伴同行，那不知有多好，正自怔怔懊悔，忽聞吱吱鳥聲中夾著一個清亮的鳴叫，他抬頭一看，天色已經微明，樹上地下全是濕潤的露水。

高戰一聽那清亮聲音，立刻聽出是那金色大鳥鳴叫，心中不由大喜，他知金鳥在附近，那麼英弟也一定沒離開，便長嘯一聲招呼金英，等了半天，並不見有人作答。

高戰正自奇怪，忽然覺得腦後生風，他反應快捷，一錯步向旁閃開，還不及轉身，忽覺肩上一沉，一個金黃色鳥頭伸到他頰上，不停地廝磨親熱。

高戰大喜問道：「你主人還在原來那幽谷嗎？」

那金鳥是雪山神種，又經白婆婆師徒馴養已久，頗有幾分懂事，聞言想了半刻，鳥頭連點不已。

高戰大笑，心想定是這畜牲早上出來尋食，碰到自己這麼出聲招呼，這鳥也真頑皮，還會給自己開上一個玩笑。

高戰一揮手，鳥兒便飛起帶路，其實高戰識得路徑，那金鳥高高在上，也不管地下路通不通，只對前飛去，高戰有時爲防草叢中毒蟲蚊蚋，稍稍行動慢了，那鳥兒即咕咕叫個不休，像是催促高戰。

高戰暗笑，心想這鳥兒真像牠主人一般嬌縱，行了不久，天色已是大明，走到幽谷旁邊。

高戰向下一看，一個全身白衫的姑娘，披著一頭秀髮，正跪在地上虔誠地禱告，黎明的涼風吹過她，吹起了長長的衣帶，兩肩瘦削，令人有一種纖弱的感覺，也有一種輕盈欲仙的樣子。

高戰一怔，立即想到金英是女扮男裝，高叫道：「英弟！英弟！」

金英一回身，冷冷道：「誰是你英弟了？」

高戰大奇，吶吶道：「你……你難道不是我英弟？」

他這句話明明是多問，而且自己馬上就發現這話是多麼無聊，金英忍住笑，板著俏臉道：「你不是不理人家嗎？怎樣又回來了？」

高戰道：「我想約英弟……英弟一塊去……去天竺。」

金英幾乎不相信自己的耳朵，跳起來問道：「喂，你說什麼。」

高戰又重複了一遍，金英喜道：「大哥，天竺風景好得很，那裡的山和天一樣高，大河長得沒有盡頭，還有……還有走不完的大沙漠。」

高戰心念一動，問道：「妳說的大河是不是恆河？」

金英樂得合不攏嘴，應道：「誰說不是哩！我小時候每年過年回家，都要到叔叔那裡去，我叔叔是恆河三佛之首，自然是住在恆河畔了，那河裡的水清得緊，魚兒都看得見，我一高興便跳下去洗個澡。」

她說到此，忽然自覺失口，連忙住口不說，臉上靦顏甚是不好意思。

高戰問道：「聽說河畔有一種蘭九果的植物，可以治毒，靈驗無比。」

金英道：「那蘭九果我家裡多的是，恆河畔的蘭九果都是我叔叔所有，大哥，你怎麼知道蘭九果？」

高戰喜不自勝，顫聲道：「我……我中了別人之毒，有一個前輩……前輩告訴我，非蘭九果才能救得。」

金英急道：「你中了什麼毒，要不要緊？你怎麼不早告訴我。」

高戰笑道：「就算尋不到蘭九果，我也有一年好活。」

他心中在想這條命總算保住了，言話中自然流出歡愉之色，金英以爲他在開玩笑，嗔道：「中毒有什麼好笑的？真是奇怪，這也好隨便騙人的麼？」

高戰笑道：「誰騙妳啦，咱們這就動身，天竺一來一往又怕得好幾個月哩！」

金英數著小小的指頭道：「如果全速趕去，也只一個多月便成了，像上次我隨師父下山，不到二個月便趕到中原，可是這次啦，我可不願意這樣像逃犯一樣，大哥，你初來天竺，我自然得盡地主之誼，好好招待你到處玩玩。」

高戰見她一本正經，而且年紀小小，居然裝得老氣橫秋，學著大人的口氣，非常有趣。

金英又道：「像太陽神生日的賽神會，那才叫熱鬧好玩哩，還有，沙漠上的無邊仙景啦，古時大王的大石墓啦！我媽媽的大石墓啦！還有，還有什麼，我一時也說不上來，大哥，天竺真是個好地方！」

她半瞇著眼，悠然的說著，似乎已到了天竺境內一般。好奇喜動乃是少年人天性，高戰何能例外，聞言也怦然心動，幾乎忘記此行是去就醫的。

「大哥，我寫一封信叫金兒去找師父，把這封信交給她老人家，這樣她事完後便不會等我了。」

高戰點頭答應，金英邊寫邊道：「我漢書讀得很不少，就是漢字寫得太差，有機會你得多多指點。」

高戰笑道：「我從小練武，字也寫得很不好。」

金英寫完信，招手叫來金鳥，向金鳥比手劃腳說了一陣，金鳥點點頭飛去，金英走進一個小石洞，取出一小小包袱，握著高戰的手，便往谷外躍去。

高戰只覺一隻又暖又滑的小手握著自己，忽然心中一凜，問道：「上次我請妳通知我那個朋友一聲，妳告訴她沒有？」

金英臉一沉道：「你問這個是什麼意思？」

高戰急道：「她……她本來在那等我哩！如果……如果……」

金英接口道：「如果不通知她，她就會等你一輩子，是麼？」

高戰被她搶白的大爲難堪，金英怒道：「你既然不相信我，又何必要我去傳信。」

高戰這才想通，原來她是氣高戰不相信她，這樣說來，她是一定告訴過姬蕾自己因急事不能去找她了，當下連忙歉然道：「是大哥不對，是大哥不對。」

金英道：「那女孩有什麼好，大哥，要是我啊，就忍不住她那驕傲的神色。」

高戰道：「她心地很好，和妳一樣的。」

金英忽又怒道：「什麼心地好，我看不出，她還罵我是小妖女，她當我沒有聽見麼？我就躲在樹上啊！」

高戰心想：「英弟刁鑽古怪，蕾妹處處著她道兒。」

金英又道：「她問我你到何處去了，只會喋喋不休的問我，大哥你是怎麼會認識我的？我氣不過她，就騙她我們不但是好朋友，而且是老朋友，交情好得不得了。」

高戰心內暗暗叫苦，自忖：「蕾妹疑念已生，英弟這人又天真不知事，日後不知要多費幾許唇舌了。」

金英愈說愈得意，她道：「她臉都氣青了，還裝著微笑的樣子，這人真是的，她和大哥好，就不准別人跟大哥好，大哥，咱們不也是挺好麼？我可不會氣你跟別人好。」

她抬眼一看高戰，滿臉惶然，也不知道爲什麼會如此，便甜甜一笑道：「大哥，你要我做的事，我都聽話。」

高戰長吁道：「妳和她脾氣很相似……都是，都是好姑娘。」

金英笑道：「我才不要跟她一樣哩！她是好女孩，我就要做壞孩子，你說什麼我也不聽。」

高戰聽她說得天真，心情一鬆，暗忖：「英弟年紀尚幼，是以一切只是似懂非懂。」他這番猜測正中金英之心，金英剛滿十五，對於愛情之事，的確是一知半解，只覺高大哥這人甚好，便時時想和高戰在一起，她不知女人天生善忌，那姬蕾又豈能容得她和高戰廝混。

高戰金英雙雙往天竺走去，行了二個多月，已是夏末秋初，楓葉初紅，兩人翻山越嶺如履平地，金英覺得這般日子是自己一生中最快樂的時候，常常拿出小笛，吹奏那歡喜小曲，引得許多小動物出來逗玩。

有時明月高掛，高戰講著故事，高戰一家從有家以來世世代代均是武將，是以他幼時受父親耳提面命，所知的典故都脫不了忠義大將。那金英性子剛烈，對於大將軍像岳武穆、熊經略的英風勇行，欽佩得不得了，有時高戰講一兩個民間故事，或是天上神話，那自然脫不了才子佳人大團圓結局，金英反而聽得毫不起勁，昏昏欲睡。

又走了幾天，翻過一處大山，走入了天竺之境，金英重返故土，一路上指指點點，大大賣弄自己胸中豐富知識，高戰暗暗佩服她博學強記。

這日途經一大片沙漠，兩人水囊中水已喝得精光，高戰大爲恐荒，金英仗著地勢熟悉，毫不在意，一直向西走去，不多時，果見丘陵起伏，水草茂密，一條小溪緩緩流著。

高戰大喜，飛奔過去，先喝了個飽，再裝了滿滿一囊清水，然後替金英也裝了，兩人坐在河邊，聽著水聲潺潺，高戰想到了連日黃沙漠漠，觸目是一片枯黃，此時初見綠意，心中有說不出的舒暢。

沙漠白天雖然酷熱，夜裡卻極爲涼爽，高戰抬頭望著滿天星辰，天穹又高又黑，那北邊北極星辰光輝四照，像是夜行人的一盞明燈一般。

金英道：「我爹爹最善於觀察星象，上次他夜觀星辰，忽然說那高原山的山要塌一大角，趕快命人去通知附近居民。那些居民對我爹爹信若神明，便依言遷開，過了兩天，那山果然崩倒塌了一大方，還噴出了許許多多火漿。」

高戰點頭道：「我師父說過，這星象之學，西僧最是精通，這樣看來果然大有道理。」

金英道：「還有一次，我們天竺大聖人多斯巴答來訪我爹爹，聖人天文地理，無所不通達，爹爹和他夜裡攜手共觀星象，忽見一顆大星隕落於我家附近，爹爹長嘆一聲，然後告訴聖人說聖人明日必死，聖人置之一笑，說道：『我心通靈，意接於神，這生死之事事先豈能毫無感應？』爹爹也不辯論，當晚將生平疑難一一請教聖人，聖人天縱之才，是夜更見凌厲，一一爲爹爹作答，結果第二天，聖人便無疾而終。」

高戰道：「這大星隕落之事，在中原也常聽人說過，昔年諸葛孔明臨終之時，天昏地暗，司馬懿見赤色有角大星墜於蜀營，便知孔明已死。」

金英道：「爹爹說，這星相之學，只能爲別人預測，對於己身一切，絲毫不能預知，如大聖人那般明達之士，也不能預知生死哩！」

高戰暗忖：「英弟的父親如此博學，看來中原雖是俊傑聚集之所，這邊荒之地，也竟多奇才之士。」

夜涼如水，兩人漸有睡意，這二個多月以來，兩人多半睡在沿途洞中，高戰睡在洞口，金英不明白高大哥爲什麼老是不肯進洞來。

忽然，一聲驚天動地怪吼聲從小山背傳出，高戰大驚悄聲問道：「這是什麼？」

金英也是不解，高戰道：「英弟，妳在洞內，讓我去看看。」

他喊慣英弟，是以總是不能改口，金英沉吟一會道：「咱們一塊去。」

高戰道：「這樣也好。」便攜著金英小手翻過小丘，走了好一會，那聲音漸漸低垂急促，包含了無限氣憤和痛苦，高戰等又越過三個沙丘，只見前面人影晃晃，便和金英走到近旁暗處，俯身觀看。

這一看不打緊，金英幾乎驚叫起來，高戰急忙伸口掩住她口，沉聲問道：「妳認得這些人麼？」

金英顫聲道：「那……那坐在地下的……是我叔叔……金伯勝佛。」

高戰大驚道：「那些人怎麼這麼厲害，連金伯勝佛都傷在他們之手。」

金英催促道：「那些是他徒弟，大哥，咱們快出手。」

高戰一聽這般人欺師滅祖，他天性俠義，雖然對於金伯勝佛並無好惡之感，此時見他為徒弟所困，不禁義憤膺胸，一抓短戟，衝了出來。

這時沙丘下坐著金伯勝佛，他身旁還有一個六旬左右矮壯頭陀，正一手按著金伯勝佛後心要穴，一手揮動著一支鳩頭怪杖，流血為金伯勝佛抵抗另外四人進攻。

高戰上前，那胖大頭陀殺瘋了眼，又以為敵人來了幫手，一杖向高戰橫腰揮去，高戰見來勢快疾，隱隱之間竟有風雷之音，知道這頭陀功力極深，當下側身閃過，忽然一支長劍刺向大頭陀眉間，那大頭陀閃無可閃，高戰飛快一招「雷動萬物」，短戟蕩向長劍。

這招是自狂飆拳中化出，運之兵器，自然而然流露出一種狂不可抑的狀態，那胖大頭陀見高戰原來是幫自己的，便向他咕哩咕嚕說了一大段，高戰一字不懂，可是從他這樣可體念他是對自己表示好意。

金英此時也衝了出來，高聲叫道：「金魯厄，青塵羅漢，加爾大，溫成自羅，你們瘋了嗎？」

她一連珠的報出這幾個古怪名字，高戰覺得甚是好笑。

那圍攻的四人一怔，攻勢自然緩慢，高戰偷眼一望金伯勝佛，只覺他痛苦之色溢於外表，睜著眼望向那胖大頭陀，流露出哀求眼色，只是苦於不能言。那胖大頭陀也是滿臉愁容，無可奈何的樣子。

高戰心念一動，上前推開胖大頭陀的手，運起先天氣功按在金伯勝佛後心，那胖大頭陀一急，不知高戰是何意思，兩眼睜得通圓，注視著高戰行動，好像只要他師父一不對勁，立刻就向高戰下手，金英知他意思，真是又好氣又好笑，向他嘰裡咕嚕說了一段梵語，那胖大頭陀面有喜色，心神一鬆，忽然刷的一聲，一支長劍刺了進來。

那頭陀正是恆河三佛首徒寶樹頭陀，功力在三佛弟子中居於首位，此時見師父得救，一喜之下，竟然疏忽四周敵人，他見長劍疾刺自己胸膛，其勢又狠又辣，心知師兄弟情份已斷，一轉身讓過正面來勢，可是一條左臂卻再也避不了，中劍鮮血長流。

寶樹頭陀雖長得兇惡難看，卻是極講情分的人，是以剛才雖則以一敵四，出招猶留餘地，這時見四個師弟非欲制自己和師父於死地，不由怒火中燒，虎吼一聲，杖法如山一般，與四支長劍搶攻。

金英也躍躍欲試，她師父一生不愛帶兵器，是以她也沒有一樣適手的兵器，只得折了一根樹枝，加入戰圍，只要寶樹頭陀一有危險，她立刻就替他抵擋解救。

那四個叛徒以金魯厄爲首，金魯厄是恆河三佛最小徒兒，三佛最是寵愛，生平武功都傳了他，是以功力雖則不如寶樹頭陀，劍法身法猶在寶樹頭陀之上。他見久攻不下，那替師父療傷的後生分明也是內家高手，如果他也下手加入，自己這方取勝希望更是渺茫，一狠心，大聲呼道：「各位哥哥，快用天竺陣法圍住這賊和尙。」

他此時憤怒膺胸，心想本來大事已成，偏偏撞出這個大和尚，是以再也不顧同門之情，佈下天羅地網一般的天竺大陣。

當年婆羅五奇寶樹頭陀金魯厄等五人，曾在長安郊外以這陣法對付過當代大俠辛捷、吳凌風和武林之秀孫倚重、天魔金欹四人，辛捷當時身兼三家之長，吳凌風爲太極門奇才，孫倚重秉承少林兩代絕藝並受平凡上人親自指點，金欹也是一時青年之俊傑，合四人之力猶且幾乎爲該陣所困，幸賴事先吳辛兩人巧閱天竺絕學，這才以快擊快，脫出陣來。

這陣式一擺，寶樹頭陀心中一涼，真是又悲又驚，想到這陣法是天竺武學之寶，師父原想自己師兄弟五人光大門戶，這才費了大力傳給五人，不意今日竟作爲同室操戈之工具，世事多變，真是令人寒心了。

金魯厄長劍指向寶樹頭陀獰聲道：「現在給你最後一個機會，只要師父將天竺密宗掌門印信交付於我，我也不爲難你。」

寶樹頭陀怒道：「師弟，你不怕天神降禍給你？你如此妄作非爲，要給兩位師叔知道了，你還有命活的？」

金魯厄冷笑道：「高原上的風火洞你是知道了，你可見過入洞而能全身出來的麼？」

寶樹頭陀臉色慘變，目中潸然流下淚來，高戰聽他用天竺語又講又吵，自己一句話也聽不懂，正在納悶，忽覺金伯勝佛全身一顫，這漸漸歸穴的真氣又散了開來，高戰心知形勢危險，一個不好，這金伯勝佛一生功力便得全部廢掉，連忙把左手心按在金伯勝佛身上，運功助他恢復。

金英尖聲罵道：「金魯厄，你這畜牲不如的東西，我叔叔待你不錯呀，你竟……想要殺他老人家，你是什麼東西變的！」

這天竺人極講輪迴之說，如果辱罵別人前世或是咒罵來生，都是大大犯忌之事，金魯厄果然暴怒道：「連妳這丫頭也一齊宰了！」

寶樹頭陀顫聲問道：「兩位師叔怎麼了？」

金魯厄不耐煩道：「管他兩人怎麼哩！你究竟答不答應？」

寶樹頭陀惡毒地道：「師弟，呸，誰認你這豺狼轉世的人作師弟，我今日奈你們不何，就是變惡鬼也時時刻刻跟在你身後。」

他說得又沉聲又狠毒，金魯厄作惡多端，不由打了一個寒慄，這時忽然一塊雲遮住了月亮，大地上顯得陰風慘慘，金英天不怕地不怕，從小就怕鬼，急忙跑到高戰身旁緊靠著他，心中不住急跳。

金魯厄揮揮手，三支長劍和一根皮鞭佈成密網，同時向四方攻到，這金魯厄天生是大大奸雄，不然何以能鼓動三個師兄叛門，這時他站在最前方，主持這個陣法，連綿不斷的向寶樹頭陀攻到。

寶樹頭陀雖知陣法奧妙之處，可是人少力薄，處處受敵所制，杖法施展不開，幾個回合下來便只有招架之力。金英坐在高戰身旁，一會兒膽子又大了起來，看著金魯厄那種奸笑得意的樣子，真是氣極了，抓起樹枝便衝入陣內。

金魯厄四人圈子愈縮愈小，寶樹頭陀心知已臨絕地，他長吸一口氣，暗中下定了決定，準備擲杖攻擊金魯厄，與他同歸於盡，忽見金英冒昧衝了進來，連連喝止。

這大和尚外貌雖不好看，心地卻是慈和，眼看這如花似玉的小小姑娘為自己仗義入陣，其結果定然難保，心中急如火焚，大喝一聲，擲杖於地，束手待縛。

金英一怔，忽覺背後一股絕大力道從身旁飛過，她連忙一回頭，只見叔叔金伯勝佛兩眼凜然生威，直挺挺站在那裡有如天神一般，金魯厄悶哼一聲，似乎受傷不輕。

金伯勝佛兩眼直望四人，從一個臉上移到另一個臉上，揮手冷然道：「念爾跟我多年，還不快滾？」

金魯厄如夢初醒，看到師父威風凜凜站在那裡，早就魂喪七分驚嚇莫名，又覺胸中氣冷苦悶無比，知道內臟受師父一掌擊傷，一咬牙轉身去了，他三個師兄也跟著他飛步離去。

金魯厄等一離開，金伯勝佛長吸一口氣，突然跌倒在地，原來他內傷未癒，適才見情勢危急，運盡餘力推出一掌，驚走了金魯厄等人。

寶樹頭陀大驚，上前扶起師父，金英問道：「叔叔，怎麼啦？」

金伯勝佛道：「不要緊，叔叔死不了。」

高戰聽他們講天竺話，自己不能插口，金伯勝佛調息一會對高戰道：「多謝你這位小朋友，老朽真氣已可運轉自如，瞧你適才內力剛柔並濟，正是中原名家之弟子了。」

他說著不太流利的漢語，高戰不禁暗暗稱奇，心中敬他是老前輩，便恭然答道：「晚輩是天池門的。」

金伯勝佛嘆息道：「天下武功異途同歸，各門武功練到極頂都是一樣的厲害，至柔可克至剛，至剛又何嘗不能克至柔？只是功力深淺的問題了。」

他這輕描淡寫一說，高戰心中一凜，暗忖此人以上乘武功道理相授，於是凝神而聽。

金英見叔叔無恙，芳心大喜，問道：「叔叔，那幾個小畜牲怎麼會敢冒犯您老人家的？」

高戰見她才多大，還罵別人為小畜性，真是好笑，金伯勝佛臉一沉，默然不語。

金英一吐舌頭道：「叔叔別生氣，到我們家去休養幾天。」

金伯勝佛忽然沉默，可是高戰敏感的從臉上找出一絲情感的痕跡，金伯勝佛忽道：「適才蒙這位小朋友相助，老朽無以為報，這位小朋友內功甚純，我天竺武功是邪門異道，小友也不屑一學的。」

高戰忙道：「前輩不是說過天下武功殊途同歸，哪有什麼正邪之分。中原武林目下自以東海三仙為尊，可是平凡上人還推崇桓河三佛武功哩！」

金伯勝佛微笑道：「老朽生平所收弟子以金魯厄資質最佳，可惜心術太壞，竟然幹起欺師滅祖勾當，這寶樹頭陀隨老衲最久，可是天資卻不及金魯厄。」

金英插口道：「叔叔您看高大哥資質如何？」

金伯勝佛見小侄女與這少年甚是親熱，不禁微微一笑，金英不知怎的，馬上臉就紅了，金伯勝佛正色問道：「小友姓高？」

高戰答道：「晚輩高戰。」

金伯勝佛朗聲道：「老朽昔日在東海島上見著一個姓辛的後生，只道天下天縱之才盡於此矣，不意今日又見天下英才，小友福緣之厚猶在姓辛的之上。」

金英喜不自勝，就如自己被人大捧一樣，金伯勝佛對高戰道：「適才我這大徒弟施展杖法，小友看清了？」

高戰點點頭，金伯勝佛道：「這大頭陀天資所限，功力雖則深厚，可是招式之中卻是只有一個大略的架子而已，其中精微之處，他並未全部領會得到。」

高戰暗忖做師父的喊自己徒弟叫大頭陀，真是好笑，忽然心念一動，想到寶樹頭陀杖法只得其大略就如此威猛霸道，看來這天竺杖法定是舉世奇學了。

金伯勝佛沉吟片刻道：「老朽無以為謝，剛才見小施主所使兵器為短戟，可是老朽猜想必有長桿相合，這套天竺杖法也可適合長戟之用，老朽便傳給你吧！」

高戰大喜，暗忖：「師父說過我這戟法如果能融合杖法、劍法，便可獨創一格，成為一代絕學，聞天竺杖法為達摩祖師八大絕藝之一，今日巧得，真是不虛此行了。」

金伯勝佛道：「老朽目下功力未復，不能親自施展，就用口傳吧！」

當下金伯勝佛便一招一式講給高戰聽，講到精微之處，就在地上畫圖說明，寶樹頭陀也湊上前去，他雖不懂漢語，也在旁凝神瞧著師父手勢，暗自領悟不少。

金英這人天生不喜武藝，她一點底子都是師父好言好語想盡方法灌輸給她的，南荒蠻女當年情場失敗，後來把一腔感情全部寄托在這可愛小女娃身上，是以為授她武功也不知受了金英多少次白眼，天下為人之徒者，無不望其師傾囊相授，這師徒兩人，一個要教，一個不學，真是怪哉了。

金英坐得遠遠的，只望他們快快傳完，可是這天竺杖法非同小可，豈是一時之間所能領略？她心中大大不耐煩，笛子又在小洞中未帶來，只有吹口哨解悶。

金伯勝佛說完一遍，已是遍身大汗，他內功尚未恢復，是以非常吃力，高戰武學甚深，已然學會七八分，要知天下重兵器，莫不是以沉猛見威，所謂「劍起輕靈，杖走沉猛。」這天竺杖法端的是奇學，其中招式巧妙之處，猶自在劍術之上，一招數變，一變之中又含了幾個殺著，就如穿針引線，綿綿不斷，試想以如此笨重兵器，要施展這等妙招，真是難上又難了。

金伯勝佛又叫寶樹頭陀施展一遍，高戰仔細看著，只見其中稍有破綻，只是因為寶樹頭陀功深力沉，心想敵人就是尋著破綻，卻也難以攻入。

金伯勝佛見高戰凝神領會，不由暗暗點了點頭．他本來對地域觀念甚是深刻，大是歧視厭惡中原之人，但經過此次大變，自己視若親子一般的愛徒，竟然要置自己於死地，反而一面不識的孩子，出手盡力相救，這才保得老命，他心灰意冷下，對於這門戶之見也看得淡了，此時眼見高戰已經得其神髓，成就還在寶樹頭陀之上，不但不生氣，反而暗自慶幸絕藝有傳，不隨自己而斷了。

他這一丟開勝負之念，但覺天下廣闊無比，只見小侄女金英一個人支著下額，無聊的吹著口哨，似乎甚不耐煩，當下便道：「成啦！成啦！小施主日後可以自行參悟去。」

高戰翻身拜倒，金伯勝佛笑道：「且慢高興，你師父如知道你跟我這老魔頭學藝，只怕要不願意哩！」

他不待高戰講話，便站起拖著寶樹頭陀說了一大篇天竺梵語，高戰只見寶樹頭陀神情激動，眼睛中流下眼淚來，雙手緊拖著他師父衣袖，就如赤子孺慕慈母一般，高戰心中大爲感動，金英悄聲道：「我叔叔要把天竺掌門傳給大師兄哩！」

高戰奇道：「這樣很好喲，他哭什麼？」

金英道：「他大概不願和師父分離。」

高戰點點頭，忽見金伯勝佛怒容滿臉，那寶樹頭陀又驚又怕，身邊金英也睜大眼睛驚惶失色。

金英高聲道：「叔叔，那高原上的風火洞是魔鬼之窟，您老人家千萬去不得。」她一急，又說出漢語來，高戰這才明白那寶樹頭陀為何又驚又怕。

金伯勝佛道：「這幾個小奸賊怎肯放過我，我全身八大要穴道已通其六，只要再修練半月，便可功力全復，除了那風火洞外，那些小畜牲都會再尋來的。」

他見寶樹頭陀一臉茫然，發覺他不懂漢語，便又用梵語說了一遍，寶樹頭陀只是垂淚搖頭，想要說些動人的話，無奈天生口訥，半天沒說一句。

高戰一激動，慨然道：「前輩且安心養傷，晚輩和尊弟子替您守護便是。」

金伯勝佛目泛奇光，高戰見他頭上光禿禿又亮又平，氣勢威猛卻如羅漢下凡。

金伯勝佛哈哈笑道：「恆河三佛又豈要人幫助？」

笑聲中又長又響，高戰似乎聽到了一種特殊的聲音，那就如辛捷叔叔迎戰南荒三奇的氣概一樣，高戰心中想道：「天下的英雄，都是一般氣概啊！」

高戰不禁脫口道：「好，老前輩以您的功力，那風火洞也算不得什麼！」

金伯勝佛又轉身向寶樹頭陀說了幾句話，雙足一縱地有如大鳥一般，數個起落消失在黑暗中，寶樹頭陀佇立良久，轉身向高戰金英一稽首，也逕自走了。

金英道：「大哥，你怎麼勸叔叔去風火洞？」

高戰道：「像妳叔叔這等人，天下又有誰能勸阻他？」

金英黯然道：「他臨走時向大頭陀說，如果一年之內恆河三佛不回來，那麼寶樹頭陀便是天竺掌門人了。」

高戰心中也很悲傷，他不深知金伯勝佛過去爲人，只想到金伯勝佛何等英雄，到頭來似乎有安排後事之意，當下便道：「咱們追上去，也到風火洞去。」

金英道：「先回我家去，要爹爹治你身中之毒，然後再由爹爹設法去風火洞救三位叔叔。」

高戰不以爲然道：「這救人之事如救火，怎能如此耽擱。」

金英道：「那風火洞每月初一才會野雷大作，今天月亮還是圓圓的，你急什麼？」

高戰抬頭果見月滿如餅，便道：「金老前輩臨行猶自露了一手上乘輕功，我看他是爲安寶樹頭陀的心。」

金英點點頭道：「想不到寶樹頭陀這等忠心，我往日見他生得難看，一向頂不喜歡和他談話。」

高戰道：「以貌取人，那是最不準確的。」

金英接口道：「是啊，像大哥這樣英俊的人，也未必就有好心，說不定也和……也和……」

她本來想說也和金魯厄一樣，可是一想金魯厄心如豺狼，她怎也不願把面前這個俊雅少年比做那惡毒傢伙，便一笑住口。

原來恆河三佛這一門是天竺密宗僧人，兩代人才屢出，掌門人都具神通，是以天竺人民敬若神明，隱約間就是天竺之王，這金魯厄仗著師父寵愛，以為掌門人非他莫屬，他天性愛富貴，在師父面前百般討好，就是為了這個寶座，其實他心地涼薄，那師徒之情並不放在心上。日前他無意中偷閱師父秘文，知道師父竟然準備在他死後傳位於大師兄寶樹頭陀，他一氣之下，心生毒計，先騙兩位師叔入了風火洞，再趁師父金伯勝佛練氣時偷襲，想迫師父讓位於他。他那三個師兄一向並不得寵，被他妙舌一挑，再誘以事成之後分利，便一個個利益薰心，聯手幹起這武林最為不齒的欺師滅祖勾當。

金伯勝佛受襲，一口真氣逆轉，全身立刻不能動彈，正在危險之時，恰巧寶樹頭陀趕到，他一方面為師療傷，一方面出手抗敵，只是他這天竺武功與正宗之武功路子逆道而行，運氣也是由逆而順，然而血脈天生，人人都是一樣，是以一受傷如果用他們本門功夫來治，反而使真氣愈來愈散，最後不可收拾。

金伯勝佛苦不堪言，又不能出口阻止他，正在這千鈞一髮，恰好高戰趕來，高戰的天池內功為正宗內功，是以助他療傷大是有益，直到真氣大致歸竅，這才出手驚走金魯厄等人。

次晨高戰一起來便練習那天竺杖法，他把囊中戟桿合上戟身，在晨光下大舞起來，金英在旁挖了一個小洞當作灶爐，生火正在烤著乾糧，忽然抬頭一看，喜叫道：「高大哥，快看，那是什麼？」

高戰抬眼一看，只見天上忽現瓊樓玉宇，壯觀非常，心中大奇，怔怔然說不出話來。

金英得意道：「這就是我的家，媽媽的大石墓就在那樓房的後面，大哥你說好看嗎？」

高戰想起兒時所聽的神仙故事，他心中雖然從未相信過，可是此刻天空無邊仙景，飄渺白雲，他真也弄不明白到底是真是幻，脫口道：「英弟，妳怎會住在天上？我從前聽老人家說開天門的故事，難道這是真的麼？」

金英抿嘴笑道：「喲！大哥，我當你真是無所不知，無所不能，原來……原來……」她見高戰滿面羞愧便住口不說了。

高戰道：「我從來沒有到過天竺，這沙漠上的奇觀是一點也不知道，英弟妳且說說看，這是什麼緣故？」

金英道：「我上次不是說過嗎？這海市蜃樓是大沙漠奇景之一，由於光線折射所造成，我家是在這沙漠邊緣，而且房子建築又最高大，所以常常會映在空中的。」

高戰見那樓台林園，清清晰晰立在雲端，不由嘆道：「天下之大，真是無奇不有，英弟如果不是妳給我解釋，我是怎麼也想不通。」

金英道：「大哥，別說你初至沙漠，就是在沙漠上行走的旅客商人也常爲這種幻景所迷。大哥你想想看，一個人如果在這種上面是高穹青天，下面是茫茫黃沙的地方行走，一旦看見壯麗建築，怎會不摸索而去，結果愈走愈遠，反來覆去的繞著圈子，最後東也是自己腳痕，西也是自己腳痕，便再也找不到原來的路子。」

高戰道：「這情形實在可怕，這沙漠放眼看去都是一樣無邊無際，真也不知道向哪走是對的。」

金英道：「當太陽出來的時候，陽光照在唐努拉山，那山上的石頭全是金子，於是反映在空中，也不知多少人看見這金光閃爍的山巔，便不顧性命的勇往直前，其實那天上的幻景，方向恰好與真正的金山相反，因此那些人沒命的走呀走，由於光線關係，有時覺得就在眼前，有時又覺得遙不可及，終於力盡倒斃。」

高戰嘆道：「人爲財死，世上能把名利拋開的又有幾人！」

他想到辛叔叔的俠行，雖然是爲仗義，可是以一敵三和南荒三奇大戰，明知敗而不退，這難道全是爲了仗義嗎？這世上能像平凡上人那樣的無憂無滯，不求名利，真是大大不易了。其實他哪知道當年平凡上人爲了與慧大師鬥一口氣，被慧大師困在歸元古陣中十年，若不是辛捷恰巧漂至，平凡上人一怒之下，不知會闖出多少禍哩。

金英道：「我爹爹爲此事傷盡腦筋，他命人在另一條叉道上每隔不遠便立了標誌，指引那些財迷，可是人一見財，真是至死方休，就很少人能走出迷途。」

高戰道：「令尊仁心俠行，那些人頑冥不化，那是沒有辦法的。」

金英見他對爹爹甚是尊敬，心中一喜道：「可是那金山是屬於我家的呀！爹爹常說我雖不殺伯仁，伯仁卻因我而死，所以他一向爲此事費神，其實錢有什麼用，命都沒有了，還要錢幹嘛？」

高戰道：「英弟，妳是生長於大富之家，對於錢自然看得輕啦，像我小時，爲了滿足周遊天下的願望，便整整作了十年苦工，這才積儲一點錢。」

金英萬萬想不到這樣一個豐神俊朗的少年，竟曾作過苦工，她心中大是同情，脫口道：「大哥，咱們早認識幾年多好，你也不用作苦工耽誤功夫了，說不定，……大哥，以你的聰明，早成了武林第一人了。」

高戰回憶兒時的趣事，那時稚子童心，一心一意想到天下去見識，賺來的錢一個也不亂花，全部存在床下撲滿內，漸漸的床下堆滿了各色各樣的撲滿，有小豬、小牛，還有笑口憨憨的光身胖娃娃，在它們的肚子裡，保存著自己十年來的心血……

一抹溫馨的微笑掛在高戰嘴邊，於是，他又神遊故鄉，他似乎又看到他手植那棵樹正在欣欣向榮的長著，正如同他自己一樣欣欣然力爭上游。

「砰！」泥製的撲滿一個個被他擊破了，高戰珍惜的計算著銀子……

「那情景，我是永遠不會忘記的。」高戰心中想著，金英見他似乎在沉思不答話，便道：「再走大半天就到家了，唉！我真想回家舒舒服服睡上一覺。」

高戰瞧她一眼，見她臉上風塵僕僕，這兩個多月，雖然兩人都有說有笑，路途上十分愉快，可是到底跋山涉水，金英消瘦了不少，高戰心想金英為自己之事如此熱心，真是感激得緊，拉著金英手道：「英弟，辛苦妳啦！」

金英笑道：「有什麼辛苦，只要我願意做的事，我從來沒感到半點疲勞。」

她說到這裡，忽然聞到烤肉的香氣，連忙跑到泥鍋邊取出牛肉笑道：「咱們只顧談話，肉都烤焦啦！」

兩人匆匆用罷早餐，金英離家愈近，愈覺歸心似箭，不住催促高戰啓程。

金英道：「我爹爹不知在不在家？他通常一出去便是幾個月，好在你也無甚急事，先用蘭九果解了你身上之毒，咱們到處玩玩，等我爹爹回來，讓他……他老人家見你一面。」

高戰拍手道：「好啊，我也想在天竺玩玩，也算不虛此行。」

兩人走到中午，忽見前面不遠處一大隊駱駝商隊，金英高戰迎上前去，那領隊深目挺鼻，是個天竺商人，金英對他說了幾句，那領隊十分恭敬，跳下駱駝讓金英乘坐。

金英揮手向高戰道：「大哥，咱們運氣真不壞，有這代步，省卻不少力氣。」

高戰從未騎過駱駝，他年輕好奇，見那駱駝又高又壯，駝峰高起，便拉著金英躍了上去。

金英向那商人領隊道了謝，高戰騎在駝背，高高在上，心中有說不出的愉快，他一拍駱駝背吆喝道：「走！」

那駱駝雙眼注意舊主，並不前奔，金英用手輕撫駱駝頭上前毛，柔聲道：「快駝我們去吧。」

她對駝性甚是清楚，知道駱駝天性溫柔堅毅，可是卻有一種挺硬脾氣，千萬叱喝不得，否則惹了牠的性子，任是拳打腳踢，牠不肯走動也不發怒踢人，這和馬類跳脫受激天性大是不同。

那駱駝果然長鳴一聲，踏沙而去，金英得意道：「大哥，駱駝只聽我的話哩。」

高戰只覺駱駝行走甚慢，可是坐在牠多脂背上，卻是軟綿綿的，別有一番情趣，隨口答道：「英弟，妳真能幹。」

金英得意道：「這有什麼了不起，我爹爹說駱駝的性格和有些人一樣，要牠吃苦受難，牠是毫無怨言，至死方休，只是不要忘記時時誇牠一兩句就便成了。」

高戰暗暗忖道：「世間的確有這類人，不求名利，只是為知己者用，不死不休，像爹爹的老長官經略遼東大帥熊廷弼就是這樣的人，為報朝廷之恩，三黜三起，並無絲毫怨恨，最後為奸臣所陷，死於牢獄，他，他到底為了什麼呢？」

金英道：「上次我離家時，爹爹告訴我，他夜觀天象客星犯主，中原將有大亂，大哥，你天性和平，又不愛名利，乾脆搬到天竺來好了。」

高戰道：「令尊以物寓人，確是高明之士，目下滿清據於關外，狼子野心日顯，幸賴遼東督軍袁大帥鎮邊，這才擋住滿人幾次進攻，可是朝廷對袁大帥反而多般牽制，看來大明氣數已盡，可是英弟，我們高家歷代都是持戟以衛國的武將，將來做大哥的也免不了要繼承先父遺志。」

金英回頭道：「你又不想做大官，幹麼要爲皇帝去拚命打仗？」

高戰笑道：「爲了全國的老百姓啊，滿州人來了，咱們漢人還有得生路麼？」

金英不喜道：「大家都是人，幹麼要分什麼滿州人和漢人？我是天竺人，可是你不是和我很要好麼？」

高戰想到原來她誤會自己意思，以爲自己歧視她是異邦人，當下連忙陪笑道：「話雖是這麼說，可是從小爹爹便對我說滿州旗人不時進犯邊關，是以我對滿人印象很壞。」

金英道：「你們男人真是奇怪，一天到晚心中想的只是打殺搏鬥，其實如果你殺了別人，心中也不見得很痛快呀！滿州人好生生在關外草原上生活，幹麼要到中原來？」

高戰道：「還不是想做皇帝，統治咱們漢人。」

金英道：「做皇帝有什麼好？我爹爹現成的天竺皇帝都不想當，你瞧他現下是多麼逍遙，他說一當了皇帝便沒有這樣好玩了。大哥你說是嗎？」

高戰沉吟半刻也答不出，他天性淡泊，對於這權之一字，覺得無甚依戀，是以也不明白其中道理。

金英道：「我知道你也想不通為什麼？喂，咱們來談談別的有趣事情。對了，我剛才不是說了天竺皇帝，他有一個女兒，也就是公主，長得美極了，過幾天我帶你去看她。」

高戰道：「天竺皇帝你們認得麼？」

金英道：「豈只認得，簡直就和我爹爹是老友，這北天竺都歸他管，只有我叔叔金伯勝佛他們恆河三佛和我爹爹不受他管轄。大家以朋友相稱。」

高戰道：「英弟，天就要黑了，怎麼還看不到妳家？」

金英回眸笑道：「翻過唐努拉金山，才是我們家的地盤。」

高戰見她和自己接近說話，一種淡淡香氣襲襲而發，他心中一陣迷惘，忽然想到男女有別，連忙把緊圈在金英腰部的雙手鬆開。

他一向視金英為親弟，此時忽然感到她又嬌又美，心中不由怔怔然，金英指著將落的太陽道：「大哥，當太陽將落下去的時候，那是沙漠上最美的時候，可是只有短短的一刻，唐努拉山金光開始閃爍了，大哥快看。」

高戰只見不遠處忽然金光萬丈，耀人眼目，金黃色給人一種富足的感覺，他心想常人終生勞祿，不過想求得些金銀財貨，這沙漠上竟然有這成座的金山，造化之奇，真非凡人所能窺探。

他目不轉睛的看著這奇景，心內恍然有若在夢中一般，太陽終於全部落下去了，金色的光芒也收斂了，金英輕嘆息道：「這景色雖然美，可是太短了些，爹爹說愈美的就愈短，上天安排萬物都合乎你們中原孔夫子所講求的中庸之道哩！」

十九　終須一別

駱駝在夜風中疾奔，不久便到了這名聞天下的唐努拉山，雖在黑夜，金子仍然湧出光芒，

金英幽幽道：「太陽下去了，還有明天，明天又會升起來，可是我們人哩？爹爹雖有那大本事，也挽救不了媽媽的死，喂，大哥我告訴你，我媽媽是很美很美的漢人。」

高戰脫口道：「難怪妳長得一點不像天竺人。」

金英婉然一笑，從懷中取出小笛嗚嗚拉拉的吹了起來，過了一會，前面蹄聲大起，迎上一隊駱駝，從駱駝上跳下四個絕色少女。

高戰以目向金英相詢，金英笑笑揚手道：「我只問你們爹爹在家不，又沒叫妳們來接，忙個什麼勁。」

這四個少女年紀與金英相若，聞言一齊跳下趨上前道：「婢子們一聽到小姐傳音，知道小姐回來，真是高興得很，大家一般心思，這便迎上來。」

高戰只覺這四人一口江南口聲，就和辛夫人張菁說話一般，溫柔動聽，他不由多瞧幾眼，

但見這四人淡眉明眸，分明是江南秀氣姑娘。

金英悄聲道：「她們本來都是江南人，我媽媽從小心地好，又是大富家獨生女兒，也不知養了多少孤兒，後來跟我爹爹了，有些孤兒不願離開她，便跟到天竺來，這四個便是！」

高戰恍然大悟，那四個少女似乎對金英並不畏懼，一齊道：「小姐，妳一定又在講婢子長短了，小姐，這位是誰呀？」

金英本想答這是我大哥哥，但一轉念，板著俏臉道：「珊珊，妳別多管閒事，走吧，咱們累死了。」

那四個女婢見女主人對高戰甚是親暱，想到平日金英那種孤芳自賞的高傲脾氣，不覺甚是好笑。四人騎上駱駝在前引路，口中嘰嘰咕咕又笑又說，不時回頭對金英微笑扮鬼臉。

金英是付不能受激的脾氣，一激她什麼也做得出，當下見侍女似笑非笑看著自己，心中不由大氣，高聲叫道：「珊珊，妳們笑什麼？」

那四個女侍齊聲道：「沒有什麼啊！」

金英氣道：「妳們當我不知麼?喂，告訴妳們這是我大哥，再沒有什麼好笑的了吧！再笑，我就，我可要不客氣啦！」

高戰聽她們鬥口，心中覺得有趣，他不便插口，只覺金英甚是直爽可愛，那四個侍女回頭伸伸舌頭，見金英急得雙頰通紅，有如蘋果一般，她們名為主僕，其實小時即在一起，感情甚好，便住口不說了。

走了片刻，走到一處綠叢，高戰見那群植物長得很茂密，可是長滿小刺，生得又高又細，穿過那群植物，便見高樓大宅現於眼前，正如晨間天空所見海市蜃樓一般。

高戰大奇道：「這沙漠上怎樣會長出這般茂盛植物來，英弟我先前還在奇怪，妳說離家不遠，這沙漠雖在夜間也可一望數里，怎的還看不見建築，原來被這群植物擋住了。」

金英跳下駝背道：「你別小看這植物，是爺爺從南荒得來異種，花了許多心血這才培育而成，上生倒刺其毒無比，防禦那成千成萬些餓鬼般的野狼，真是大有用處。」

高戰進了屋子，心中生出一種舒適的感覺，這數月來餐風飲露，跋涉萬里，終於到達目的地，金英匆匆入內取出一盒鮮紅果子，對高戰道：「這就是蘭九果，大哥你快服下，這一服就便可把毒藥解了。」

高戰伸手接過，不住言謝，金英不喜道：「大哥，你好俗氣。」

高戰臉一紅，在旁的婢女抿嘴不住，笑出聲來，金英狠狠瞪她一眼，指著另一侍女道：「快帶他去休息。」

高戰道聲別，金英甜甜一笑道：「大哥，明天你就好了，我們到大王石墓去玩！」

高戰點頭答應，隨侍女走了，耳畔還聽到金英和婢女爭吵，那侍女說什麼「現在就這麼凶，將來還得了麼？」他心中一怔，推開房門，向引路侍女告別入內。

高戰取出一個果子，細瞧了一會，只見那果兒鮮紅欲醉，清香撲鼻，真是秉天地靈氣所孕育。他咬破蘭九果，吸食其中果汁後，便坐在床上運起先天氣功，過了半晌，但覺全身百脈鬆軟無比，絲毫用不出力道來。他猛吸一口真氣，數月來一直鬱集在胸中一股悶氣漸漸往上移動，他知所中無影之毒已由藥力托住，從全身逼了起來，當下運氣上逼，好半天只覺鼻頭一張，一口氣直噴出來，無色無嗅。高戰再一調息，全身血道暢通，他知劇毒已解，心中又驚又喜，暗忖對症下藥當真靈驗無比了。

他還不太放心，用足真力練了幾招狂飆拳法，只覺內力充沛，綿綿不絕，一喜之下，翻身上床，沉沉睡去。

高戰睡到夜半，忽聞叩門之聲，他自幼習得上乘內功，耳目自是靈敏，坐起問道：「是誰？」

一個細微溫柔的聲音道：「是我哩！大哥你好了嗎？我想到你……你身中劇毒，怎麼樣也睡不著。」

高戰好生感激，笑道：「多謝英弟，這蘭九果真是有效，一吃下去馬上便解了無影之毒。」

門外金英應道：「那很好，很好，大哥，外面月色可真好哩！你陪我散步麼？」

高戰穿好衣服，開門只見金英立在門前走廊上，身上披著一襲輕紗，連臉也罩上了，高戰心想：「她回到家，自然穿上了天竺的服飾。」

金英道：「你們漢人有一句話是說『人生苦短，秉燭夜遊。』月白風清，咱們到大王石墓上去談談天，遠勝過蒙頭大睡。」

高戰笑勸道：「英弟，妳一路疲倦，好好休息一晚吧！」

他運功逼毒，體力大是消耗，月光之下更是顯得蒼白消瘦，金英也發覺了，便道：「好吧！大哥你好好去睡一覺，咱們不用去了。」

高戰見她全身披在輕紗中，月色如水，恍然有若立在雲端，小臉雖然看不清楚，可是體態輕盈，令人有一種飄然的感覺，便笑道：「英弟，妳生氣了？」

金英道：「我可不像你那小氣的姑娘朋友。大哥，明天見。」

她說完便輕步走開，消失在黑暗中，那背影就像天上的仙子一樣，美麗純潔而不可捉摸，高戰心中一陣迷惘，暗暗道：「她已經是個成人了，高戰啊，你可千萬不能走錯一步了。」

他回到房中，月色透過窗上綠紗，淡淡灑在地上，高戰先前急於療毒，此時放目一瞧，但見室中佈置華麗，窗台上供養著好幾盆水仙，樑上掛著一只大鳥籠，一隻翠綠鸚鵡垂著頭也在睡覺哩！

他從小窮困，後來雖然由師父風柏楊帶到遼東習藝，風家莊園的確富麗堂皇，可是都是粗枝大葉的佈置，廳中燒著大爐，地下鋪著地氈，椅上墊著虎皮……從未見過江南人家養鳥蒔花的細緻佈置，想不到在這異城天竺，竟然會見到這種佈置。

水仙花香氣襲人，高戰想到自己這半年來遇合之多，真是舉不勝數，而且每每轉禍爲福，平白得了不少好處。

他又想到在中原的姬蕾，心想這次回到中原又不知要費得多少唇舌才能解釋清楚。姬蕾活潑美麗，林汶溫柔婉然，還有這英弟年紀雖小，有些事似懂非懂，可是她那一腔純潔情感，似乎也要寄托在自己身上，自己一介武夫，無名無望，也不知爲什麼人人對自己都是那麼好。

他沉思著，漫步走到窗前，拉開紗窗，只見天上殘月曉星，夜意深沉，他心中自問：「我一見著蕾妹——那日在濟南她家中，便不由自主的喜歡上她，那天當我被圍時，我一點武功也不會，可是當我一瞧到她鼓勵的眼神，便覺勇氣百倍，再無畏懼，我是從心底喜歡她的。可是汶姊呢？我難道會忘掉小時候她溫柔的待我嗎？我爬上樹跌破了，我是不怕痛的，總是用布一擦又去野了，可是她每次喚住我，仔細用草藥替我塗上，然後撕開她的小手帕替我包上，她永遠是那麼慢慢的有條有理的做每件事，那目光，半嗔半怨的，我就是有天大的火氣，被她一瞧也就有如煙消雲散了。」

月亮沉下去了，星兒也失去了光輝，天邊有一絲魚肚之色，高戰思潮起伏不定，他想：「我如果沒有一絲愛她，我又何必要爲她去冒死援救？難道這完全是爲了報她相待之恩嗎？我和蕾妹已立下誓言要結爲夫婦，可是我！我怎樣對待汶姊啊！還有英弟，唉！」

他愈想愈煩，大地漸漸地亮了，在白天也像黑夜一樣，沙漠是永遠的一望無垠的，高戰望著遠方，由黑色漸漸變成灰白，再由灰色變爲黃色。

「沙漠！沙漠！在你能看到的最遠處，還有更遠的，更無窮的黃沙。」高戰默默想著：「在沙漠中，走錯一步便完了，也許再也走不到原來的地方，現在我也是一樣，走錯一步便完了。」

「大哥，你起來了？」

金英又在門外嬌聲呼喚，高戰收起情思迎了上來，只見金英穿了一襲綠裙，滿臉笑容站在那兒。

高戰道：「妳起得倒早。咱們今天可以到各處去玩耍了。」

金英喜道：「誰說不是呢？我們吃過飯先到我媽媽住的石墓去，我快一年沒有陪我媽媽了。」

高戰聞到一股甜香，心中甚覺暢快，問道：「什麼東西這樣好聞，香極啦！」

金英臉一紅，轉過頭不答，高戰道：「我也應該去瞻仰一下伯母之墓。」

金英低著頭和高戰一起去吃早飯，他倆人一路上有說有笑結伴而行，遇到涉水越澗都是高戰抱著金英躍過，金英並未感到半點不妥，可是此時在自己家中，婢女們眾目睽睽下，金英竟然覺得十分發窘，她一向不喜打扮，而且喜歡男裝，可是今早起身，不知怎的，對於自己平日穿的衣服都覺甚不滿意，從箱中翻出母親穿的一件禮服穿上，還灑了些天竺特產香精這才出來呼喊高戰。

金英天資敏悟，而且從小慣於獨處，是以對於自己的思想都能有明白解釋，可是此時她對自己這種反常舉動竟然甚是不解，而且一想起來便覺羞澀異常。

高戰金英二人匆匆用完早餐，一人騎了一匹駱駝向沙漠走去，走了一個多時辰，高戰眼前一亮，原來前面蒼松翠柏，氣勢明麗偉大，翠綠叢中，環抱著一座佔地方圓數百丈的大石墓。金英飛身躍下駱駝，直奔墓前，高戰也跟上前去，金英抱著墓前石獅推了幾下，石門呀然一聲打開。

金英招手向高戰道：「除了爹爹和我誰也不准進去的，大哥，你進來吧！」

高戰正待推辭，金英道：「不打緊，你既是我大哥，理當見我媽媽的。」

高戰躍著進去，這墓內陰涼無比，裡面又整潔又寬敞，全是堅硬花崗石所造，每塊花崗石大小均一。高戰心想這花崗石堅硬無比，要打成大小均一的方塊真是困難之事，看來當年金英之父經營這座石墓，真是花盡心血了。

走到盡頭，前面一面紅色木門，金英上前打開了，高戰只見室中陳放著一具玉棺，淡淡的發著瑩光。這石室中陳列周到，高戰想是金英母親生前所用之物都完整不缺的放在那兒，金英一指壁上道：「大哥，那就是我母親。」

高戰向牆上一望，只見一幅巨畫上面用淡墨勾出一個美艷少婦，雖然只有簡簡單單幾筆，可是神態栩栩如生，旁邊寫著一行大字：「先室江南才女徐夫人之像。」

金英悄聲道：「這是我爹爹繪的，那時媽媽還沒有嫁給爹爹，爹爹就繪了這幅圖送給媽媽。爹爹說那時他心中充滿了喜悅摯愛之情，是以下筆有如神助，後來再怎樣也畫不了這麼好，等到媽媽死了後，他就在旁邊加了一行字。」

高戰暗忖：「難怪英弟家中都是江南佈置，原來她母親是江南人氏。」

金英低聲對牆上的畫像道：「姆媽！我來了！」

她聲音中充滿了柔情蜜意，高戰心中一動，想到自己也是幼年喪母，不禁悲從中來。

金英忽道：「我要跟姆媽說幾句話。」

高戰一怔走出，那石室四壁迴音，高戰雖然走開，可是金英斷斷續續的低音的祈告，還不時傳入高戰耳內……

「我……我把妳的金鎖……金鎖送給他了，姆媽！爹爹說這塊金鎖……金鎖由我送給一個最可靠的好朋友，這是妳告訴爹的，他……他真的很好……很好……」

她聲音愈來愈低，高戰彷彿被人一擊，他不由從懷中掏出那鑲象牙小金鎖，只覺那鎖中似乎嵌著一顆鮮紅的少女的心。

金英走出石室又隨手關上了門，喊道：「大哥，咱們出去吧！」

高戰如夢方醒，怔然跟著金英走出石墓，騎上大駱駝又往前走，金英道：「前面是那格巴王的大墓，他率領著天竺人趕走北方來的蠻子，可是在最後一次戰役中被敵人射死了。皇后聽了這消息，便伏在他屍體上哭了三天三夜，也死了。後來咱們天竺人打敗蠻子，大家為感激王的功德，便替他築了一個天大的金字塔。」

高戰忽道：「英弟，伯母的墓前陵園樹木長得真好，一定是因為地下泉水的緣故了。」

金英高頭點道：「不但是泉水，更且是最難得的冷泉哩，不然沙漠這麼熱天氣，這些寒帶植物怎麼生存？爹爹為了要使姆媽像回到家一樣，遍處找了一年多，才在此處發現這冷泉，於是植了樹，築了墓。」

兩人談話間已走進尖頂王墓，金英拉著高戰的手不住往上爬去，半刻之間兩人爬到墓頂，高戰俯身一望，沙漠上駱駝隊有如小黑點，緩慢向前移動，他再一抬頭，只見天際仍然高不可攀，高戰道：「在沙漠上住得久了，胸襟一定會大的，英弟妳想想看，一個人一天到處接觸的都是無邊無盡的世界，那些虛名爭勝便自然淡忘了。」

金英道：「那也不見得，你不見我叔叔恆河三佛他們還不是一天到晚為名而奔波，天竺稱霸還不夠，還要到中原去。」

高戰道：「咱們別談這些，到那邊去看看，喲，那尊石像好大！」

金英道：「那就是王的塑像。」

高戰走近石像，那像塑得甚爲生動，威態畢露，金英忽道：「沙漠上的人說那格巴王已成爲沙漠之神，那石像時顯靈跡，只要你許下願望，那石像便會助你，可是如果你後來不守許願，便有意想不到的災難。」

高戰笑道：「我也去許許願，我只要有飯吃有衣穿便滿足了，大石像呀大石像，只要我不挨餓受罵，我便不會冒犯你老人家的，這便算我的許願。」

金英笑罵道：「大哥，你真沒出息，你別胡鬧玩笑，從前有一大駱駝隊在沙漠上斷水三天，眼看就要全隊渴死，這時候忽然見到大王像，領隊的向祂求援，許下大願，果然鑿地見泉，全隊得救。」

高戰道：「神仙之事畢竟渺茫。」

金英正色道：「神仙是有的，你走開讓我許個願。」

高戰奇道：「許願我有什麼不能聽？」

金英道：「你偏不能聽。」

她一路上懷想墓中母親，是以鬱鬱不歡，這時才又露出頑皮性子，高戰笑笑地走開了。

那尖頂少說也有百十丈高，當年也不知運用了多少人力物力才得造成，高戰從上面來回走來走去，忽聞下面兵刃交擊，他擔心金英便向前走，只見金英虔誠地跪在地下，口中喃喃道：「……第三，大石像，希望大哥常來看我，我……我要常和他在一起，第四……大石像，你得保佑我大哥無災無難，不然的話，哼……哼……」

高戰聽她說得天真，不由失笑，心想從來沒有看到求神的人如此霸道，俗話道就是泥人也有土性，這石像就是本來想要保佑，也會一氣不顧了。

高戰叫道：「英弟，妳聽那是什麼聲音？」

金英抬頭一看，高戰就在不遠，她心中大羞，暗忖自己所說的話一定被他聽去，當下俏臉一板道：「大哥，你怎麼也不告訴別人就闖來，我要被你嚇死了。」

高戰笑道：「別發脾氣，英弟妳聽下面有打鬥。」

金英俯石一聽道：「有很多人哩，咱們去瞧瞧。」

高戰護在前面，一步步慢慢走下尖頂，到了離地五六丈拖著金英一躍而下，金英輕功不錯，可是從未從如此高處跳下，眼睛不由閉了起來。

高戰循聲走去，只見前面黃沙滾滾，一大隊衣冠鮮明的衛士圍住三個人攻擊，那三個人武功甚高，應付自如，不數招又震倒了幾個衛士，漸漸向一輛車子逼去。

金英趕到悄聲道：「我們沒有武器，還是別管這淌閒事。」

高戰忽然道：「這三人是武林高手，不知車上坐著何人？看來氣派不小，這許多人護衛，可惜都是膿包。」

金英定眼一看，失聲道：「不好，這是天竺公主的車子，有人要劫持公主。」

高戰低聲道：「我先去攻那使杖的人，奪下他的長杖，好讓他們知道天竺杖法的威風，英弟妳替我掠陣，防那二人暗算公主。」

金英見他輕鬆自若，知他甚有把握，便道：「大哥，小心。」

「英弟，放心！」

高戰點點頭，便欲出擊，金英忽然笑道：「大哥你想當駙馬麼？幹麼這般賣力？」

高戰笑道：「是啊是啊！」閃身而去，一躍凌空便向那使杖的人臉上抓去，金英也閃開衛士攻擊，奔到車旁，一開車門道：「公主莫怕，小妹在此。」

那公主早已嚇得面無人色，她常常和金英共遊，知她能耐甚大，當下緊抱住金英嘰哩咕嚕說著。

高戰這一撲之勢，乃是天池狂飆拳中威力最大一招「鷹揚于天」，他見這三人武功不弱，是以一上來便用絕技，那施杖的人驀然見到敵人從天而降，顧不得再傷人，揮動長杖，護住頭頂。

高戰見無隙可乘，身形落地之前，一腳踢向敵人後心，那使伩的人怒喝一聲，反手掃去，高戰瞧得仔細，右手一探抓住杖頭，一運勁便向懷中奪去。

那兩人見同伴受制，雙雙轉身來救，一個施劍一個施刀，高戰左避右躲，身形間不容髮，那施杖的人猶自賣弄蠻力，強持兵器不放。

高戰心中焦急，驀然一鬆手，將持杖漢子往前一送，正好那施劍的一劍攻到，那施劍的人眼看便要刺及自己同伴，下盤一運勁，硬生生收住已發劍式，身形不由打了一個轉，高戰心想這人最是難鬥，飛起一腳，踢中向後跌倒的施杖漢子，劈手奪過長杖。

高戰兵器到手，立刻威風八面，他一抖長杖舞起一個大圈，態度從容不迫。

那施劍施刀的人雙雙叱喝，高戰一句不懂，那施杖的原來身形已然不穩，再加上高戰一腳，退了五六步，一跤跌坐在地。

高戰微微一笑，金英跑過來道：「他們問你爲什麼要管閒事？」

高戰說不出理由，金英向那三人說了一陣，三人暴怒非常，一聲不響一齊向高戰攻到。

高戰施出不久前所學之天竺杖法，他初遇強敵，杖法中精微之處又領悟不少，這杖少說也有二十來斤，高戰施出來猶如舞弄輕劍，招式又多又繁，往來在三人二件兵刃中有如穿針引線，一遇空隙立刻攻到。

金英見高戰愈戰愈神，笑嘻嘻的旁觀著，打了一刻，高戰施出天竺杖法中旋天四式，那三個登時臉色蒼白如見鬼魅，向後倒退數丈，那施劍者向同伴喝了幾句，高戰只聽得懂其中有「金伯勝佛」四字。

這兩人也倉皇離去，金英笑道：「大哥，他們說你的杖法是金伯勝佛叔叔所傳，是以嚇得跑了。」

高戰暗忖這恆河三佛在天竺威名果然大極，金英眼睛一瞥急道：「大哥，你看那是什麼？」

高戰道：「沒有什麼啊！」

金英取下頭上金釵，口中漫聲道：「大哥，你再細看看。」

高戰看見前方並沒有異狀，正自奇怪，忽然背後風聲一起，金英高聲叫道：「爹爹，爹爹！」

高戰一轉身，只見背後一條五色斑彩的小蛇橫屍身旁，金英結結巴巴道：「大哥，好險，你一動這赤煉毒蛇便會攻擊你。這毒蛇就是蘭九果也救不了。」

高戰恍然，原來金英早已看見背後有蛇，是以引自己注意前方，他見金英臉色蒼白，此時說話猶有餘悸，便道：「英弟，又是妳救我一命，妳真聰明，妳身上沒有暗器，用什麼打死牠的？」

金英道：「是爹爹用金彈子打死這條赤煉毒蛇。」

高戰看見不遠處立著一個年老天竺人，深目挺鼻，皮膚被陽光曬得黝黑髮光，頭上戴著一頂大草帽，顯得十分英俊。金英跑上前抱著那老人脖子道：「爹爹你回來了，剛才幸虧你老人家，爹爹你功夫不壞呀！我怎麼一直不知道？」

那老人呵呵笑道：「我只道妳有了好朋友，就連爹爹也不理了，哈哈。」

金英鬧著不依，那老人道：「又闖禍麼？」

金英嗔道：「爹爹，我幾時闖過禍，我和高大哥看見有人欺侮公主，這才出來管管。」

高戰連忙上前拜見，他見那老人家一口純正漢語，心中不由大爲尊敬，金英父親笑道：「老夫適才見老弟身手俊極，而且好像與舍弟大有淵源。」

金英忍耐不住，便一口氣把金伯勝佛遇難的事說了一個大概，她父親等她說完，笑道：「也沒見過這樣沉不住氣的姑娘！」

金英氣道：「叔叔在危險中，你還這麼輕鬆。」

她父女隨便已慣，金英絲毫不怕老父，金英父親笑道：「此事我老早算定，妳叔叔一定出險。」

金英喜道：「那好極了，好極了，咱們先回家去，這樣我可以陪高大哥好好遊天竺了。」

金英的父親微微一笑，一招手來了一匹純白駱駝，他翻身騎上，金英也撒嬌的依在她父親懷裡，一起坐在駝背上。

高戰見這老人臉上永遠帶著平靜微笑，那深深的目光，似乎包含了無窮的智慧，似乎能看穿天下一切隱密的事似的，高戰心中好生佩服。

三人走近公主車旁，那公主忽然露出面，拉下面紗向金英說了幾句，金英笑道：「大哥，公主說受你救命之恩，你只要用得到她國家時，她一定全力相助。」

高戰連聲稱謝，金英又翻譯給公主聽，公主凝視著高戰，慢慢又掛上了面紗。

金英父親道：「咱們送公主回去。」

金英向高戰扮了一個鬼臉道：「根據天竺風俗，公主從不拋頭露面，除非見了至親之人，或是最崇高之人，大哥駙馬有希望啊！」

高戰臉上窘的通紅，金英父親臉上笑意盎然，一催駱駝，向沙漠的核心布拉多宮趕去。

駱駝在沙漠上留下的足印，一會兒便被風沙蓋住，可是留在高戰心中的情感痕跡，卻是無法掩滅的，在金英如花笑靨和盈盈笑語下，高戰又想起了姬蕾和林汶。

「怎麼辦？」

一方面為免日久情長，一方面也著實惦念中原故人，在天竺陪伴金英半個月後，高戰即表明辭意。

金英當然百般不願，但高戰一再勸說中原之事未了，金英才快快然答允。她本待偕同高戰同返中原，但離家已久，好不容易回家一趟，不費心陪伴慈父，亦大違其心，只得趕忙幫高戰備妥行囊，再細細囑咐沙漠及西域諸事，並派人送高戰越過沙漠，這才安心。

臨行並言自己將返雪山找尋師父後，自會往中原尋找高戰。別情依依，不在話下。

西域的風光和中原是背道而馳的，中原，尤其是江南，是充滿了月殘鶯鳴楊柳岸的景致，而北方的風景雖然是渾厚的，但比起終年積雪，高聳入雲的天山來，中原群峰，簡直是巨無霸身邊的小廝了。

話說高戰行行復行行，一路上觀摩胡域風光，賞略異地情味，再加上心腹之患的隱毒已除，心中自是十分快意。

但他也並不想多加逗留，因爲遠在千里之外的中原，還有多少掛念他的人在想他哩！

然而幼居關外的他，一旦處身在迥然不同的大西北，這份愉快又豈是筆墨可形容的了？

前些日子，他和金英一起自中原去天竺，當然也路經了天山山脈，但是初見維族風光，反而不能細心地去咀嚼，去觀賞。

西域的氣候是醉人的，人們幾乎沒有風雨煩人之心，但唯一稍爲缺憾的，是烈烈焦陽。

就是在一個大太陽的日子裡，自通化（烏魯木齊）往甘肅走的官道上，正自有一騎不緩不急地走著。

馬上坐了一個英偉的漢子，一望而知，他是個維族的好漢，那頭紅棕色的馬兒，比起當地的尺寸來，雖不算十分高大，但自牠那強壯的四肢，穩健的腳步可知，端的是一匹良駒。

維族的男兒最重視寶馬，不是說笑話，妻子的價值在他們心目中，還遠遠不如座下良駒，蓋眾妻易得，而寶駒難求也。

維族是愛好和平的，但身爲回教徒的他們，並不會因此而厭武，因此，維族的男兒莫不是策騎馳戰的好手，這也就是他們爲何要愛馬如命的原因了。

因此，維族不是以妻子的多少來評定一個男子在眾人心目中的地位，而是看他擁有幾多良馬。

也因此可知，這官道上策馬走著的那人，絕不是一個普通的維民，至少也是相當於戰士的階級。

那人有著一雙碧藍的眸子，一個高挺的鼻樑，低窪的眼眶，潔白如雪，而且還有白中透紅的膚色，這一切的一切，都明顯地表示，他是一個標準的維族好漢。

他腰上也掛了一把短短的寬刀，雖然只有尺來長，但自它那古舊的銅色可知，這把刀起碼有三百年的歷史。

原來維人勤於練武，因此刀劍等兵器都是世傳的，年代一久，這種世傳的兵器，通常並不用於作戰，而只是拿來作爲榮譽的象徵，代表著一個世系戰士家族。

由他這把配刀可知，這人不但是個戰士，而且也是個世家子，這種人在維民中最受尊敬，因爲他們的祖宗多多少少是民族的英雄，曾爲維吾爾族的利益而奮鬥。

他兩眼一望遠山，嘴中喃喃自語，也不知是在說些什麼，但自他那憤怨的目光可知，他心中有著萬分的怨憤。

他喃喃的聲音終於變響了，他自言自語道：「故鄉，故鄉，我終於回來了。」

正在這時，自叉道上奔過來數騎，馬上的是三個年老的維族人，他們奔近了，看清那人是誰，忽地一驚，忙勒住馬，向那人敬了禮道：「小主人……」

他們都唏噓著，說不出下面的話來。

那青年的眼中也沾滿了淚珠，他顫聲道：「巴桑，依喀則，果莫兒吾，你們是來勸說我的麼？」

其中年紀最大的是巴桑，他答道：「小主人，老主人並不知道你要回來，我們是上牧地去的。」

那青年點點頭道：「母親怎樣，是不是好了些？」

他是多麼渴望見到自己的慈母。

巴桑看著依喀則又看看果莫兒吾，果莫兒吾躊躇了半晌，方才小小聲道：「小主人請先到牧地去休息。」

那青年黯然地勒住了馬頭，四騎迅速地奔出了視界。

陽光彷彿追隨他們的蹄聲，也飛快地消失了，不一會兒，大地已沉眠在黑暗之中。

夜靜靜地來臨了。

但是，地面上的人卻不能像造物者如此般的無憂無慮，這大西北的一個小角落裡，正孕育著一段可歌可泣的事蹟。

高戰漫無目的地鞭策著座騎，一離開「英弟」，他就搞不太清楚路途了，在他的眼中看來，週遭的景色都是一樣的，他分不出左邊和右邊的高山有何不同。

因此，他只是沿著官道直奔，忽然，他想起英弟告訴他西北有一個喚作麻佳兒的老英雄，也住在這桑姑屯附近。

他馳到一個叉路口，見到一塊木牌，上面用漢文和維文雜寫著「英雄莊」三個大字。

他沿著那條路走著，終於來到一個大莊院前，那莊院完全是漢人的格局，在桑姑屯這小地方，不能不算是個奇特的建築。

他正翻身下馬，莊裡面的人敢情已聽到了蹄聲，走出來那個喚作巴桑的老維人。

巴桑上前施了回教的禮道：「請問尊姓大名？」

高戰聞言一怔，只因他的漢語講的實在是十分流利，但他的相貌和打扮又必是維人無疑，但他只是一怔，忙一揖道：「在下高戰，敢請通知麻佳兒老英雄。」

巴桑大失所望地道：「閣下可是辛大俠差來的？」

高戰一驚，奇怪地說道：「不是。」

巴桑臉容猛然一板道：「那就對不起，今兒老莊主不會客。」

若依像高戰這般年輕的人，此時早已按捺不住，但他天性寬廣，生來和平，明知其中有些古怪，但心中暗暗定下主意，向巴桑又是一揖道：「既然如此，高戰就此告辭。」

他那爽朗的聲音未歇，莊裡面又走出了一個老維人，用維語對巴桑道：「老總管，莊主請辛大俠進去。」

巴桑回頭對那人道：「依喀則，這人並不姓辛，回莊主去。」

那人敬了禮，方才回身進去。

高戰見他們一言一語之間，除了莊重有禮之外，還有著絲絲隱憂，他以爲有個姓辛的尋上門來，心中更加決定要插上一手。

高戰見無話可說，便上了馬佯裝走開，走到附近的一個山窪子裡，他靜靜地守候著，但他的內心卻浮起了陣陣疑雲。

他想：「英弟曾說過麻佳兒英雄莊行徑，名震西域，還有誰敢來虎頭上抓虱子。那人既然姓辛，當是個漢人，當今中原武林中頂尖高手，姓辛的只有一個，那便是辛捷辛叔叔，但麻佳兒是個正人，辛叔叔爲何要挑他樑子？假如辛叔叔是以武會友，那麼這英雄莊中人眉色之間爲何如此憂鬱不展？而且辛叔叔爲南荒三奇之事，正自顧不暇哩！」

他百思不得其解，於是心想能使麻佳兒如此重視的人，只有辛捷叔叔，於是靜靜地坐下來練功，以等候「辛叔叔」來臨。

自從他內毒療癒之後，更意外地增加了幾分功力，因爲那恆河蘭九果不但能解毒，而且可以引導真氣。

高戰自覺本已逐漸緩慢前進的功力，經蘭九果這一提引，其勢不啻一日千里，突飛猛進。

因此，他盤腿坐功之時，心中有一股大快之意，好像在沙漠中行將待斃的迷路人，忽然找到了甘泉一樣。

當他行功才兩週星之時，他忽然聽到不遠之處有快馬奔來，他心中一陣翻滾，他希望來者是久未見面的辛叔叔。

於是，他緩緩地站起身子，輕飄飄地走上了山丘。

英雄莊在半里多外，閃耀著點點明星似的燈火。

山下那人驅騎狂奔著，後面也有一人騎著馬在追，但相形之下，在前面那人的腳力可好得多。

只聽後面那人悲聲大叫道：「小主人！小主人，你去不得，老莊主會殺掉你的。」

那喊聲在晚風中是何等刺人。

前面那人忍不住回頭大叫道：「莫果兒吾你快回牧地去！」

他們雖以維語說話，但高戰聽那「小主人」的聲音，雖然悲憤至極，但仍有著內家高手特有的一股中氣。

他駭然了，在這偏僻的桑姑屯裡，竟有著一個出身中原武林中的維人高手，這是何等驚人的事。

他們一前一後，如風也似地從山腰下經過，轉眼之間又沒於黑暗之中，高戰惘然地走下山來，他現在只急著想和辛叔叔見面。

驀然，他發覺自己的座騎不見了，而且是消失得無影無蹤，竟連一絲兒痕跡都找不著。

他這下更是又好氣又好笑，他想：「這一定是英弟弟搗的鬼，英弟早上才依依不捨折轉回家，說不定還沒走開，在自己身旁，和自己開玩笑，不過，不對不對，英弟弟的功力還沒到這個地步，怎會把自己搞的如此之慘？」

於是，剎那間，他毛髮悚然了，因爲這分明是一個武功極高的高手，一把抬起他的座騎，輕輕帶著走，要不然，怎麼連馬蹄也找不著一個。

他細細湊近了一看，果然有幾個稀疏的腳印，每步竟有七八丈寬，一直到了停馬之處，最後那腳印微微深些，想是停腳的原因。

高戰嚇得直吐舌頭，他勉力爲之，輕功亦勉強可以到達這地步，但要抱起一條壯馬，而仍是這般瀟灑，他非但自量不能致此，而且照他估計，天下也只有極少數幾個人能如此。

他覺得這個跟斗摔大了。雖然方才是那兩騎一前一後地擾亂了他心神，但被人家把龐然大物似的座騎給抱了走，自己尙一點不知，這無論如何是交待不過去的。

況且哪有這般湊巧之事，分明是自己在練功時，那人已窺伺在旁了，那麼當時人家要傷自己，也不是太難的事，高戰愈想愈心驚，不禁深責自己不夠機警。

他沿著那足跡走去，心中更覺得奇怪，這腳印分明是中原人的鞋子所造成的，那麼這桑姑屯真是邪門的可以，怎會在一夜之間，有如許多中原武林人趕來湊興？

他左一轉再右一轉，眼前忽然一亮，原來自己的座騎不是好生生地立在那裡，那馬兒雙眼看著主人，一副莫明所以的表情。

高戰被牠看得起火，口中喃喃地斥罵道：「笨貨！」

忽然，他一想不對，簡直是在罵自己，只得啞然地苦笑了，這馬是金英替他選的沙漠名駒，因爲金英知他急於回去，不耐乘著駱駝。他走上前去，親熱地拍拍那馬兒道：「你倒享福，還給人抱來抱去，害得我好慘，怎麼不叫我一聲。」

那馬兒長頸微曲，低頭舔舔高戰的手掌，輕輕地微嘶了一聲，高戰又好氣又好笑道：「你現在叫，又有什麼用，真是名符其實的馬後炮！」

那馬兒微微搖頭，彷彿是自鳴得意，又好像是不同意高戰的話，高戰一手抓住牠的韁繩，只覺那皮帶子上凹凸不平之處，他忙低頭放眼一瞧，原來上面有人刻了幾個字，分明是用手指在急切之中寫成的，那是：「戰兒，速來英雄莊，辛叔叔字。」

高戰一眼瞧上去，便看出是辛叔叔的手筆，他此時是何等的高興，說實在話，除了風師父之外，天下最關心自己的便是辛叔叔，他忙翻身上馬，那馬兒彷彿是受過辛捷吩咐似的，也不待他指揮，已自放開四蹄，逕往英雄莊奔去。

廿　天地悠悠

馬兒跑得不算慢，但高戰的內心卻跑得比牠還急切，他有許多話想告訴辛叔叔，他也有更多的問題要向他討教，但現在他最急迫想得到的，便是和辛叔叔見一次面。

那半里多路，在馬快人心更快的狀況下，轉眼便到了，方才那巴桑老總管已自不在，只有那較年輕的老維人，喚做莫果兒吾，兀自淒淒然地坐在莊門口的石墩上，他見到有一騎飛快而來，也顧不得悲傷了，忙站起身，伸開雙臂，站在路當中道：「來者止步，老莊主今日不會客。」

他講的是維語，高戰似懂非懂，但看他那付樣子，定是阻止自己入莊無疑，他此時想見辛叔叔情急，那還管得許多，手中長鞭一揚，點點鞭影，鞭尖都指向他穴道，迫他撤身。

但他可輕估了這老維人，莫果兒吾既然是西域大豪麻佳兒的老傭人，當然也懂得幾手武功，不然他們這莊子，要不是上上下下都有一手，怎敢自稱英雄莊？

莫果兒吾也曾隨老主人到過中原，高戰這一手純是平常武功，不過是逼他讓路而已，因此，他身子猛然一扭，竟穿過了高戰的鞭影，一把抓住了馬韁。

高戰見他身法奇特，倒有些像天山門下，不由大驚，但此時那顧著這許多，他雙腳一蹬，身形騰空而起。莫果兒吾哪料來人竟會棄馬而去，乾脆馬兒也不要了，身形猛地往裡便撲。

只因高戰這匹奔馬，一時之中又停不住，放手去追，讓這大馬在莊中亂撞，也不是好玩的，因此，他只有放聲大叫。

但高戰的身形是何等迅速，早已幾個箭步，竄進了庭園之中，他放眼一瞧，見有一處燈火通明，想來是那處有事。

他不假思索，一縱身，便往那處撲去。

這英雄莊裡的高手，想來已被辛叔叔全數吸引了過去，路上竟沒有任何人來阻攔他。他不過三五步，已自到了廳堂之前。

只見辛叔叔極莊重地立在廳堂中，背朝著自己，而面對著自己的一張躺床，上面斜斜地靠著一個老維人，想來就是曾名震西域的老英雄麻佳兒。

麻佳兒聲名已久，不料自某次上天山之後，竟患了半身不遂，饒是如此，只因他平日雖然固執些，但是只做忠義之事，因此西域群豪還是尊敬他。

只聽麻佳兒怒容滿面，操著流利的漢語道：「老夫不入中原已四十年，你自稱是七妙神君梅山民之後，可有什麼證據呀？」

高戰聞言大怒，但他正要飛身入廳，辛叔叔卻不慌不忙地往柱上一按，呼地一聲，佩劍已然出鞘。

那一絲白光，在燈光之下，射出廳堂中眾人的驚疑之色，麻佳兒身邊的老僕巴桑，已將右手按刀柄上。

辛捷環視眾人，當年豪氣，又在心中盤旋不已，他怡然笑了，抖手一彈，那劍尖在空中飛舞，劃出了七朵梅花，姿勢美妙至極。

麻佳兒臉上流露出一股令人莫名的表情。

巴桑卻失口驚呼道：「梅香神劍！」

敢情他當年追隨麻佳兒入中原，曾目睹過七妙神君的風姿，此時乍然再遇，焉得不生感慨。

辛捷大方地納劍入鞘，他仍是一派泱泱大家之風。

麻佳兒勉力地挺起身子，朗聲道：「故人有後，辛大俠不愧為龍鳳之姿。」

辛捷知他仍在點穿自己，他的輩份要高一輩，但辛捷又豈是斤斤計較這些的，他忙上前行了尊長之禮。

麻佳兒這才呵呵大笑，一擺手道：「老夫嚮往中原已久，四十年前與令師會於華山之巔，自言天下武者，捨尊師之外，當推老夫了，不料今日方看有辛大俠這等人材。」

廳堂中緊張的情形這才鬆懈下來。巴桑也悄悄地引身後退，不一會兒，自有許多侍女，供上各色果點。

麻佳兒困居已久，便和辛捷話些當年與梅山民論證武功的經過，辛捷是有爲而來，自然只得與他敷衍著。

高戰卻不耐煩了，但此時又不能進去和辛叔叔見面，真是可望而不可即，他又聽到外面隱隱約約地有喧嘩聲，想是那莫果兒吾率著眾人在搜尋「怪客」——高戰自己。

但那些維人可不敢到這廳堂附近來，所以高戰倒樂得袖手旁觀，讓他們在外面翻天覆地。

忽然，他見到巴桑鬼鬼祟祟地往屋後走去，高戰只當是麻佳兒耍什麼鬼計來害辛叔叔，也悄悄地跟在他後面。

巴桑像是怕別人跟蹤他，走起路來不但閃閃躲躲，而且不時回頭看看。他用腳尖走著，那山羊鬍子一翹一翹，煞是好玩。

高戰見他那付模樣，又不像是英雄莊有什麼鬼計，倒像是這個老傢伙滿懷了鬼胎，他好奇心之大起，更不願輕易放過這幕好戲。

他想：「反正辛叔叔和那麻佳兒在鬼扯著，還有的是時間，況且巴桑是這院子的總管，麻佳兒又下不得床，到那時候辛叔叔要走了，少不得巴桑這廝要權充司賓之禮，還怕他帶著我亂走麼？」

其實他完全是想的過了頭，因爲巴桑根本不知道有人跟著他，只是急急地走著他的路。

左轉右折地，他總算走到了一處破敗的圍牆，在月光之下，那牆兒更顯得古老凋敗。

那牆上有一個長方形的及地大洞，想來原先是一扇大門，那四周的土磚上，還留著門框的遺跡。

巴桑把頭探進洞裡，低聲用維吾爾語喚道：「小主人，小主人！」

忽然，他受驚似地猛然一轉身，由他那轉體之間看去，此人武功不俗，不愧爲名震西域的英雄莊總管。

在一片樹叢的陰影之中，也就是在破牆的轉角處，慢慢地踱出一個青年人，他面容在黑暗中不易看清，但他沉聲道：「巴桑，你有什麼事來報告？」

巴桑單膝跪地，吻那人的袍角道：「小主人，感謝真主，事情有轉機了。」

那年輕人想來是在極力按捺自己，但仍不免衝動道：「轉機，轉機！轉機又有什麼用，我母親已受了二十年的折磨，憑真主阿拉之名，我要報仇！」

巴桑抱住他小主人的雙腿道：「你不能這樣做，老主人是你的父親。」

那年青人極爲激動，他指著那破牆道：「不錯，不錯，他是我的父親，但牆裡面鎖著的可是我的母親！他不配作我的父親，我要報仇！」

巴桑惶恐地道：「願阿拉赦免你的罪，小主人，你受了漢人邪說的影響，母親雖然也是你的親人，你的身體是屬於父親的！」

青年人奮力一掙，雙腿脫出了巴桑的抱持道：「穆罕默德並不要我們非孝，巴桑，我痛恨他，因為他虐待我的母親，當我飄泊在外，每逢月明之夜，我都要向真主起願，誓為我母復仇！」

他們一問一答，全用的是維語，高戰也弄不清楚，不過他看出巴桑是在哀求這年輕人，而這年輕人卻情緒衝動地拒絕了。

巴桑想再開口，卻因他小主人的表現而震驚了。

只聽他放聲大笑，可是又有點像哭喊，他那衝動的聲音，在靜靜的夜裡，顯得特別響。

高戰也覺察到，這青年人的內心正受著痛苦的煎熬，他回想到前些時，自己身中劇毒，冒死入地穴時的心情，也不亞於此人，因此他直覺地同情他了。

那青年人笑聲方歇，抬頭遙望明月道：「巴桑，你猜媽媽怎麼說？」

巴桑搖了搖頭，他是無話可說。

年輕人的眼中閃過一脈晶瑩之光，這是情感昇華的象徵，但是一刹那間，他的目光又回復到原來那股剛毅而漠然的眼色。

他沉聲道：「當我要把媽媽身上的鐐銬弄斷的時候，她只是微嘆了一口氣，對我輕輕地說道，阿不都拉，請不要如此，我已經習慣了。兒子，這是真主的意思，這是命啊！」

「巴桑，你說，你說這是命嗎？」他的語氣忽然之間變的是如此的凌厲，使得巴桑惶恐了，他不知道如何說，在老小兩個主人之間，他是無可抉擇的。

他悲聲道：「老主人，小主人，巴桑願真主保佑你們。」

說著，他一拔鞘中彎刀，便往頸上劃去。

高戰見了大驚。但阿不都拉的動作比巴桑更快，他右腳一揚，已踢去了巴桑手中的彎刀，他冷冷地彎下身子，拾起了彎刀。

高戰覺得奇怪，回教徒是最討厭自殺的，因爲他們認爲真正的戰士應該死於疆場，而假手於自殺者的靈魂將墮落於地獄最深之處。

所以他意味出其間必有驚人的事。

阿不都拉把手中的彎刀飛舞了兩下，對巴桑道：「他在哪裡？」

巴桑低著頭，跪在當地，一言不發。

阿不都拉怒道：「你當我找不到他麼？哼！你先留在這裡照管媽。」

說著，氣沖沖地往巴桑原先來路走去。高戰忙低身於樹叢之中，這時也不管那巴桑了，卻暗暗跟隨著阿不都拉。

這次又是一陣子亂轉，阿不都拉顯然地形上不如巴桑熟悉，多走了好些冤枉路，但不久之後，他也發覺廳堂那邊燈火通明，所以也快走近了，這時已能聽到麻佳兒粗獷的笑聲。

高戰見到阿不都拉忽然止步，猶豫不決地走來走去，滿面悲痛之色，但也流露出多少矛盾的心情。

高戰莫名所以，等的有些不耐煩了。

阿不都拉不停地用手撫摸著刀背道：「父親，母親，父親，母親，天啊！……」

他考慮了半晌，開始恨恨地道：「他為了天山白婆婆點傷他而禁錮媽媽，媽媽雖是白婆婆的表妹，但媽媽又從不練武，他憑什麼關她二十年，唉！罷！罷！我只要砍他一隻左臂就可以了。」

他這段喃喃自語，卻用的是漢語，而且是標準的河南官話，高戰聽了不由大驚，「白婆婆，那不是金英師父嗎？怎麼和這麻佳兒槓上了？」

高戰見事情愈來愈奇，心中驚慌不已，那維族青年好似主意既定，便大踏步往前走去，這下高戰便暗暗注意他的身形，不料竟是少林身法，這下更使高戰吃驚不已了。

他又聽得辛叔叔大聲道：「這本是老英雄的家事，我辛某自不敢多言，不過既受人之托，便不得不率直陳言了。」

高戰遙見麻佳兒圓瞪著虎眼，正在考慮著。

阿不都拉卻面色變得蒼白，極痛苦地左拳緊握道：「辛捷？天啊！師父還是不讓我報仇！」

高戰見他這種情形，心中已是明白了八成，想來他是少林門下，而辛叔叔是受了他長輩之托，趕來調解的。

高戰不由對辛叔叔更加欽佩，因爲他千里迢迢而來，不過是爲了異族的一個青年，如此行俠仗義，誠不愧爲武林中的第一人。

阿不都拉知道復仇已無望，他痛苦地把彎刀猛力一砍，砍在樹上，然後轉身急奔而去。

廳堂裡英雄莊的眾人聞聲紛紛撲出，高戰吃了一驚，忙低身竄到另一堆樹叢中，相隔八九丈遠處。

眾人把彎刀獻給麻佳兒，麻佳兒臉色猛然一寒。

高戰見巴桑氣極敗壞地從破牆那方跑了過來，他直衝入廳堂，便往麻佳兒面前一跪，細聲說了幾句。

高戰意味到，一定是那年輕人作了什麼手腳，果然，麻佳兒大怒，兩手一撐，上半身竟支了起來，他大聲道：「多謝辛大俠的高義，我那犬子已經把她搶走了。」

當他提及阿不都拉時，他那極爲頑強的臉容，也不禁露出衝動的情感，顯然地他仍不能忘情於愛子。

辛捷知道他內心的矛盾，但也愛莫能助，辛捷此刻是受了當年好友吳凌風之托，來排解吳凌風師侄的家事糾紛，只因麻佳兒生平只服七妙神君梅山民，所以辛捷是最適當的人選。

高戰見辛叔叔已告辭了，他正想撲上前去，不料背後傳來一陣陣的腳步聲，傳來莫果兒吾的嗓子道：「這傢伙一定在附近，我就不信他是狐仙。」

接著有一個年輕的維人問道：「什麼叫狐仙？」

他們說的都是漢語，可見英雄莊中的人，大多都是見過世面的，像莫果兒吾之輩，更曾身入中原。

他們這一頓喧嚷，可使高戰難能出面了。

另外一個年輕人道：「方才那匹黃馬可真不錯，你拴在莊門口不怕被人偷了去？」

原來那年輕人哼了一聲道：「有誰敢偷我們英雄莊的寶馬。」

高戰聽得是在談論自己的坐騎，心中大喜，也顧不得這麼多了，忙低身貼地一竄，只聽得不遠之處，有一個年輕的維人小聲驚叫道：「有賊。」

而莫果兒吾怒斥道：「別亂喊，老莊主在送客。」

高戰偷回了馬兒，便跑到原先那山坳子裡，一干維人因廝佳兒在送客，而且那馬也不是英雄莊的，只得徒喚奈何。

高戰知道英雄莊只有一條路，他便耐心地守候著。果然，不久之後，便見到月光下有一個瘦長的影子，如飛也似地移動了過來。

高戰還未出聲，那人已到了小山前，他轉擊手掌喚道：「戰兒！戰兒！」

高戰大喜，自小山上撲到辛叔叔的身邊，他激動極了，一時說不出話來。

辛捷拍拍他的肩膀，爽朗地笑道：「你又長高了許多。」

他拉著辛捷的手，繞過山腳，走進坳子道：「辛叔叔，大家都好？」

辛叔叔頑皮地眨眨眼道：「大家都好。尤其是她們更好。你剛才躲在大廳外偷偷摸摸幹嘛？」

高戰大爲佩服，他適才小心至極，想不到仍爲辛叔叔識破，高戰羞澀地扯開話題，他說：「對了，辛叔叔，你可要教我『大衍十式』才行。」

辛捷明知故問地說道：「誰說的？」

高戰抬頭傲然道：「是平凡上人說的。」

辛捷回道：「啊！是平凡上人主動提出的嗎？」

高戰這下傲氣全無，慌忙道：「不，是姬蕾要他教我的。」

辛捷故作不知道：「姬蕾又是誰？」

高戰覺得自己有存心偷辛叔叔武藝之感，臉兒都脹得通紅，但他內心中卻渴望於得到「大衍十式」，因爲他的長戟需要化這最上乘的劍招於其中。

辛捷握住高戰的手諄諄道：「戰兒，學藝之道，首須尊心，你還要多加努力。」

他見到高戰真是非常難過，心中也於心不忍，忙安慰而化解他心中的不快，便說道：「戰兒，我們到那邊去，我來教你『大衍十式』。」

高戰愛武心切，果然舒展了許多，忙跟他後面，良久，高戰說道：「辛叔叔，聽說這『大衍十式』的來源也很傳奇，是嗎？」

辛捷微笑道：「戰兒，當初少林寺的藏經閣主持靈空禪師逃離少林時，他已參悟了少林絕傳的『布達三式』，後來靈空禪師在大戢島上成了平凡上人以後，他老人家更從這『布達三式』中蛻成『大衍十式』，是以當今世上除了平凡上人自己以外，懂得這套劍法的只有少林的孫大俠和我兩人而已——」

高戰道：「那麼辛叔叔若是傳我劍法要不要先經過少林同意！」

辛捷笑道：「莫說平凡上人已經同意，就是當初我跟他老人家學劍時，可並沒有師徒之名，是以這些臭規矩全可以不顧的啦——」

高戰想到辛捷單劍擊退天煞星君的神威凜凜，不禁悠然神往，辛捷道：「以我和孫倚重孫大俠來說，這『大衍十式』中的真正精微之處，其實是孫大俠領悟得深些，可是我和孫大俠同時以這套劍法過起招來，你猜是誰強些？」

高戰不答，卻問道：「辛捷叔叔您說孫大俠比您領悟得更深些，這個我可不信——」

辛捷笑道：「這是事實，就拿這十式中起手之式『方生不息』來說罷，孫大俠一起手，就如日正中天，廣大宏博，自然有一種凜凜浩然之氣，這一點叫我辛捷再練十年，功力再深十倍，也辦不到，戰兒，你可知道這是什麼原因？」

高戰想了一想道：「我聽師父說過，最高深的武學除了功力招式之外，還有一種因人而異的靈氣，如果性情不同的人使將出來，雖然是同一招式，卻是迥然相異——」

辛捷喜道：「好孩子，正是這道理，試想這大衍十式原是佛門中物，其中深奧之處除了武學上的秘境，還包含有佛學無上妙諦，孫大俠精研佛理，我卻生性跳脫，你想想看十年下來，究竟是誰領悟得深些？」

高戰點頭道：「可是辛叔叔若是和他過招的話呢？」

辛捷笑而不答，高戰聰明無比，喜道：「辛叔叔那是必勝無疑的了。」

辛捷不正面回答，但笑道：「過招之際，那是招式、功力、經驗、智慧的總決鬥，我不懂佛學，有什麼打緊？」

高戰喜道：「我認爲當今天下除了平凡上人，大概沒人能用劍打敗辛叔叔的了。」

辛捷瞧他那沾沾自喜的模樣，不禁莞然道：「那可不一定，奇人異士多的是哩。」

高戰想起天竺所逢的金伯勝佛，那一派邪門的武功，可是偏又高強絕倫，不禁有同感地重重點了點頭。

辛捷道：「當年在六盤山上一戰，我和孫大俠同時施出『大衍十式』，從那時候起，我開始悟到這層道理，是以我不再專在大衍十式的佛門高理中下功夫，而致力把『虬枝劍式』和

『大衍十式』相輔相濟——」

他停了一停繼續道：「到了近年，我的劍法愈變愈穩重，與當年凌厲飛揚之態大相徑庭異，這就是較進一層了。」

高戰練就天池先天氣功，深得其中三昧，他點頭道：「等到有一天，辛叔叔的劍法變到平樸若無的境界，那就無敵天下了。」

辛捷道：「不錯，那時候說無敵天下倒未必，至少天下再無人能擊敗我了。」

高戰聽他說得極爲平淡，而這平淡的話中卻是前不見古人後不見來者的氣概，他心中不禁感到百般奮發。

辛捷拔出了長劍，道一聲：「戰兒，看著我！」

高戰知道這是畢生難遇的機緣，當下連忙凝神注目，只見辛捷一抖手，從大衍十式的第一招施起，每個變化，每個細節都用緩慢的動作明示出來。

當年辛捷學這大衍十式時，平凡上人既沒有耐性，又沒有教人的經驗，他老人家只胡亂施了幾遍就算了事，有些該慢慢讓人看清楚的細節，他老人家也許還要賣弄流利，來個一氣呵成，是以辛捷只有強行記住，其中無數精妙之處，都是他在後來白刃交接的血鬥中參悟出來的，是以有許多地方的狡黠變招，連平凡上人自己都教不出來。

這時辛捷一招一式把其中妙諦明示高戰，高戰自然大佔便宜，他當年在邊塞大俠風柏楊手下學藝之時，也曾苦練過劍法，後來見了辛捷的劍法，才嘆服天下武林竟有這等神奇劍式，直到此刻他親身領悟了，他發覺那時他所嘆服的地方在這劍式中不過是些皮毛，其中真正的精華比之更要精奇百倍！

等到辛捷第三次施完，他停手來道：「戰兒，現在你靜靜把前後細節思索一遍，有問題的地方再問我。」

高戰站在原地，月光照在他的臉上，那神情顯得有些木訥，實則那神巧奪天工的武林絕學正一招一式地流過他聰明的腦海。

足足半個時辰，高戰叫道：「辛叔叔——」

辛捷從石上站起身來，微笑道：「有什麼問題嗎？」

高戰道：「當劍子從『急湍深潭』轉到『峰迴路轉』的時候，如果敵手退守的話，則『峰迴路轉』的下半招威力大放，但是如果敵手反進的話，應該怎麼樣呢？」

辛捷心中暗讚，正要開口，高戰道：「我可不可以立刻改用『閒雲潭影』的招式，而在劍尖發出左旋之勁？」

辛捷驚叫一聲，呆了半晌，他喃喃自語：「天縱之才，天縱之才……」

稱讚高戰天縱之才的不知有多少人，但是被辛捷這天縱奇才稱讚的，高戰是第一人。

辛捷道：「好孩子，這招真妙極了，當年我在伏虎山上被關中九豪圍攻，幾乎送了性命，那時我垂死躺在林中，才忽然領悟了這一變招，想不到你才學這劍法，就能臻此——」

這就是高戰碰上好師父的益處了，辛捷這樣的仔細傳授，把自己一生在血肉拚殺中得到的珍貴秘訣一齊教給了高戰，高戰自是一日千里了。

辛捷把劍擲給高戰，叫高戰從頭到尾演習幾遍，高戰練到第十遍上，辛捷叫了聲「停」，正色地道：「假以十年光陰，戰兒你必能登峰造極而超越古人！」

這時忽然輕輕笑聲傳了過來，高戰才聽見，只覺眼前一花，辛捷已經飄上大樹，那身法之快，直教高戰瞠目不知所措。

但是辛捷卻躍將下來，奇怪地道：「沒有人！」

高戰奇異地瞪了瞪眼，他不相信以辛捷方才的身法，竟有人能逃去，辛捷搖了搖頭道：「好罷，戰兒，今天就到此爲止，咱們走罷。」

他們才走出村子，驀然一聲怪笑，三條黑影如鬼魅一般擋在眼前，高戰沒有看清那三人，辛捷卻是一頓身形，停了下來，把高戰擋在身後。

辛捷原是牽著高戰手的，這時高戰覺得辛捷的手微微有些顫抖，他震驚了，不可一世的梅香神劍辛捷竟然緊張到這個地步——

辛捷一言不發，忽然側頭悄聲對高戰道：「戰兒，你要聽我一句話——」

高戰道：「什麼？」

他發覺辛捷的眼中有一種異樣的光芒，辛捷道：「我一亮劍，你就開始跑，拚命地跑，跑得愈遠愈好，不管發生什麼事情，千萬不可回頭……」

高戰已知他意，他的雙目中射出奇光，他昂然道：「不，我和辛叔叔一同上——」

辛捷急道：「快走，聽我的話，十年後武林全靠你的……」

高戰不料辛捷會說出這話來，他意識到前面那黑暗中鬼魅般的三人，必是不得了的高手，於是他問：「他們是誰？」

辛捷悄聲道：「南荒三奇！」

黑暗中那三人忽然裝模作樣地咦了一聲道：「咦，有人叫我們？」

辛捷一推高戰，低喝聲：「戰兒，快！」

他的右手已經按在劍柄上。

這時候，忽然又是一聲輕笑傳來，辛捷斷定就是方才輕笑的那人，只覺眼前一花，一條人影無聲無息地落在地上——

辛捷定目一看，大喜叫道：「無極島主！」

辛捷的臉上從無比的緊張灰白中綻出一絲笑容，那是鬆弛的笑容，那是安慰的笑容。

東海無極島主無恨生像一陣輕風一般突然降臨，那身形直讓人生飄然出塵的感覺。

南荒三奇在這世上除了知道大戢島主的名頭外，旁的一概不知，他們雖然被無恨生這一手身法驚了一大跳，但是卻絲毫未減狂態地指著無恨生道：「嗨，小伙子，你還是遠離是非之地好些。」

十多年前，辛捷初逢無極島主時，就曾爲他那看來只有三四十歲的年紀吃驚，如今辛捷已經從少年步入了中年，而無恨生依然是那翩翩儒生的模樣，一絲也沒有改變，難怪南荒三奇要叫他「小伙子」了。

無限生微微冷哂了一聲，他揚了揚大袖道：「這三個老怪就是南荒三奇麼？」

三奇中的老大喜孜孜的搶道：「不錯，想來你必是久聞咱們大名，如雷貫耳……」

無恨生卻是臉色一沉，冷冷道：「難怪連大戢島那野和尚都要稱你們一聲妖怪了……」

三奇齊聲怒吼道：「放屁，放屁，野和尚自己才是妖怪……」

無恨生回首對辛捷低聲道：「你和他們動過手？」

辛捷點了點頭，無恨生微皺眉頭道：「你如與其中一個單鬥，可有把握？」

辛捷想了一想，微微搖了搖頭。

無恨生深知辛捷之功力，見狀不由心中一緊，但他面上卻泰然笑道：「自從恆河三佛一戰迄今，整整十多年不曾打過一場過癮的架了，捷兒，就憑這三個老妖怪能奈何咱們麼？」

辛捷揚了揚手中梅香寶劍，朗然笑了一下，那笑聲中充滿了自信的豪氣。

南荒三奇相顧望了一眼，然後由老大哼了兩聲道：「無極島主是什麼人啊？」

老二接口道：「我怎麼知道！天曉得他媽的是從什麼地方鑽出來的？」

老三道：「反正是個二三流的低手就是了，你不瞧他方才躍下來的時候，身形飄浮，神氣不厚，想來不是個練童子功的……」

另外兩人哈哈大笑起來。

辛捷知道這三個老鬼又在玩他們動手以前的鬧劇了，他奇怪的是這三個老妖怪每次動手之前總是玩這一模一樣的把戲，而好像永遠不會玩厭似的。

果然，笑聲還沒有完，那老二忽然一掌偷襲過來，出手又重又辣，令人心寒。

辛捷方叫得一聲留神，那無極島主何等人物，早已身形一錯，不退反進地搶入三奇之中，身形之快，便是辛捷這等功力，也只能辨出一片模糊的身影。

無根生身形方起，已是雙掌飛出，同時單足盤繞一掃而出，一口氣攻了三個人，南荒三奇雖然個個身具蓋世奇功，但也沒有見過這等身法，無根生喝道：「捷兒，你死纏一個！」

辛捷梅香劍寒光閃出，一招「梅花三弄」指向三奇中的老二，他上次和三奇一戰，寶劍被搶出了手，這乃是梅香神劍成名以來從未受過之辱，這時他以一戰一，一上手就施出了渾生絕學。

只見他雙足虛空一蕩，身子忽然巧妙無比地一轉，劍尖又到了敵人後方，這乃是小戢島主的不世絕藝「詰摩步法」，那蠻荒老怪如何識得，嚇得他怪叫了一聲，翻身倒退兩步。

無恨生力敵二怪，只見他身法如風，一舉手投足，全是無極島主平生絕技，饒是南荒三奇個個有一身通天本領，此刻以二戰一，兀自被打了個手忙腳亂。

只見無恨生掌出如山，身法卻是瀟灑無比，南荒三奇怎麼樣也不相信這「年輕後生」竟似有百年以上的功力，三奇中老大打發了性，一口氣集勁打了五掌，只聽得五聲震耳暴響，無恨生毫不含糊地還了五掌！

辛捷憑了一口銳氣，展開一身奇學，一時之間那南荒三奇中的老二只省得見招破招，卻是無力施出他那一身怪異無比的絕技來搶攻。

只見東海無極島主愈戰愈快，忽然哈哈長笑道：「捷兒，前兩百招瞧我打他，後兩百招半攻半守，五百招上就要看我挨打啦，到千招上，你便拋身而退吧，索性把三個老妖都交給我，哈哈。」

辛捷知道無極島主這番話全是屬實，這三個老怪功力深極，否則怎麼連大戢島主平凡上人都覺十分棘手？前兩百招，無恨生施出畢生絕學，對方雖是兩人，但是無根生所說的「瞧我打他」絕非戲言，第三百招上，那蠻荒二怪就透過一口氣來，那時自是攻守摻半，到第五百招上，無恨生便要居劣勢了，但是以無極島主之能耐，雖處下風，撐到千招上那是不成問題之事，至於到千招上叫辛捷退身，那便是說無極島主已經立下了死戰之心了。

辛捷沒有回答，事實上他也不知道要如何回答才好，眼前形勢實是如此危急啊！

這時候，戰場後方十丈左右，高戰正焦慮地呆立在那兒。

當他被辛捷強制著逃開之時，他聽到無極島主陡臨的消息，於是他忍不住停下身來，等到雙方動上了手的時候，他便開始猶疑起來。

他本想上去助戰，但是忽然他發現此時上去參戰不見得是聰明之舉。

高戰天生俠膽義骨，碰上了這種情形，只知道挺身而出，這是第一次他發覺自己似乎不應該挺身而出……

眼前的局勢十分明顯，五個數一數二的大高手在作殊死之鬥，尤其是那南荒三怪，這三個瘋瘋癲癲的老兒，碰上他們是沒有話可說的，因爲他們殺人是不需要理由的。

無恨生的話說得很明白，他能支持千招，千招之外，連辛捷他都要命令離開，可見此刻他若上去，那只是枉送性命而已，而且最重要的是，在這種高手交戰之中，絕不是說多一人便增加一分力量，功力相差太遠的人加入戰圍，只是拖手礙腳。

事實上，高戰也低估了自己的功力，此刻他不自知，他已身具好幾門最上乘的功夫，絕不會如他想像中的那麼「拖手礙腳」。

辛叔叔的話飄在他的耳邊：「快走，十年後武林全靠你……」

辛捷年當英雄歲月，身具蓋世絕學，但是他毫不遲疑地願以生命掩護高戰逃走，如果辛捷因此送了命，那真是武林中的天大損失，但是在辛捷的心目中，顯然「高戰的逃走」比他的生命還要重要！

高戰不禁喃喃地道：「高戰啊，雖然你自己不那麼重視你的生命，但是你的生命在辛叔叔的心目中是何等重要啊……」

「我若冒然上去送死，豈不辜負了辛叔叔的一番心血？」

他又想到無恨生的話，無恨生叫辛捷在千招之上撤身而退，以無極島主武林泰斗的地位，卻願意以生命來換取辛捷的退走，這不是和辛叔叔叫自己快走的心理如出一轍？

人類的愛心總是加倍地放在下一代的身上，也只因爲這樣，人類才能世世代代地綿延，愈來愈長久，愈來愈興盛。

高戰內心交戰中，那十丈外驚天動地的拚鬥，在他的眼前只是一些飛快飄動的影子。

果然全如無極島主之言，五百招上，南荒三奇已佔上風，辛捷兀在全力搶攻，而無恨生卻是一斂掌勢，完全採取了守勢，他要以百年以上的苦修內力與這三個凶頑乖戾的魔頭苦拚，多一刻是一刻。

匆匆百招又過，無恨生掌無虛發，招招先守後攻，以敵之勁還於敵，他清嘯一聲道：「捷兒，你畏懼麼？」

辛捷一劍奮出，長笑道：「手握靈珠常奮筆，心開天籟不吹蕭，我這條命在死裡已經打過幾百個滾了，何懼之有？」

他的笑聲驚動了高戰，高戰覺得熱血上湧，他一抖手，那長戟「卡」的一聲合了起來——

若是當年辛捷處於高戰之地，他會立刻用聰明智慧把取捨之間衡量得清清楚楚，然後他會立刻放棄上前拚命的主意，而立刻先想盡一切辦法來挽救危局，高戰絕非不夠聰明，他也早想到這些，但是叫他此時獨自離開戰場，卻是萬萬不能，這不是別的原因，只是兩人的個性大大不同。

他只覺胸中那一團烈火愈燒愈盛，辛叔叔的話逐漸從腦海中淡化，於是他大叫一聲，抖起手中大戟，一躍而入戰圈！

辛捷本來以爲高戰已經遠去，這時忽然見他躍入，不禁跌足喝道：「戰兒你怎麼……」

那南荒三奇何等功力，辛捷這一疏神，立刻被他穿隙而入，雙掌抹處，正是辛捷胸口要穴。

辛捷大吃一驚，待要回劍，已自不及，急切間只見他身體整個向下一横，貼著地面一翻，左手中指插在地上，以一指之力支撐全身，右手健腕一翻，梅香寶劍如飛龍出岫，直刺敵足——

那老怪變招詭奇無比，不知怎的一罷之間，雙掌硬硬給他扯低了數寸，右手五指從辛捷肩上拂過，辛捷只覺如同火烙，但他的腳踝布幅也被辛捷這一怪招削去一塊！

老怪凶笑一聲，雙掌如飛地向倒在地上的辛捷打去，忽然之間，一件黑烏亮光的事物遞到眼前，他伸掌一格，心想好歹也要把它格上半空，那知「嘶」的一聲，那重甸甸的玩意兒輕靈無比地翻了一個身，所指之處，正是他的「奚白」穴。

他咦了一聲，轉身一看，正是高戰手中的鐵戟。

那日南荒三奇在少林寺前曾和高戰碰了一掌，此時一看又是他，不禁勃然大怒，呼呼兩掌便向高戰打去……

這兩掌力道強勁至極，便是辛捷也不敢硬行招架，高戰如何能敵，但是他心中明白，只要自己一退，那麼對方更厲害的殺手必然源源而至，急切之間，只見他雙眉一挑，那鐵戟一送一抖，硬生生地迎了上去。

辛捷大叫道：「戰兒，不可造次……」

但是高戰的鐵戟一捲之間，那老怪的掌力竟然被攪開一個破洞，鐵戟長驅而入——

老怪和辛捷同時咦了一聲，同時老怪雙掌連發，又是幾掌劈出，只見高戰長戟一橫，身形陡然有如瘋虎一般猛迎而上，那鐵戟在他手中登時像是輕了一半似地，有如狂風掃落葉一般向老怪捲去。

辛捷乃是一代武學大師，他看了三招，已看出端倪，高戰似瘋狂亂掃，其實長戟飛舞之間變化萬千，輕靈至極，而且招招神妙無比，那等沉重的鐵戟，竟使出比劍子還要靈活的招式，饒是辛捷兼通天下奇學，也不禁暗暗稱奇。

那老怪接了數招，猛然心中想起一個人來，不禁恍然大悟，當下氣得哇哇怪叫，吼道：

「好哇，好哇，老大，恆河三佛也和咱們作對啦，你說氣不氣人？」

原來高戰此時一急之下，使出了金伯勝佛所授的天竺杖法，這套杖法專門力破強勁，在高戰天池先天氣功運足之下，端的是威勢驚人，那老怪一連發了十多掌，都被高戰一一破去！

但是南荒三奇是何等人物，他們三人被平凡上人用計困在石洞中，數十年來便以切磋武學打發日子，以這三個古怪凶殘的傢伙，自然會創出無數狠辣厲害的招式，這時略一定神，已知天竺杖法奧妙所在，當下不再枉發強勁，卻是雙掌一左一右發出一股不同向的旋勁！

三招一過，高戰猛覺自己身不由己地向前跨了一步，他自己還不覺得，辛捷已大叫道：「戰兒，快使千斤錘！」

高戰猛然醒覺，但是腳下忽被一種古怪力道一推，使他不得不再跨前一步，同時猛覺頂上風起，一股力道如泰山壓頂般擊了下來。

高戰作夢也料不到世上竟有這等怪異的力道，辛捷大叫一聲，身劍合一飛來挽救，但是突然之間，高戰的長戟極其曼妙地一翻，戟尖如閃電般當空一劃，霎時一股漩渦的力道騰躍而出，那老怪千斤掌力從高戰兩旁飛過，而高戰卻是一毫未損。

辛捷喜極叫出：「戰兒，好一招『方生不息』！」

高戰這才醒悟原來自己方才施出的正是「大衍十式」的首式「方生不息」，他仔細回味那由天竺杖法一轉而入「方生不息」的一剎那——

只此一回味，從此高戰便脫離了二流的束縛，而晉身第一流的身手！

廿一　道魔消長

高戰身兼各家絕學，那許多絕藝都是不分軒輊的不世秘傳，任何人只要精其一項就足以成名武林，但是高戰雖然兼得數者，卻沒有能夠融會貫通，當他使天竺杖法時，便只知天竺杖法，其他的一概想不到，這時他被南荒三怪迫得急切應變，把「大衍十式」和「天竺杖法」一連，就這麼一連，從此天下又多了個一流的高手！南荒三奇中的老二身具何等功力，當日在少林寺中，一掌沒有把高戰震倒，已使他深覺奇怪，而這時一接觸之下，只覺這少年那根微帶彎曲的烏黑大戟上透出深不可測的潛力，這種驚人的潛力不僅出他意料，便是高戰自己也是糊里糊塗，他萬萬想不到自己的功力已到達如此精深的地步了。

只見他戟出如斧，卻又輕靈如劍，「天竺杖法」和「大衍十式」漸漸在他那黑沉沉的戟桿中乳水相融：辛捷深深吸了一口氣，他俊美的臉上閃出一個溫馨的微笑，當他在小戢島上一夜之間變爲一流高手時，那心情也正和此時的高戰一樣。

那邊世外三仙之末的無極島主正用他深厚的內力與其他兩怪膠纏著，雖然他處在苦戰的下風中，但是他那每一招每一式的精奇神妙，都迫使兩怪無暇分身。

辛捷看到高戰從天竺杖法的最後一招一變而再爲「方生不息」，高戰紅潤的臉上露出異樣的光采，辛捷輕噓了一口氣，他知道這一套驚世駭俗的武功已經大成，於是他略一跨步，身形如乳燕一般飄向左邊，一抖長劍，加入了無極島主的戰圈。

無極島主在激戰之中陡覺掌上壓力一輕，他瞧都不瞧就知道是辛捷到了，只見他精神一凜，登時易守爲攻，使出了「玉玄歸真」的至高功夫。

在無恨生雪一般白的雙掌下發出呼呼的掌聲中，不時夾著一陣陣「嘶嘶」怪響，那正是無極島主所發出驚世駭俗的「拂穴」神技。辛捷一劍翻騰，把大衍十式和梅山民的虬枝劍法融爲一體，足下是小戢島主的詰摩步法，加上高戰那威風凜凜的天竺杖法，一時之間，方寸之地，幾乎全武林中最高深的絕學全部出現，蔚爲奇觀！

無恨生知道此時雖然局勢好轉，但最重要的是他必須在百招之內將對手打倒，因爲高戰武功雖強，只怕仍難支持到百招之外！

就在此時，那南荒三奇中的老三忽然雙掌把辛捷長劍一封，猛地左手向後一揚，辛捷大叫一聲「戰兒，小心……」

那一把星點暗器去勢好快，辛捷叫得雖快，那暗器已到了高戰背心前，正在危急之際，猛然樹叢上一聲冷笑，一張厚毛毯從空而降，那張毛毯好不古怪，竟如有個鐵架繃緊的一般，方方正正的落了下來，正好碰上那一把暗器，一齊落在地上。
南荒三奇一看那毛毯，臉色齊變，三人一齊抬頭看了看天，老二叫道：「老大，咱們多糊塗，約會時間到啦，你看人家來催啦——」
老大怪叫一聲道：「快走！」
刷的一聲，三個怪物一齊向樹叢上躍去，剩下場中三人不禁怔了一怔，三人不約而同向樹叢竄去，無極島主站得最遠，但他與辛捷一齊上了樹梢，等到高戰躍上來，只見遠處那人跑得只剩下一點灰影了。
他轉首望了望辛捷，只見辛捷臉上露出茫然之色，再望向無極島主，卻見他白皙的臉頰上掛著一個欣然的微笑。他輕聲問道：「是誰？——」
無恨生哈哈大笑道：「你自己瞧啊……」
說著他指了指落在地上的那張毛毯兒。
高戰低頭一看，只見那白色的毛毯上，用黑線織繡了一棵柏樹，一棵楊樹。
他大叫一聲：「師父！師父……」
說著他再也顧不得一切，踴身一躍，倒提著大戟就向前飛追而去——
辛捷叫道：「戰兒，慢著——」
而高戰早已如一陣旋風一般跑出十多丈，辛捷望著地上的毛毯，側首道：「風柏楊？」

無恨生的雙目發出一陣奇光，然後重重地點了一下頭。

辛捷把梅香寶劍插入了劍鞘，他驚問道：「難道是風大俠和這三個老妖結了樑子？」

無恨生道：「那還用說？風老兒豪氣如山，竟然挑上這三個老怪。」

辛捷道：「我們快去——」

無恨生點了點頭道：「不到必要時，咱們不要動手。」

「師父！師父——」

高戰渾然忘了一切，驟然碰上了離別經年的師父，待自己如親子的師父，他飛快地疾奔著，那枝又粗又長的鐵戟在他飛快的移動中一點也不顯得笨重。

遠遠地，他望見月光下站著白髮皤皤的邊塞大俠，對面站著的就是南荒三奇。

他如一隻大鳥一般從曠場上空飛過，輕靈無比地落在邊塞大俠風柏楊的身旁，他急切地喊道：「師父——」

風柏楊的嘴角露出一個溫暖的微笑，然而那微笑在一霎時中隱沒了，他的雙目中只射出冷峻而凜然的光芒，落在對面的南荒三奇身上。

南荒三奇各自相互望了一眼，然後由老大眨眨眼，表示開始再次玩他們那套老把戲。

果然，那老二嚥了一下口水，擠眉弄眼地道：「咦，這白鬍子老人是什麼人呀？」

老三接道：「聽說叫什麼風什麼的——」

老大道：「咦？什麼瘋？羊癲瘋麼？」

接著三人捧腹大笑。高戰見他們又是這套老把戲，不禁覺得討厭至極，正要說話，風柏楊冷冷道：「三位有什麼話只管交待下來吧，我風柏楊依諾來啦——」

那三人停了笑聲，相對望了一眼，老大道：「那天在烏露河邊把那漁夫救走的可是你？」

「不錯，是又怎地？」

老大氣得扯住鬍子跳腳大罵道：「咦，咦，老二呀，還不快與我把這老兒打殺，他……竟敢……竟敢頂撞我！」

他說得上氣不接下氣，似乎怒氣塡膺，忍無可忍。

風柏楊冷冷道：「敢問那漁夫一絲武藝不懂，三位爲何要取他性命？」

老大怒道：「這又關你什麼事啦？」

風柏楊道：「你可知道什麼叫著『人間正義』四字？」

老大偏頭想了想，忽然發怒道：「老二老三，咱們殺他。」

高戰堅持著鐵戟，牢牢瞪著場中，忽然之間，他感覺到腳上有一人在輕輕扯他褲腳，這不禁使他大吃一驚，他連忙低首一看，只見腳旁草木叢中伸出一隻怪手，在地上寫著：「有一事要你幫忙……」

高戰不禁奇道：「什麼？」

那隻手飛快地寫道：「聲音輕一點。」

高戰果然壓低了聲音道：「什麼？」

那隻手流利無比地把地上字跡擦去，又寫道：「那麼你快過來。」

高戰禁不住好奇心，終於退了一步，那隻怪手扯住他的褲腳用力往裡拉，一直退了四五步，他已立身在長及半腰的奇草異木之中，只見一顆光頭一閃，一個人呼地站了起來，高戰一看之下，不禁又驚又喜，原來那人竟是大戢島主平凡上人。

高戰叫道：「老前輩可好……」

平凡上人怒道：「叫你聲音小一點，你沒有聽見麼？」

高戰嚇了一跳，輕聲道：「老前輩怎麼跑到這兒來啦？」

平凡上人道：「有一樁事，你可肯替我老人家辦一辦？」

高戰道：「有什麼事前輩只管吩咐就是，只是眼下那南荒三奇正在和師父拚鬥……」

平凡上人喜道：「那你是答應了？放心，放心，你師父功夫厲害得緊，一時三刻絕不會被三個妖怪打死的……」

高戰道：「晚輩以為還是先待師父打勝了，咱們再一齊去……」

平凡上人臉色一板，搖頭道：「不成，不成，現在你就要去辦。」

高戰只得道：「那是什麼事？」

平凡上人搔了搔光頭道：「那邊大約半里之外，有一個白髮老婆娘正火速往這邊趕來，你去替我攔一攔……」

高戰奇道：「攔阻她作什——」

平凡上人打斷道：「你告訴她，我老人家到小戢島去了。」

高戰更奇道：「到小戢島去了？」

平凡上人得意地道：「不錯，騙她多走一點冤枉路。」

高戰冰雪聰明，他問道：「她要追你老人家？爲什麼？」

平凡上人道：「不錯，這老婆娘難惹的緊，我老人家不過拿了她一罈陳年老酒，她就從塔木克一直追到這裡——」

高戰忍笑道：「那麼你老人家還給她不就得啦——」

平凡上人神秘地一笑道：「莫說那罈老酒老早入了我老人家的肚皮，便是仍在身上也萬萬不能還給她啊——」

高戰道：「爲什麼？」

平凡上人脫口道：「凡是作賊的若是把贓物退了回去，那麼他下一次便會倒霉運的……。」

他說到這裡，發覺如此說法大爲不妥，連忙住口，反倒怒容對著高戰叫道：「咦，你要管這許多幹麼?叫你去，你便去就是啦。」

高戰吃了一驚，脫口道：「你爲什麼自己不去?」

平凡上人臉上露出百般窘態，支吾了半天才道：「我……我老人家發誓不與女人打交道……。」

高戰道：「那我師父怎麼辦……」

平凡上人忽然一蹲身軀，藏在長草之中，悄聲急道：「那婆娘已經來啦，你快去，快去，以後有好處給你，絕不食言……」

高戰被他一推，不由自主地走向前去，只覺眼前一花，一個身軀陡然停在他面前。

高戰定睛一看，只見來人是個白髮皤皤的老太婆，身上穿得不倫不類，倒有三分像個市井中的瘋婆。

那老太婆瞪著一雙精光閃閃的眼睛望著高戰，高戰一時不知所措，心想不管怎樣，先行個禮再說，當下欠身道：「姥姥請了。」

那老太婆點了點頭，尖聲道：「少年，你可看見一個身穿灰袍的老和尚，臉上總是笑笑的，像是心中有無限喜事一般……」

高戰不善扯謊，當下怔了一怔，只好胡亂道：「那……那老和尚長得什麼樣子?」

老婆子想了想道：「長得圓面大耳，倒也蠻有福氣的模樣。」

平凡上人躲在長草中，聽得心花怒放，伸手摸了摸自己的耳垂。

高戰只得道：「看見過，是有這麼一個人……」

老婆子大喜道：「他向哪個方向去啦？」

高戰強自鎮靜道：「他……他……我聽他自言自語說到什麼……小戢島去了……」

白髮婆婆奇道：「小戢島？」

高戰道：「不錯……是小戢島……」

白髮老太婆側頭想了一想，忽然面如寒霜地道：「小子，你想唬誰？」

高戰吃了一驚，原先要他說謊騙人，他覺得十分爲難，這時老婆子厲顏一問，他又倒鎮定下來，侃侃道：「您老不信便算啦，幹嘛說我騙人？」

白髮婆婆一言不發，怒目瞪了高戰一眼道：「可是那老和尙喚你來騙我的？快說！」

高戰索性聳了聳肩，不再回答。

白髮婆婆沒有說話，卻突然伸手一掌向高戰肩頭拍到，高戰只覺她掌出如風，又快又強，連忙錯身一閃，退了半步。

白髮婆婆呼的一掌落了個空，她雙眉倒豎，大喝道：「好小子，果然是會武的，你叫什麼名字？」

高戰道：「在下高戰。」

老婆子道：「高戰？你就是高戰？」

那口氣倒像是與高戰是舊識似的，高戰不禁一愕，那老婆子已經開始連珠炮一般地喝罵起來：「哼！原來你就是高戰，你這沒有良心的小傢伙，我徒兒天人一般的人物，一心一意愛上你，你倒像稀鬆平常的樣子……」

高戰驚得出了一身冷汗，心想：「咦，咦，怎麼罵到我的頭上來啦……」

但他仍是聰明絕頂之人，靈機一動，脫口叫道：「您……前輩可是白婆婆？」

那老太婆瞪眼道：「不錯，你待怎樣？」

高戰不知她所指，一時瞠目結舌。

白婆婆道：「我徒兒哪一點不好？她把最心愛的千里鏡送你，陪你涉水越嶺，你這臭小子竟不當回事似的……」

高戰喜道：「英弟和前輩可在一起？」

白婆婆搖首罵道：「我老老實實警告你，你這小子若是敢三心兩意，瞧我白婆婆不宰了你！」

罵完便向東飛身而去，高戰心想英弟必已回天山白婆婆家去了，這白婆婆一番責罵，使他低首良久，直到——

「哈哈哈哈，醜婆子中計去也。」

平凡上人光頭一閃，從長草叢中鑽了出來，喜不自勝地向高戰連翹大姆指，高戰望了他一眼，他得意非凡地道：「以這醜婆子的怪脾氣，必然會追到小戢島去的，哈哈，那臭尼姑又豈是好惹的麼？哈哈……」

高戰知他所說的臭尼姑乃是指小戢島主慧大師，他神智一清，連忙一扯平凡上人，飛奔回原處，只見——

場中早已打得不可開交，那南荒三奇一面打一面嘻笑怒罵，邊塞大俠風柏楊施出關東武林絕學，一招一式沉著應戰，那南荒三奇功力駭人，又是每戰必是三人齊上，風大俠縱有通天之能，也被打得漸漸手慌腳忙，高戰一急之下，就要踴身而入——

忽然之間，一隻手搭在他的肩，他微微一怔，便知是平凡上人，他急道：「上人，放開我——」

平凡上人卻是動也不動，他奮力一掙，平凡上人似乎沒有料到他功力精進如此，被他一掙而脫，但是高戰但覺眼前一花，平凡上人大袖一拂，又扣住了他山井穴，只見平凡上人笑嘻嘻地道：「怎樣？我這手比那無根生的拂穴如何！」

高戰一聽此言，心知原來這老和尚早就伏在近旁了，方才無極島主、辛捷和自己三人力戰的情形必然被他看得清清楚楚，心想雙方六個人，這許多高手，竟沒有一個人發覺到平凡上人的來到。

這人的輕功真到了超凡入聖的地步了。

他急道：「上人，放開我去救……」

平凡上人笑道：「不要急，你瞧那邊，自然有人會出來——」

他話聲方了，果然對面一聲大喝，跳出兩個人來，高戰定目一看，原來是無極島主和辛捷。

那三個老怪不由自主一齊停了手，那無恨生的功力和辛捷的劍法他們是領教過的，再加上風柏楊，這一來三個老怪忖度可不見得就吃得著便宜了。

這時候平凡上人悄悄對高戰道：「你守在這兒，待會那三個老鬼向你這邊衝，你便讓開放他們去。」

高戰道：「怎麼？」

平凡上人眨眨眼睛道：「山人自有妙計。」

說罷便一溜眼向後跑出不見了。

還不過一會兒，左面一聲哇哇怪叫，平凡上人又鑽了出來，他一跳進來便指著三奇罵道：「你們這三個老不死的，被我老人家關了幾十年，難道還覺得不夠勁麼？」

那南荒三奇一聽那破鑼一般的聲音，心中便是一緊，接著又是一沉，三人雖然恨他入骨，但是在這般情形下，說什麼也沒辦法找他算帳了。

老大冷冷哼了一聲道：「靈空禿驢，要動手麼?你旁邊的朋友們幫不幫手啊！」

他原想激一下，哪知平凡上人嘻嘻道：「這是人家的事，我可管不著，喂，辛捷，我若和這三個老妖打架，你幫不幫忙？」

辛捷瞧他一邊講一邊擠眉弄眼，早知他意，便大聲答道：「對這等妖人，大夥兒都要上！」

平凡上人聳聳肩，攤開兩手道：「你瞧，這是人家的意思，我可沒辦法。」

那南荒三奇心意早通，一面說話，一面三人忽然同時大喝一聲，同時鼓足內力發出一掌，直向平凡上人偷襲過去。

這三人同時聯手發招，端的是非同小可，平凡上人大叫一聲「不好」，一溜煙就躲到無恨生的背後，那南荒三奇委實有一身不可思議的奇功，只聽得三人骨節一陣暴響，那股驚天動地的掌風竟然轉彎向無恨生襲來，無恨生正待閃開，忽然聽到背後平凡上人低聲喝道：「出掌！不要躲！」

接著一隻手掌搭在自己背宮大穴上，一股暖熱洋溢的熱流從背後宮穴傳了進來，他頓時會意，猛吸一口真氣，以十成功力拍出一掌！

東海無極島主何等功力，再加平凡上人這手「移花接木」的佛門奇功，把自己的功力借入無恨生體力，這一掌拍出，不啻是集大戢島主及無極島主功力之大成，只聽得震天動地的一聲巨震，狂飆捲起丈許，那南荒三奇只覺臂上震如山崩，同時看那無恨生，卻是穩然立在原地！

這一硬碰之下，到底是無恨生和平凡上人吃了虧，但是兩人卻都作出漫不在乎的樣子，是以在表面上看來，倒像是旗鼓相當，而從南荒三奇的方位看來，只看到無恨生出掌，卻沒有看到平凡上人相助，他們只道是無恨生一掌之力厲害無比，不禁面面相覷，駭得說不出話來。

老大低聲道：「你小子原來方才並沒有施出全力——」

老二道：「這架是打不成的了。」

老三道：「我瞧還是開溜吧！」

這三位老兄那還管得了什麼江湖規矩，說逃就逃，毫不含糊，一聲呼嘯，一齊往高戰那邊衝了過來，高戰想起平凡上人的吩咐，連忙側身一讓，那三人一躍而過，飛奔而出。

南荒三奇跑不出數十丈，忽然前面左右兩棵大樹上綁著一根樹皮搓成的粗繩，橫攔在路中，那老大脾氣暴燥之極，明明可以一躍而過，他卻舉掌一劈，「啪」的一聲，繩索被他劈斷。

只聽得平凡上人叫聲：「妙啊！」

接著「嘩啦」一聲巨響，側面山上一塊龐然巨石滾將下來，端端正正地壓向南荒三奇的腦袋。

那巨石又扁又寬，當頭壓將下來，少說也有一丈方圓在它籠罩之下，那南荒三奇再厲害，也無法逃避得開——

平凡上人好不得意，那石頭還在半空中，他早已笑得直不起腰來，只聽得轟然一聲巨響，那石塊落在地上，硬生生在地上壓下一個大坑，可是平凡上人再也不笑了，因為他看見那巨石離地僅有三尺時，南荒三奇三個妖怪忽然貼著地面飛竄出去，那身法當真是古今奇觀！

他勉強乾笑數聲，咳嗽道：「哼，想不到這三個老鬼腳下倒賊滑。」

說著不停地搔抓光頭，他打了兩個轉兒，覺得十分沒有面子，便道：「留在這裡也沒有意思，我老人家可要走了。」

說著拍了拍衣袖，猛地飛身而起，說走就走，無恨生哈哈大笑了一聲，對辛捷道：「我還有點事要辦。」轉身對風柏楊道：「風兄別來無恙，大慰吾懷，幾時務請到敝居去盤桓一些日子。」

風柏楊和他可謂不打不相識，他摸了摸白鬍，長揖道：「別來經年，島主風采依舊，世外三仙真乃神仙中人，風某高攀了。」

無恨生還了一揖道：「風兄過獎了。」

他生性豪邁，也不多作謙遜，向高戰點了點頭，便如飛而去。

高戰抓住了師父的手，風柏楊慈祥地摸著高戰的肩膀，過了好半晌，他才道：「戰兒，你隨辛大俠回中原去吧，師父還有急事——」

高戰叫道：「什麼？師父您又要走？」

風柏楊道：「我和天煞星君的事還沒有了哩。」

高戰好不容易重逢親若父親的恩師，可是立刻又得離別・他不禁呆住了。

風柏楊緊抓住了愛徒的雙手，他慈祥地道：「孩子，讓我仔細瞧瞧你，你又長大許多啦……」

這句話使高戰記起父親臨終時所說的話，他帶著極端異樣的心情抬起頭來，月光中他發現師父的眼眶中也漾著淚光。

於是，天亮了……

且說辛捷高戰趕回中原，高戰心中忐忑不安，他心中儘是思量著，回到中原不知如何向姬蕾解釋，而且姬蕾這半年多也不知在何處飄泊，她嬌生慣養，如何能在江湖上胡混吃苦。

高戰愈想愈是心亂，辛捷眼看身邊這個少年人似乎心事重重，對於日前一場惡戰隻言不提，好像存著大難題當前難解，辛捷是過來人，當年也是在情海中打過滾的人物，對於這種少年情懷，自是瞭若指掌，他知高戰定是爲情所擾，心想這種事外人就是親若父母，也未必能進言勸說，最好的方法莫如讓他自己去徹悟，是以一直微笑不語。

兩人又趕了幾天，已進甘肅境內，高戰實在忍不住，開口問道：「辛叔叔，小侄有……有一事請教。」

他結結巴巴說著，臉色突然脹得通紅，辛捷笑道：「高賢侄，你怎麼變得客氣起來？」

他一向喚高戰爲戰兒，這時見高戰文縐縐說著，心中不由暗暗好笑，也故意裝得很正經的樣子。

高戰扭捏了半天，才道：「辛叔叔，你怎麼……怎麼知道我在找…姬蕾的？」

辛捷裝著不解道：「姬蕾是誰啊？我不曾聽說過。」

高戰大窘，半晌才搭訕道：「平凡上人，他老人家很是喜歡姬蕾，我……我聽辛叔叔的口氣，好像認得她似的。」

辛捷哦了一聲道：「姬蕾原來就是那個小姑娘，你不提起我倒是忘記了，我來天山時，遇著平凡上人，他還叮囑我叫我去找一個姓姬的小女孩，上人照她的法子去培植果樹，全死光啦！上人吃飯的東西失去了，一定要找她賠償的！」

高戰急道：「辛叔叔，你可碰著她麼？」

辛捷神秘笑道：「碰倒是沒有碰著，只是這幾個月來，江湖上傳聞著一男一女，男的既英俊，武功又高，女的機智百出，專門和惡吏劣紳作對，前幾個月在保定府就鬧下了一樁天大的案子，把知府給殺了。」

高戰心內好奇，他不知道辛叔叔說這個幹麼？辛捷又道：「那女的有人見過，竟是一個弱不禁風的美女子，江湖上武藝高強的女子多的是，原來並不足奇，只是，只是……」

他說到這裡，忽然俯身拾起一個石子，右手一圈一彈，嗤嗤破空而去，「碰」的一聲，從前面樹上跌下一個衲衣百結的乞丐。

辛捷緩步上前，高戰緊跟在後，耳聽四方謹防暗算，辛捷伸手拍開那人穴道，溫聲道：「閣下可是丐幫的？在下辛捷得罪了。」

高戰定睛一看失聲道：「你……閣下原來是關中六義楊大俠，楊宜中。」

他上次在古剎中見著丐幫開壇，是以認得楊宜中，那人風塵僕僕，站起身來翻身便向辛捷拜倒道：「辛大俠，高大俠，請……請……丐幫……丐幫……」

他神情激動，竟是語不成句。辛捷心中一凜，知道丐幫遇事，一向不向別人求援，這時竟派人向自己求救，事態一定嚴重萬分。

高戰惦念師兄，也是焦急萬分，那丐幫關中六義老大楊宜中悲聲道：「青龍會乘著……乘著我幫中空虛，幫主去渭河調查幫務之時。傾巢而出，一夜之間，我幫弟子死傷五六十人，二大護法，八大弟子死了一半，其他也被獨門暗器所傷，毒性蔓延……」

辛捷不待他說完，沉聲問道：「金老大怎樣了？」

楊宜中悲聲道：「金老……金老受了敵人一掌，已經傷重仙逝了。」

辛捷臉色大變，一跺腳，喃喃道：「青龍會，青龍會……」

楊宜中道：「金老也沒有白死，他一個人抵住青龍會四大高手，用陰風爪硬生生把青龍會二大壇主手臂給抓下來。」

辛捷抬頭望天，似乎根本就沒有聽到楊宜中的話，秋風肅殺，歸鴉齊鳴，在一刹那間，金老大那正直粗獷的面容從他腦中閃過了幾千遍，那豪邁的笑聲，充滿了前不見古人的豪氣，現在是永遠聽不見的了，永遠聽不見了。

他長嘆一口氣，抬起陷下的腳來，高戰見地上深深印了個寸許深的腳印，不禁暗暗咋舌，辛捷喃喃道：「我一念之仁，卻替丐幫惹下大禍，看來惡人難渡，凌風弟勸我少積殺孽，這是可能的嗎？」

他對天說著，似乎是說給自己聽，半晌才道：「楊大俠先行一步，兄弟一定就來。」

楊宜中在江湖上闖了幾十年，他深知以辛捷之能，只要他出馬，天大的難題，也會迎刃而解，當下喜容滿臉道：「就請大俠直接趕往五台山丐幫大壇，小的這就先去，只怕還要落在大俠之後哩！」

辛捷微微一笑，暗忖這人甚是機智，激自己兼程趕去，楊宜中又道：「剛才聽敝幫弟子傳言，李幫主今日便歸大壇，幫主一回，丐幫弟子一定會精神大振！上次青龍會人多勢眾，我幫眼看就要覆沒，正在危急之時，忽然來了一男一女二個蒙面人助陣，那男的劍法凌厲無比，對方好幾個高手圍攻他，他看看不敵，忽然施出一招精妙絕倫的招式，小的很慚愧，連看卻沒看清是怎麼出招，敵人四支長劍便被齊腰切斷哪。」

辛捷問道：「那女的可是一個使峨眉刺的小姑娘？」

楊宜中道：「正是，正是，青龍會首領無敵掌見那蒙面人一施出這招，嚇得面無人色，呼嘯一聲，便率眾離去，揚言半月之後再上五台山和敝幫決戰。」

高戰聽得好生懷疑，他想辛叔叔適才所說的一男一女之事，定然和自己有關係，這時楊宜中又說姑娘施的是峨眉刺，他天性穎悟無比，不然以辛捷之資，怎會稱許他爲天縱之材？當下略一推想，立刻想到那少女多半就是自己心上人姬蕾，只是和她一起的男子，不知是何人。姬蕾天性高傲，一般江湖上的少年男子她是不屑一顧的，這人竟能和姬蕾在一起同出同進，照楊宜中說來武功又高，應該定然有些真才實學了。

高戰想到這裡，不由心底一痛，暗自忖道：「我中了劇毒，這才去天竺醫治，蕾妹定是氣我不顧於她，這便和那少年男子交遊，這誤會太深，不知如何解釋呢？」

他心中轉了好幾個念頭，辛捷觀看他的臉色，已經了然於胸，那楊宜中向兩人長揖而別，辛捷和聲道：「戰兒，我有一件事要跟你說。」

高戰驀然從沉思中回轉神來，辛捷道：「戰兒，林汶林姑娘天性溫柔，心地善良，走遍天下也難找出第二個，你說是嗎？」

高戰不知他說此幹麼，怔怔然聽著，辛捷又道：「你辛嬸嬸想收她做徒兒，她對你甚是癡情，這樣美貌的姑娘，偏又這樣好人品，戰兒你福氣不小啊！」

高戰訕訕道：「辛叔叔……」

辛捷接口道：「你辛嬸嬸愛她愛得不得了，辛嬸嬸的脾氣你是知道的，如果你虧待了林姑娘，她可要不依的。」

高戰聽得惶然莫名，辛捷和聲道：「我知道你心中定然喜歡姓姬的小姑娘，我雖沒有見著姓姬的女孩子，想來定是萬分的惹人憐愛的，戰兒，她既然和別的男子交遊，你正好和她分手，在我家中還有一個千嬌百媚溫柔可愛的女孩，在一心一意等著你愛她哩！」

高戰心如刀割，辛叔叔這麼一說，更證實那女孩子就是姬蕾，他天性雖然豁達，可是對姬蕾情愛已深，此時胸內妒忌、憤怒、自傷、自憐的情緒一齊湧了上來，只覺天地浩大若斯，自己竟然沒有立身之處。

辛捷正色道：「戰兒，你辛叔叔當年少年心性，到處留情，後來幾乎弄成無法彌補之大恨。你天性淳厚，更易感情用事，你可得仔細想想。」

高戰默然聽著，辛捷柔聲道：「我知道你的心情，戰兒，你全心全意去愛的人，竟然會棄你而去，你心中一定又是氣憤又是痛苦，可是與其將來你愛著姬姑娘，又不捨林汶，倒不如趁這機會解決。」

高戰忽然堅毅地道：「辛叔叔，姬姑娘不是那種人，她……她……心地好，雖然有點驕傲，可是人是挺好……挺好的。」

辛捷見他臉上神色慘淡，可是仍然堅毅無比，心知他對姬蕾鍾情已深，不由嘆了口氣。

高戰又道：「辛叔叔，我一定要……一定要找著她，向她解釋我到天竺的原因，我是去醫治身上中的毒呀，英弟！英弟年紀小，我怎會！怎會……」

他正經的說著，似乎姬蕾就在他眼前，正在聆聽他訴說一般，辛捷甚是感動，他性子灑脫開通，當下柔聲道：「我覺得天下沒有比林姑娘更好的了，戰兒你和她青梅竹馬，是天作之合，唉！世上的事往往都是要違背人意的，戰兒，只要你有勇氣，辛叔叔會幫你的。」

高戰這數月來便爲這情思所擾，苦惱非常，這時聽辛捷像慈母一般在鼓勵安慰，他激動起來幾乎要抱住辛叔叔，半晌才道：「辛叔叔，戰兒不知要怎麼報答你。」

辛捷微微一笑道：「你就趕去找你那姬姑娘吧！我要趕去丐幫總壇五台山去了。」

高戰忙道：「辛叔叔，戰兒也去，我要瞧瞧我師兄李鵬兒。」

辛捷笑道：「你是怕敵人人多，辛叔叔一個人不敵是不是，其實青龍會狐群狗黨，怎能濟得大事，唉！當年我如果不手下留情，那無敵掌怎能害死金老大。」

高戰道：「小侄跟去見識一下青龍會衆人也是好的。」

辛捷道：「戰兒不必去了，你找著姬姑娘叫她到大戢島去，否則平凡上人要帶著他的老鷹隊，親自下山逮捕了，而且我還有一事要你去辦，你去少林找慧空和尚，也就是你吳大叔，叫他告誡他徒侄，不准他徒侄再去找他生父麻佳兒尋仇了，這青年，天資倒是不錯。」

高戰只得答應，辛捷見他臉色灰敗，知他心中仍然耿耿於懷，便笑道：「今日咱們談的，你可別告訴你辛嬸嬸。」

高戰奇道：「怎麼？」

辛捷道：「她要吃醋哩！」

高戰一想，恍然大悟，心中也輕鬆不少，脫口道：「辛叔叔，你說林汶是天下最可愛的姑娘，恐怕是違心之論吧！辛嬸嬸當年……」

辛捷笑道：「辛嬸嬸當年自然可愛，可是現在已經老啦！」

他說完吐吐舌頭，一揮手幾個起落便去得無影無蹤，高戰怔怔站在那裡，心想辛叔叔真是奇人，可莊可諧，絲毫沒有那些老前輩們倚老賣老的習慣。

遠遠傳來一兩聲驚鳥的鳴聲，天色暗了下來，高戰心知辛叔叔已然走遠，心中暗自忖道：「這世上有些人終年馬不停蹄爲別人奔走，有些人卻終日吃喝玩樂，如果世上的人像辛叔叔一般，那麼人間還有鬥爭，還會互不信任嗎？」

林風吹著，高戰慢慢走向前去，他想：「世上一定要有辛叔叔這種人，才會把這世風日下的社會支撐住，咱們男子漢大丈夫，一生在刀槍山林中闖，做事但求心之所安，其他小節自然管不著了。」

「蕾妹疑我防我，那是因爲她喜歡我，我每次都是救人情急，是以招她懷疑，見危拔刀，這是江湖上行走的根本道義，像辛叔叔夫婦，何嘗享受過一天安靜生活？哪裡還顧得到被救的是男是女？蕾妹，蕾妹，妳也太不知我心了。」

他自哀自怨，不由走出林子，前面橫著一座大山，高戰心想今夜必須夜宿，便沿山路而上，放目找尋那容人山洞。

忽然遠遠火光一閃，高戰心中大奇，施展輕功穿了過去，他連番受高手指點，此時武學已致通悟地步，舉手抬足，無不覺得得心應手，自然流露出一種瀟灑之色。奔了一刻，只見前面一個山洞，洞內燒著一把火，火光微弱隱密，生怕是被人發覺的模樣。

高戰定神往內一瞧，只見洞內黑黝黝一片，什麼也看不清楚，他功力精湛，十數丈內之物，雖在黑暗之中，也可瞧得清清楚楚，可是這洞甚是深長，竟然看不得底。

高戰心中疑惑，正自沉思要不要發言相詢，忽然一股疾風從洞內傳出，高戰一挺身，一手勾在山壁上，身子向空中蕩了起來，只聽見碰然一聲，那堆火竟被一物壓熄。

高戰一想，心知自己已被發現，是以洞內之人拋下大塊泥土打熄火堆，看來洞中人不喜與外人相會，自己也不便不知趣再去打擾別人，正待離去，忽然不遠之處人聲嘈雜，好像是大批人經過。

高戰縱身上樹，向人聲處望去，但見十多人仗著兵刃，搜索前來，其中爲首一人道：「明明看見火光，這對狗男女不知逃到哪裡去了？」

另一人道：「秦嶺魯老賊受了重傷，他們走不遠的。」

高戰心中一驚，暗忖：「如果是秦嶺一鶴魯道生魯大俠，這事我倒要伸手管一管，先瞧清楚再說。」

那為首人道：「咱們分四路搜索，發現敵蹤，立刻點火箭傳訊，那小子武功倒不怎麼樣，只是劍上那怪招的確凌厲，咱們人少了一定攔他不住。」

高戰心念一動，暗忖：「難道就是他和蕾妹，真是得來全不費功夫了。」

眾人依那為首的人分為四起，呼喝而去。高戰見那為首的人向那洞中走近，心想不管是否事關姬蕾，先把這群人引開再說，一伸手摘了二支樹枝，運勁向那為首者雙目打去，身形卻向右邊奔開，故意震動樹枝。

他不知來人是敵是友，是以手下留情，只用了三分勁力，那為首的武功不弱，伸手接著樹枝，腳下立刻運勁向右撲去。

高戰脫下外衣蒙在頭上，不停向前奔去，那為首的人武功雖高，怎能與高戰並馳，高戰放足奔了一陣，後面的人已落後甚遠，便繞了一個圈子，向左撲去，那搜左邊的人武功低微，高戰忽隱忽現，逗得幾人又急又怒，驀然放出了火箭。

高戰見眾人都向左邊撲來，心中暗暗一笑，踏著樹梢回到山洞，他這種功夫看似輕鬆，卻是非同小可，全憑一口真氣，那樹尖枝細搖動，若非上乘輕功，要想躍來躍去，真是萬萬不能。

高戰走進洞前，伸首向內一看，想要通知洞中人情勢危急，忽然咦的一聲從洞中傳出，那聲音雖輕，可是高戰卻聽得清清楚楚，當下如中焦雷，千思萬想一齊湧上胸頭。

廿二　天妒良緣

高戰只覺熱血上湧，那聲音就是再過一百年，他也會辨別出來，因爲那正是他少年初戀的情人——姬蕾的聲音啊！

他拔腳便往內鑽，忽然一種從未有的感覺襲上他的心頭，他停住了腳步，暗忖：「我可要瞧瞧蕾妹到底和他有多好。」

他心中雖然有一千個一萬個念頭，想要促使他奔上前去找姬蕾傾訴，可是少年人的傲氣和男性的自尊卻像一道牢不可破的鐵匣，橫在他面前，他幾次舉步竟然沒有向前走。

這洞中又乾又潔淨，而且彎彎曲曲深不可測，高戰屏息輕步向暗處閃去，走了半天，才見山洞盡處點著一盞清油小燈，他躲在凹洞中，只見地上躺著兩個人，高戰仔細一瞧，一個氣息微弱的中年，正是上次替辛叔叔傳信而會著的終南一鶴魯道生，他身旁躺著一個年約卅旬氣勢威猛的漢子，姬蕾正用手帕不停的在他額上抹汗，那漢子雖然緊閉著兩眼，似乎受傷不輕，可是神色安詳至極。

高戰只瞧得眼前金星直冒，他見魯道生身受重傷，本想現身出救，可是他眼睛直勾勾的盯在姬蕾的身上，再也移不開來。

姬蕾抹了一會，又去替魯道生揉胸助息，彷似無意的側過臉來，高戰只見她瞧著地上的青年，眼睛中流露出千般關懷及同情。

高戰只覺心中涼得很，接著雙手也涼了起來，「那目光。」高戰想著：「那目光正是她當日對我瞧的呀！那天我在她家，只因瞧見了她那柔情萬般的目光，便奮不顧身和幾個高手拚搏，可是現在呢？但願我死了，我也不願見她憐愛的瞧著別人。」

他真想一走了之，然後也許像吳凌風大叔一樣，不再過問人間塵世，也許海闊天空的東闖西蕩，直到有一天，當用盡全身力量時，便偷偷往洞裡一鑽，再也不知人間愁苦。

姬蕾輕輕嘆口氣道：「唉！青龍會定然包圍住這個林子啦，這兩人都受了重傷，怎麼辦呢？」

高戰見她眉頭凝注，一副小兒女的天真模樣，數月不見，樣子一點也沒有改。姬蕾又輕輕道：「要是我那大哥哥在的話，他一定會大展武功，把那般小賊殺得一乾二淨，替我出口氣，可是他呢？他死了，死了，我再也看不見他了。」

她說完，長長的睫毛上沾上了一滴淚珠，高戰大奇，暗忖：「她原來還有一個大哥，怎麼不曾聽她說過？」

姬蕾喃喃道：「大哥哥對我是多麼好啊！我要的東西他沒有不替我找來的，我心中想的事，他馬上就知道了，然後設法達到我的目的，大哥哥，我多麼想你喲。」

她臉上洋溢著柔情蜜意，似乎深陷沉思，姬蕾接著道：「要是大哥哥不被那小妖女害死的話，那有多好！我也不用困在這裡，大哥哥是無所不能的，這些小賊，哼！瞧在他眼裡真是像燈草捏的一樣。可是，現在怎麼辦喲？」

高戰怔怔聽著，暗忖：「她說的大哥哥難道是指我，我好端端的活著，她怎說我死了？喲，對了，對了，她這是恨我和英弟，所以詛咒於我。」

高戰一想到這裡但覺百脈齊放，心中甜美無比，暗忖：「這樣看來，蕾妹對我還是很好的，我向她解釋，她一定會聽得進去，目下先再聽聽她口氣再說。」

姬蕾慢慢站起，把清油燈火焰壓小，滿洞青光森森，光影變幻無方，姬蕾正待靠牆休息，那卅旬左右青年忽然醒轉過來，姬蕾連忙湊近道：「小余，你覺得好些麼？」

那青年道：「蕾姑娘，妳沒有受傷吧？」

姬蕾眼圈一紅，暗想這世上到底還有關心我的人，當下柔聲道：「小余，我好好的，你捨命護著我，唉！其實我的命那有這樣值錢？讓我死於那批人之手，你是可以逃出去的，現在弄得你身受重傷，只有死守洞中的這一條路了。」

那青年道：「蕾姑娘，我……我從小受盡欺侮，身子任人作賤，這才挨了兩劍，又有什麼關係？」

姬蕾道：「你捨命救我，我心裡很是感激，你流血太多，好好歇歇吧！」

那青年道：「蕾姑娘，妳趕快出去，這般青龍會的人，雖然不講江湖道義，可是對妳一個女人家，想來也不會爲難的。」

姬蕾道：「那麼你們呢？」

那青年道：「這就看命運了，咱殺了青龍會這許多人，要是叫對方拿住，只有死一條路，只可惜這位大俠，與我們一面不識，仗義出手，倒累了一條性命。」

姬蕾俏臉一板道：「你當我是這種人麼？你以爲我爲愛戀這生命麼？告訴你，我這條生命無人憐惜，死在誰手中都是一樣。」

那青年急道：「蕾姑娘，我可不是這個意思，妳……妳……別生氣。」

他心中發急，說話聲音增高，傷口掙痛，豆大的汗珠沿頰流下，姬蕾柔聲道：「你別急，我沒生氣，讓我來替你擦汗。」

她伸手摸出汗巾，又小心地替那青年擦汗，高戰在一刻之間，三番四次想要去救傷者，可是終爲忌嫉所克，不曾出手。

姬蕾口中輕哼著催眠的小調，那青年臉上安祥無比，又過了一會，那青年道：「蕾姑娘，我……我……想喝水。」

姬蕾從袋中拿出瓦罐，倒了一杯水遞給他，那青年伸手抓住姬蕾的手道：「蕾姑娘，請妳扶我起來。」

姬蕾道：「怎麼啦！」

那青年奮然坐起道：「我去把敵人引開，咱們總不能坐在這兒等死。」

姬蕾急道：「不行啊，你背後一劍刺得那麼深，你聽我話，咱們一定會脫險的。」

她語氣完全是大人哄小孩的模樣，那青年居然安靜躺下，姬蕾忽然道：「等你傷好了，我們也要分手啦。」

那青年大驚道：「爲什麼？我……我……對妳……無……」

他原想講無禮，可是說不出口，姬蕾悠悠道：「人生若夢，離合無定，天下豈有不散的宴席？」

那青年半晌說不出一句話來，良久才哽咽道：「蕾姑娘，妳……妳不要丟開我，我……我……。」

他說到這裡，竟然號啕大哭，高戰心中暗笑，心想這麼大人了，還像一個孩子一般，他見姬蕾說要和那青年分手，不禁大是得意。

姬蕾道：「別哭！別哭！我不離開你就是。」

那青年道：「我小時候，後母天天打我、罵我，我都能忍耐得住，可是當有一天我得知表面上寵我疼我的父親，竟然受後母指使要害我，於是我像發狂一樣，一跑跑離家鄉幾千里，從此我再也沒有回家，那時我才六歲多。」

姬蕾柔聲道：「真是可憐的孩子。」

那青年道：「我只道天下永無愛我憐我之人，我從來不曾被人疼惜過，後來遇著蘭姑姑，她待我好得很，可是她不久便死了，我立誓替她報仇，經過千辛萬苦學成了武功，而且偷學了一招武林三劍之一孫倚重大俠的劍式，於是便去刺殺害死蘭姑姑的官兒。」

姬蕾道：「別談了，我累啦。」

那青年不聽，接著道：「蕾姑娘！我上次受傷，妳守在旁邊兩天兩夜，妳當我昏迷不知麼？妳這般憐惜我，總不會拋棄我不顧吧？」

姬蕾臉一紅，嗔道：「你再瞎說看看。」

那青年喜道：「蕾姑娘，我要永遠跟著妳。」

他誠懇的說著，臉上熱情真摯，姬蕾想起負心無良的高戰，心中又酸又痛，不知如何是好，她心念一轉，嫣然笑道：「好啊，我不離開你就是。」

高戰心內如中長刺，姬蕾忽道：「有些人自以為聰明，見異思遷，最是忘恩負義。」

她這沒頭沒腦的一罵，高戰心中一驚，暗忖：「她罵給誰聽，難道她看到我麼？」

忽然洞外腳步之聲大作，姬蕾見話不生效，又道：「我還是喜歡像你這樣誠實的孩子。」

那青年喜出望外，睜大眼睛望著姬蕾，高戰注意漸近的腳步聲，是以沒有注意，那腳步聲愈來愈近，不一會，走來十幾條大漢。

那青年一翻身拾起長劍，護在姬蕾身前，姬蕾也拔出峨眉刺，那為首的人笑道：「小子，快快束手就縛吧！」

那青年冷笑道：「要在下之頭卻也不難，只得依在下一事。」

他仗劍而立，倒也威風凜凜，眾人都知他劍法高強，一時也不敢逼近，那為首的人道：「在下敬老兄是漢子，有話儘管說。」

那青年道：「只要各位不傷這姑娘一根頭髮，在下立刻隨各位去。」

那為首的想道：「這姑娘雖說與我幫為敵，可是從來未曾殺過我幫一人，而且聽說她與久絕江湖的世外三仙關係頗深，殺她卻有何利？」

當下裝作慨然道：「這事包在我身上，這如花似玉的姑娘，摸都捨不得重摸，怎能忍心殺她。」

他勝卷在握，言語中自然流露出一種輕薄之態，姬蕾又羞又急，心中又恨高戰為什麼還不出手。

原來高戰第一次走近洞旁，她便借火光瞧見，當下百感交集，對於這個負心人真不知是愛的多，還是恨的多，她這半年到處亂闖，結識了這個江湖上人稱「怪劍客」的小余，在他呵護下倒也並未吃虧。此時陡然見到高戰，面貌如昔，英風勃勃，不由怦然心動，惱恨之心消了幾分。

她略一沉思，生出一計，假裝和小余親熱，想要氣高戰一個夠，然後再在他千萬軟語下化怒爲喜。豈知人算不如天算，高戰先受辛捷所說影響，一上來成見便深，是以遲遲不曾出面。

姬蕾見高戰並不出面，小余多情的眼光始終凝注著她，她苦惱至極，那爲首的道：「咱們就這樣辦，讓這位小姑娘離去吧！」

高戰在考慮這洞中狹小，一出手便和這許多人的兵器搏鬥，一定得想一個好方法才可，他想著自己所學的武功，要找出一套最適宜的，是以遲遲未能出手。

姬蕾見情勢已急，她胸中愈來愈冰涼，忽然想道：「他原來對我的死是求之不得，罷了！罷了！死在這真誠多情的人懷中，也勝過一個人日後飄泊浪蕩。」

她性子剛硬，在這生死關頭毅然決定，可是想起自己一生命運，全部少女的情感托付於一個負心郎君，不由悲從中來，一顆顆眼淚流了下來。

她一伸手握住小余的粗大臂膀，但覺安全無比，她柔聲道：「小余大哥，咱們死就死在一塊！看這些沒良心的人有什麼好處。」

小余被她一握，登時精神百倍，他一向敬姬蕾有若神明，此時只覺一隻又滑又膩小手捉住他的手臂，真不知是真是幻。

姬蕾又道：「小余大哥，我生不能嫁給你，死後再嫁給你吧！」

她此時神智已昏，脫口而出，小余驚喜欲狂，高戰剛好想通如何應付青龍會眾人的手法，心中剛喊一聲「成了！」，忽然聽到姬蕾柔情無限的說著，他一揉眼睛，看見姬蕾挽著那青年，一副同命鴛鴦的樣子，只覺眼眶一熱，淚水漸漸充滿，他一咬下唇，心中默默道：「就是今日死了，也不能讓眼淚流下。」

他心中盡想著兒時爹爹所說的話，「丈夫流血不流淚」，長吸一口真氣，強忍住將垂下的淚珠，手一按凹壁，身形疾若箭矢，現出身來。

高戰想好先用先天氣功護身，再用小擒拿法近身搏擊，這洞中太小，必須逼得對方施展不開，才一個個收拾。他一現身，更不打話，雙手一錯，便往那為首的攻去。那青龍會為首漢子，忽見高戰形若鬼魅在黑暗中突然飛出，而且一言不出便出手攻到，真是又驚又怒，連忙倒退。

高戰心意已定，心想將這漢子解決，算是報答昔日姬蕾的恩情，然後飄然而去，像平凡上人一樣無拘無束，這一生再也不捲入感情漩渦裡。

他心中想著，手上連出絕招，這種擒拿法原是極為普通之功夫，可是高戰施展開來，招招蘊含無窮力道，那群漢子，空自仗劍仗刀，竟然被逼得手腳無措，高戰在刀劍叢中穿來穿去，他長嘯一聲，腳飛手點，弄倒了七八個人，只剩下那為首幾個人，功力較高，猶自苦力支持。

姬蕾想不到半年不見高戰，他武功竟然精進若斯，怪劍客小余一向自命武功不凡，此時也從心裡折服，心想這少年不過二十出頭，就是從娘胎開始練功，也未必能臻這般地步。

須知高戰不但天生聰慧，少時又巧食功參造化的千年參王，是以內力修爲自是強於常人數倍，他祖上歷代名將，血液中自然有一種將門勇武天性，學起武來自是得心應手，再加上邊塞大俠風柏楊，中原之鼎辛捷，恆河三佛之首的金伯勝佛，將本身最精妙武功傾囊相授，如何不造就一枝武林奇葩。他年紀雖輕，對於各門上乘武功多所涉獵，自然而然產生一種通悟融匯之功，是以隨便一套拳腳，在他施將起來，也就是淋漓致盡了。

姬蕾雖知高戰一定得勝，可是眼見他出入刀劍間不容髮，一顆心不由吊在空中一般，她自己幾次暗啐道：「呸！這等無良心的人，我管他生死怎的？」

可是關切之心仍然不能稍釋，她輕嘆一聲，閉目不看，高戰身體背著她，有時殺敵回身，兩目只是望上，並不看她一眼，姬蕾羞急交加，更加堅定自己決心。

那幾個人見敗勢已定，正想逃出洞外，高戰哼了一聲，雙手連進殺著，不一盞茶時間，將剩下諸人一一點倒，他拍拍身上灰塵，輕步離去。

此時洞中萬籟俱寂，如果他這時回頭一瞧，姬蕾也許會控制不住向他懷中撲去，可是他此刻忌念如熾，只覺一草一木，山石洞穴都不容於他，加緊腳步，飛快外跑。

他走了一會，忽然想起秦嶺一鶴的傷勢，連忙從懷中玉瓶中取出幾粒蘭九果，這再轉折回去，只見姬蕾站立著一動也不動，就如一尊石像，夜風吹著，高戰不由心生憐惜，但一想到自己的煩惱，心中不能自己。

高戰沉吟一會道：「姬……姑……蕾妹，這果子可治魯大俠之傷，請妳拿給他服下，蕾……蕾妹，咱們再見了，祝福，祝福妳。」

他強忍悲痛，聲音不由顫抖不止。姬蕾抬頭一看，但見他面色慘淡，似乎心都碎了，她心一軟，伸手接過蘭九果，高戰頭也不回，逕自飛快離去。

她這一瞧，從此決定了她一生，如果她不這樣一瞧，也許會真的萬念俱灰，跟著怪劍客去，可這一瞧之下，憐愛之心大起，惱怒之情收斂，日後糾糾纏纏，終於步入上蒼已經安排好的結果。

原來這怪劍客小余，本是濟寧府所屬一縣衙門小廝，那時吳凌風的愛侶阿蘭因家中大水，飄流外縣，後來縣官見她貌美，欺她目盲又無依無靠，用迷藥玷辱了她，直到吳凌風尋來，阿蘭自慚自卑，竟然上吊自殺。小余當時服侍阿蘭，阿蘭待他若弟弟，因此小余感恩圖報，一怒之下流浪天涯，學得武藝，那時玷辱阿蘭的縣官已高升為保定府知府，小余冒著生命危險入府行刺，正被眾教師圍攻，姬蕾恰巧經過，助他脫圍，從此兩人結伴而行，路過五台，助丐幫抗敵，終於和青龍會結下不解樑子。

且說高戰乘夜而行，一直奔到天明，覺得全身疲倦，便靠著一處野墳睡了，這一睡直到下午才醒轉過來，忽聞蹄聲得得，三騎穿林而來。

高戰一看，只見前面二馬坐著一男一女，英風颯然，後面卻坐著一個老者，背上背著一把極大砍刀，高戰只覺來人面貌甚熟，一時之間都是怎樣也想不起來。

那少年男女走近，忽然雙雙叫道：「高——小俠！」

「高大哥！」

高戰驀然想起，這女的正是方家牧場場主之女方穎穎，那老者是她外祖父金刀李，當下連忙上前見禮，那老者下馬執著高戰手笑道：「高小俠，一別將近二年，小俠英風如舊，老夫心喜至極！」

高戰連忙行禮，方穎穎道：「高大哥，你那頭金鳥呢？」

她自從上次見高戰擊敗找她外祖報仇的龍門五怪，最後用金鳥破去那龍門毒丐飛天蜈蚣，心中羨慕極了，一直也想弄隻金鳥玩玩，於是每天逼著她師哥鄭君谷去找。那金鳥是雪山異種，中原如何尋得著，她師哥爲討她好，翻山越林，也不知捕捉了多少頭類似的大鳥，只是沒有金色羽毛的，方穎穎好生氣悶，此時見著高戰，不由又想起那金鳥的神俊，再也忍耐不住問了起來。

高戰道：「那是一個朋友的東西，可不是我的呀！」

方穎穎道：「你那朋友住在哪，他本領不小，我們怎麼找不著這種鳥兒？」

高戰道：「那是雪山絕頂所產靈禽，不要說本就少之又少，而且此鳥力大無窮，如非牠心服口服於妳，也不易捕捉哩！」

方穎穎一皺鼻子道：「過幾天，我也到雪山去捉牠一頭。」

金刀李見外孫女長得又高又大，可是言行還是孩子一般，不由甚是好笑，當下笑叱道：「穎兒不要囉唆。高小俠，聽說青龍會死灰復燃，當年挑翻青龍會的是辛捷大俠和我那好友魯道生，現在江湖上傳說辛捷大俠赴南荒有事，那魯道生人孤勢弱，是以老夫率徒兒趕去赴援，高小俠如果無事，不妨也一道去如何。」

金刀李天性豪爽，心中從無隔言，他對高戰甚是敬佩，心想只要他出手相助，真強過自己十倍，當下便出口相求。

高戰緩緩道：「魯大俠已被青龍會眾人打傷，就在前面幾十里山洞中，晚輩已將那批圍攻之人點倒，又將蘭九果留下，想來定然不妨事了。」

金刀李是血性漢子，聞言一拍馬便往前行，高戰道：「晚輩還有急事，是以不能相陪。」

金刀李一招手向他作別，高戰抬目一看，方穎穎和鄭君谷有說有笑，神情親暱，似乎在商量如何上雪山捕捉金鳥。

方穎穎道：「如果雪山太危險，你就不必上了，上次你跌傷了，我心裡不知多難過。」

鄭君谷喜氣洋洋，向高戰笑著揮別，蹄聲得得，三人漸漸走遠了。

高戰踏著夕陽，心中沉思不定，他想道：「有的人終生為情而苦，至死不渝，有的人卻如遊戲一般，似幻若虛，方姑娘和她師兄好，那是最好不過。」

他想起上次離開金刀李家中，那是為了避開方穎穎的柔情，這姑娘居然這般通達，真是北國兒女的天性了。

他想到自己應該去少林寺，前年他初入江湖便碰到吳凌風大叔，那時自己怎麼也想不通，為什麼一個人對另一個人能十年、二十年如一日，但現在他明白了，從前他想盡方法去安慰吳大叔，辛叔叔也想盡法子阻止吳大叔出家，可是如今自己倒和吳大叔同病相憐了。

他一路行去，邊走邊想，不覺已近河南之境，這日上得嵩山，已是二更時分，但聞佛鐘齊鳴，聲音又是悠揚，又是飄忽，傳到遠遠對面山谷，發出嗡嗡迴音，高戰只覺心中空空蕩蕩，舉目望去，遍山遍野都是松林，風聲吹來，松濤似海。

高戰坐在一棵松林樹旁，等到少林夜課完畢，這才入內求見慧空，這少林寺的確是聞名古剎，那房屋參差，也不知連綿到何處。

忽然身後一個和悅的聲音道：「小娃兒，替我辨件事可好？」

高戰大驚，以他目前功力，竟然沒有發覺身後來人，他回頭一看，只見一個年老尼姑含笑而立，那老尼雖然年事已老，可是眉目之間仍然清秀絕倫。

高戰只覺那尼姑甚是古怪，額上深刻的皺紋似乎包含了許多深刻的往事一般，令人覺著同情，高戰忙起身道：「不知前輩有何吩咐？」

那老尼道：「你這孩子倒真好，瞧你功力已不錯，年紀輕輕竟然毫無狂態，比起姓辛的那小鬼頭強多了。」

高戰一怔，心想這老尼所指姓辛的定是梅香神劍辛叔叔，可見此人本事非同小可，連辛大俠她都稱為小鬼頭，瞧她那樣子只怕是江湖上久傳大名，而無人得見的小戢島主慧大師，當下正待開口相詢，那老尼笑道：「我老尼一生不受人惠，孩子你替我辦好這事，老尼一定給你莫大好處。」

高戰恭身答道：「前輩一定是東海三仙中的慧大師，只管差遣晚輩就是，晚輩絕不敢求什麼好處。」

老尼道：「你知道的事倒不少，這樣吧，你替我辦妥這事，我老人家也答應你一事。」

高戰自從聽金英說明慧大師、白婆婆、南荒三奇間的恩恩怨怨，對於無端受殃的慧大師就十分同情，此時見她柔聲和自己說話，心想江湖上傳聞慧大師難惹至極，而且脾氣古怪，動不動就要殺人，看來倒是道聽途說，不可深信的了。

慧大師見他不說話，只道他心中有什麼難事，不好意思出口，心中對這少年之恭謹有禮，更起了幾分好感，便道：「喂孩子，你別怕老尼辦不到，有什麼只管說出來，瞧我老尼的本事。」

高戰見她滿臉自負之色，不由暗忖道：「連平凡上人都畏她三分，只要她出手，的確沒有什麼事辦不到的。」

慧大師道：「你替我跑進少林寺去，打聽打聽那……那南荒三奇到哪裡去了。」

高戰心道：原來是這麼簡單之事，以慧大師身分登門詢問，少林掌教迎接還來不及，何必要自己去問？

他抬頭一看慧大師，只見她臉上神色有異，似乎又是激憤又是傷心的模樣，心念一動，不由想起金英所述白婆婆的話：「近百年的苦修了，卻不能絲毫有用，情孽害人之深，真是不可言喻。」

高戰心知這慧大師定是也聽說南荒三奇脫險出來，心中雖然恨極三奇老大，可是畢竟忍不住出島來瞧個真假，當下忙道：「南荒三奇，晚輩不久前還看到的。」

慧大師問道：「在哪裡？」

高戰道：「月前晚輩在天山道上見著三位老……老前輩。」

他對南荒三奇行爲甚是不滿，是以喊了半天才喊出「老前輩」這三字。

慧大師急問道：「怎麼跑到天山去了？」

高戰道：「南荒三奇還和平凡上人、無恨生、我師父及辛捷叔叔大戰哩！」

慧大師道：「這幾隻老傢伙都碰在一起，不打倒是怪事，孩子，結果是誰打勝了？」

她滿面急切的樣子，似乎這一戰對她甚是重要，高戰忙道：「南荒三奇和平凡上人、無恨生只對了一掌，便跑掉了。」

慧大師冷哼了一聲道：「野和尙和那小伙子這般厲害麼？」

高戰脫口道：「就算他們不怕平凡上人和無恨生，我們這邊還有三人哪！」

他說得太快，不由把自己也算了進去，轉念一想自己怎能和這等高手並列，不禁十分羞慚。

慧大師當年是鼎鼎大名的太清玉女，自是冰雪聰明，她笑笑道：「是啊，還有你這少年高手壓陣，三個老鬼自然只有逃了。」

高戰羞不可抑，要知慧大師昔年情場失意，隱居於海外一角，的確是心灰意懶，終日與山石大海爲伍，性子愈來愈是孤僻可怕，可是這次踏出小戢島，一路上但覺風光如畫，天開地闊，胸中不平之氣自然化解不少，又見眾生芸芸，勞苦終生，不禁大起悲天憫人之情，路上遇見不平之事，也只是伸手管管，並不出手傷人。這時巧遇高戰，高戰本就長得俊秀，人又忠誠正直，慧大師對他甚是有緣，一直跟在高戰身後，直到上了嵩山，見高戰坐在樹旁，這才現身要高戰去問。

慧大師道：「天色已晚，我老人家還要找個地方歇歇，少年，既然南荒三奇不在，我老人家要走了。」

高戰這人就是天生情感豐富，不然幼時在挨餓時，怎會不忍心去殺一條魚？他對慧大師才不過見面片刻，可是想到她爲了白婆婆從中搗亂，而將一生幸福埋在那海外孤島，真想陪慧大師到小戢島去，免得她孤孤零零一個人，又得常常和平凡上人嘔氣。

慧大師何等眼神，她見這少年眼中流露出真情，對自己甚是不捨，心中很感動，她對人冷漠已慣，很難從臉上流出情感之痕跡，當下便道：「我答應過你給你好處，孩子你快說吧！」

高戰久聞慧大師輕功天下無雙，他本想求慧大師傳個一兩招，忽聞少林寺中佛鐘頓止，萬籟俱寂，心中立感空虛無依，但覺世上苦多樂少，一切都是虛無，還學這勞什子武功幹嘛？便搖頭對慧大師道：「我沒有什麼事要求您老人家。」

慧大師道：「我一路上山來，瞧你滿臉失意之色，別騙我老人家，你到這少林寺來幹嘛？難道是想當和尙麼？這個我老人家第一個就不准。」

慧大師柔聲說著，如果此時平凡上人在旁，他一定會對高戰表示五體投地的佩服了，這老尼姑，平凡上人就從未見她好聲好氣的說過一句話。

高戰激動至極，幾乎想傾吐胸中之事，如果在兩年前，高戰是百事不懂的十八歲少年，此時定已抱著慧大師痛哭，可是這兩年來，高戰在江湖上混了些日子，終究比以前成熟不少，他咬緊下唇，心想：「我絕不能在別人面前不知羞恥去傾吐心事，我已是一個大人了，一個很大的人了，自己的事自己要擔負起來。」

慧大師又道：「孩子快說啊！如果真是要當和尚，瞧我燒不燒掉這破廟。」

她和高戰實在有緣，以她脾氣竟會一再相問，真可謂異數了。高戰激動地反覆叫道：「我什麼也不需要，我沒有什麼事要求，我沒有什麼要求，我自己的事自己理會得。」

慧大師冷笑道：「沒有什麼事就算了，這又有什麼好哭的。」

高戰一摸臉頰，淚水不知在什麼時候已流了下來，口中猶自倔強道：「我沒有哭，我沒有哭！」

慧大師道：「沒有哭就算沒有哭，你亂叫什麼，要和尚們來瞧熱鬧麼？」

她出言相激，原想逼高戰吐露心事，但見高戰面色灰敗，心中大感不忍，轉起身子，口中叫道：「你看仔細了。」

高戰一怔，只見慧大師身形飄忽，如風轉車輪一般，以高戰之目力，竟然看不清楚大師身形所在。高戰精神一震，知道大師在傳授武功，他雖不太願學，可是任何一件事如果深研下去，都會令人不休不止，高戰對武學研究已深，一見高招不知不覺聚精會神，萬事都拋到腦後去了。

慧大師施展了一盞茶時光，忽然身形一起，便向山下撲去，片刻便消失在黑暗中，高戰只瞧清了幾成，心中正自琢磨，山下傳來慧大師的聲音：「看清地下足印，學會了便毀去。」

那聲音又柔和又清晰，似乎是專門傳給高戰聽似的，高戰心想以大師一個女流之輩，內功竟然能練到這種至高地步，可見天下無難事，只是在人爲了。

高戰雄心頓起，照著地下的足印，身形也轉了起來，從前慧大師傳授辛捷也是這種方法，在海岸上沙灘上留下足印步法，但這嵩山都是花崗硬岩，要想在這堅逾鋼鐵的石上留下足印，比在鬆沙上又不知難上幾倍了。

高戰練了幾遍，心中默默記著其中奧妙之處，這步法喚做「詰摩步」，正是慧大師生平絕學，高戰雖則聰明，一時之間，也覺千頭萬緒，廣大精微之極，當下想想練練，練練想想，不覺殘月偏西，曉星明滅，高戰抬頭一瞧，已是黎明時分，便收住拳腳，靜待天明，進入少林禪院求見慧空和尙。

他忽然想到慧大師臨別贈言，連忙抽出背上短戟，運足內力將岩上足印刮去，那戟是百煉精鋼，自南宋以來，也不知喝過幾多敵人之血，可是用來對付這花崗硬岩並不十分凌厲，高戰費了九牛二虎之力，這才將足跡刮盡，心中對於慧大師之功力，不由佩服至極，看看天色已明，心想趕在少林寺早課以前去見吳凌風吳叔叔，免得再等上半天。

他打定主意，拍拍身上灰塵，這山間清晨涼爽悠悠，露水潤濕了他全身，濃霧包著太陽，抬頭看去，只見一個紅紅的大輪，慢慢從山後升起，並無半點光芒，高戰舉步往寺中走去，突然前面人影一晃，出現幾個光頭和尙。

高戰上前作揖道：「請問諸位，吳……吳……」

那些和尚是寺中管香火打雜僧人，先前因為霧大，是以離高戰雖近，並未發現有人，高戰這一現身，眾和尚嚇了一跳，少林乃天下武林之尊，自從百年之前靈空大師師兄弟相繼離寺逃禪，絕了少林幾百年神功，少林掌教這才下令在禪功未練成前，嚴禁門下弟子與各派爭鬥，是以近數十年來少林派在武林威名大是減弱，其實少林眾僧埋頭苦究失傳絕藝，並未絲毫放下。這幾個香火和尚地位雖低，一身硬功也頗了得，這時見高戰突然冒將出來，而且又吞吞吐吐，於是一聲叱喝，眾光頭紛紛圍了上來。

高戰再問道：「在下請教有一個姓吳的，現在法號慧空的青年和尚住在哪裡？」

那些香火和尚聽他是找慧空，當下臉色立刻變友善，問道：「施主找慧空禪師幹麼？」

高戰道：「在下受辛大俠之托有要事告訴慧空。」

那群和尚中一個年紀較大的想了想道：「施主既是辛大俠之友，貧僧不便指點。」

高戰心中大奇，上次辛捷為護古剎，豁出性命趕來和南荒三個老妖怪大戰，怎麼這些和尚對於辛捷反有敵意？他心內奇怪，臉上倒是不動聲色，他不願開罪少林僧人，心想等會直入寺中，定可撞見慧空，於是拱手為禮道：「多謝各位指點了。」

那年長和尚道：「施主有什麼要事，貧僧倒可以代轉。」

高戰道：「既是慧空禪師不願見人，在下這就告退。」

眾和尙見他神色閃爍，不由疑心大起，其中有幾個年輕氣盛的道：「到底有甚事，施主倒要交代清楚。」

高戰微微一笑，施展剛才學到的詰摩步法，連連幾閃便撇開眾和尙，向山下飛奔而去，那些和尙但見人影飄忽，已失高戰人影，當下呆了下來，半晌才出聲喝了一聲好。

高戰奔了一陣，聽見後面叫聲漸遠，反身又向寺中跑去，心中有說不出得意，暗忖：「小戢島主的功夫真是高明，就是碰到再厲害的敵人，我打不過一走總是可以的。」

他起初從遠處望少林禪院，只覺屋舍參差，仿然就在眼前，可是這一跑，路彎迂迴，跑了半晌還不見至寺門。

忽然前面霧中一人踏露而來，那人身著長僧袍，體態適中，風吹袍袖，甚是挺拔俊秀，高戰不想多驚動別人，閃在一邊，那僧人手中捧著一卷書，忽然站在一棵古松下，興致勃勃的讀了起來。

山風甚疾，高戰聽不清楚他的口聲，但從霧中可朦朧見他神態，似乎全心全意沉醉於那書中。

高戰好生懊惱，暗忖這人不走，自己多半會被發覺。看來寺中人頗不願意有人來訪慧空，他想了一會，伸手拾了一個石子，運足指力向那僧人右方彈去，砰然一聲，擊中一棵大樹。

那僧人身形一起往右躍去，高戰一見那身形，立刻就想出來，再也忍不住，高聲叫道：

「吳叔叔，吳叔叔，戰兒來看你了。」

那僧人一怔，緩援走了過來，高戰喜道：「吳叔叔，你上次在濟南大豪那裡救我也是用這身法，所以我一眼就瞧出來了，你這麼早就唸書？」

那僧人看了高戰一眼，低聲道：「戰兒，你吳叔叔已經死了。」

高戰叫道：「吳叔叔，你……你……」

那僧人正是出了家的吳凌風，法名慧空，他冷漠地道：「戰兒，又是你辛叔叔派你來勸說我麼？」

高戰道：「是辛叔叔叫我來的，可是不是來勸您。」

慧空道：「我心已枯，多說無益，戰兒，難道又有什麼事發生麼？」

高戰道：「吳叔叔……你那師侄到……到天山南麓去報仇，要殺死他親生老父，去為他受難的母親出氣。」

慧空道：「這事我已盡知，既然有辛施主調停，想來已然化解。」

高戰見他神色漠然，心中很是難受，便道：「他！他把母親救出，又跑回中原來，所以辛叔叔要我來告訴您，希望他師父管緊些，不要讓他再回草原去殺他生父。」

慧空道：「大悲師兄已罰他面壁三年，想來他不會再去闖禍了。」

高戰凝視慧空，只見他面如白玉，英風颯爽，但是冷冰冰的沒有半絲感情，高戰心想吳叔叔確是變了，多留也是無益，便行了一禮悲聲道：「吳叔叔，你多保重！」

他想起吳凌風當年救己，是何等俠義，如今卻變成這個樣子，心中一痛，聲音不由哽咽不已。

慧空稽首還禮，轉身便向寺中走去，那霧中人影愈來愈模糊，可是那朗朗的書聲卻如珠落玉盤一般，句句傳到高戰耳中。

「真即是假，假即是真，勝也是敗，敗就是亡，眾生皆疑，我佛獨明。贏，也變成土，輸，也變成土。」

聲音愈來愈遠了，高戰覺得吳大叔已經走到另一個境地，永遠和自己隔離了，永遠地……

「噹！」佛鐘又響了，少林早課開始，高戰見霧已漸融，天氣清朗，空氣清新，他長吸了幾口冷冷的空氣，胸中覺得無比受用，腦子也非常清晰，他一步步下山，暗忖：「晨鐘暮鼓，的確發人深思。我這些時候，一直混混沌沌爲情所擾，直到現在才能平心靜氣的想一想。」

他轉念又忖道：「我姓高的代代都是武將，爲國抗敵，我何不也去投軍到關外去，好生爲國奮戰，也勝似終日顛三倒四，一事無成。」

他這一決定，精神不由一振，不禁伸手取下短戟，反刃撫摸，只覺那戟頂血光隱約，祖宗的靈魂都在從戟口出來，異口同聲鼓勵他似的。

他心中本來漫漫無依，至今才算有了依托，但感豪氣百倍，踏著大步便向北方走去。他走了幾天，已經走出河南，此時秋意已深，林木蕭然，高戰自忖連番得到蓋世高手傳授，武功定得大進。如果假以時日，像天煞星君那些人，自己已不畏懼。

論他此時功力，已足夠擠身武林高手之列，只是他一直與高手盤桓，是以覺得自身甚是渺小，近來連得奇學，胸中自然豪壯不少，心情一變，已隱然有一派小宗主的氣度。

這天正當望日，高戰靠在樹上，把這幾個月所學的武功又反覆整理一遍，潛心推究，發覺其中甚多可通之處，只喜得他手舞足蹈，一會兒施出天池狂飆拳，一會兒又舞動長戟，招式愈來愈是凌厲，天竺杖法，大衍十式都從他長戟中施出，簡直令人眼花撩亂。

他從傍晚一直練到天明，胸中如滔滔大河，奇招層出不窮，生平所學武功都一招招從胸中流過，又一招招從戟上施出，最後眼前一黑，昏倒地下。

他這一醒，已是第三日清晨，高戰翻身起來，瞧著身旁長戟，略一回想運神，昔日武學上的種種疑難都不覺豁然而通，大喜之下，收起兵器，緩步離去。

廿三　玉女逢噩

且說姬蕾眼見高戰絕望而去，心中忽又大起憐憫之意，她長嘆一聲，心知自己終究不能忘懷這個負心人，餵了受傷兩人各一粒蘭九仙果，低頭壓熄柴火，就靠在洞旁休息。

次日她又餵了那怪劍客和終南一鶴魯道生一次藥，蘭九果秉天地之靈氣孕育而成，效力自是非凡，到了中午，怪劍客和終南一鶴相繼轉醒。

姬蕾見二人好轉，稍稍放心了一些，終南一鶴內功高超，強自坐起調息運氣，連吐三口大血，顫然站起。

「秦嶺魯大快，你好些嗎？」

魯道生吃力道：「在下全身八脈皆傷，本來就是保得性命也難恢復功力，姑娘……姑娘……姑娘真……真個神通……神通廣大，以我現下傷勢看來一定是……一定是姑娘給我服下蓋世靈藥，否則再怎樣……再怎樣也不會好得這樣快。」

姬蕾微微一笑道：「是一個……一個朋友送來靈藥。」

魯道生忙道：「請問姑娘是何方英雄仗義相助？這靈藥非同小可，我……我姓魯的這條命算是這位朋友所賜……」

姬蕾心中好生煩惱，搖手阻止他道：「魯大俠，施恩的人都不望報的，再說你我素不相識，而你竟拚命爲我卻敵，這恩惠又該怎樣說？」

魯道生天性直爽，訥於言詞，怎及得姬蕾這張利口，當下想想也對，便住口不說，姬蕾轉身向怪劍客道：「小余，你流血太多，把剩下這枚救命果子再吃了吧。」

她伸手遞給怪劍客一枚蘭九果，怪劍客搖頭道：「這等仙果怎能隨意浪費，姑娘好好留下吧！」

姬蕾嗔道：「怎麼又不聽話了？」

怪劍客道：「這果兒又香又甜，妳……妳一天一夜沒吃過東西了，妳自己吃啦！」

姬蕾見那果子生得又紅又鮮，不由食慾大起，她點點頭正要放在嘴邊，突然想起一事，暗道：「這果兒一定是小妖女送給他的，我就是餓得要死了，也絕不能吃小妖女的東西。」

她把蘭九果又放回口袋中，怪劍客對她心事半點也不瞭解，見她神氣有異，也不敢開口發問。

忽然蹄聲大起，三人不由緊張起來，姬蕾拔出峨眉刺奔到洞口暗處，只見三馬在洞前嘎然而止，一老二少往洞中便衝。

姬蕾不知來人是敵是友，跳出洞口道：「什麼人？」

那老者打量了姬蕾一眼，正想向姬蕾詢問，洞中魯道生歡聲道：「李老哥你來了，咱們……咱們真是兩世相見了。」

姬蕾心中一鬆，暗忖這三人原是魯大俠的朋友，她讓開了路，回頭只見怪劍客仗劍而立，不知他在什麼時候，已悄悄挪到姬蕾身後保護著她。

姬蕾甚是感激，向他笑了笑，這時另外二馬上一對少年男女也進了洞，那少年見姬蕾生得好看，不禁多看了幾眼，他身旁少女卻不高興了，嘟著嘴道：「君哥，這女子是誰，怎麼會和魯叔叔在一起？」

這老少三人正是金刀李、鄭君谷和方穎穎，三人自高戰處得到消息，這便趕過來，這山洞極是隱密，高戰雖已指點路徑，可是也尋了大半天才找到。

方穎穎說得雖輕，姬蕾卻聽見了，她瞧瞧方穎穎高大的身型，和稚氣滿佈的臉完全不相對稱，心中暗暗笑道：「妳這小妮子真是多心，瞧妳孩子氣的什麼也不懂，倒懂得吃醋了。」

其實姬蕾也才十九歲，可是她卻自命成熟，對於方穎穎行動覺得幼稚可笑，事實上她自己也孩子氣得緊哩！

方穎穎見她師兄不答她問的話，立刻沉臉嗔道：「你怎麼哪？我說的話你沒聽見麼？」

她師兄鄭君谷道：「聽到了，聽到了，妳說的話我怎會不牢記心中。」

方穎穎道：「說得倒好聽，只怕看到什麼漂亮女孩，便連自己名字都忘了。」

鄭君谷連聲分辯，方穎穎見他一臉又誠懇害怕又聽話的模樣，不覺甚感得意，笑上雙靨。

他們輕輕的笑語著，姬蕾就坐在洞邊，他倆人就如未見一般，姬蕾心中氣惱，正待發作，忽然想起自身煩惱，暗忖：「那人如果對我有這少年十分之一真情實意，我就是死了也甘願。」

她眼見別人親熱，心中愈感淒涼，回過頭來只見魯道生盤膝坐地，那老者右手按在他背後大脈，運功助他調息。

姬蕾對身旁怪劍客道：「你身上的傷再過一兩天就好了，我……我也要回去了，現在既然有這三位守護，我想那青龍會也討不了好。」

怪劍客急道：「妳回哪去啊，妳……妳不是沒有家麼？」

姬蕾想到隻身孤苦，遇著高戰又薄倖無良，一時之間幾乎熱淚湧出，但她性子堅強，揮揮手道：「我有很多要去的地方。」

她口中雖然如此說，心中卻反覆盤算，只覺天地雖大，竟然真的無投奔之處，最後她想到平凡上人，心想去陪陪他老人家倒也不錯。

怪劍客道：「妳……姑娘嫌我麼？我……我什麼也不要，只要每天能瞧著妳，就是……就是當妳奴僕也是好的。」

姬蕾上次和高戰分手，一個人甚是寂寞，碰巧遇著怪劍客，兩人結伴而行，她見怪劍客生性孤獨寡歡，是以對他很是同情，心中並無愛慕，昨晚也是氣高戰不過，才故作親熱之意，此時聽他情深若斯，她是少女心性，不禁暈生雙頰，又是茫然又是懊惱。

姬蕾狠心道：「我要去辦件很重要的事，你以後有空就到大戢島找我去。」

怪劍客驚道：「大戢島，是不是平凡上人住在那兒？」

姬蕾得意道：「是啊？平凡上人是我好朋友，我要替他種果樹去。」

怪劍客嘆口氣道：「原來妳是這位老神仙的朋友，那我……好，再見吧，姑娘妳多保重！」

姬蕾聽他聲音發抖，知他心內難受至極，可是自己對他並無情意，如果一再糾纏，這人做什麼事都是那麼認真，倒不如及時分手，當下柔聲道：「小余，我永遠記得你。」

她說完，看見怪劍客小余轉過身子，心知他一定在流淚，姬蕾心中也很難過，也不驚動眾人，用峨眉刺挑起小衣包，慢慢地走出了洞口。

方穎穎看了她一眼，她也看了方穎穎一眼，兩人漠然點了點頭，姬蕾踏著陽光，走出了林子。

這天太陽已然西墜，姬蕾走近一個小村落，揀了一棵大槐樹坐下休息，樹上秋蟬不停的鳴著，姬蕾心中默默想道：「知了，知了，你成天這樣叫著，其實你知道了些什麼？人間的愁苦麼？傷心的往事麼？」

她無聊地取出千里鏡來，望著那前面的小村，田間農夫一個個都荷鋤走著田埂，踏上同一歸途，姬蕾心想：「日出而作，日沒而息，農夫們真是快樂。」

天邊飛來一雙大雁，咕咕的鳴著，在姬蕾上空盤旋一陣，又雙雙比翼南飛，漸漸地消失在雲端。姬蕾收起了千里鏡，看著樹前的小溪，溪水緩緩向東流著，游魚閒散地載浮載沉，姬蕾暗道：「真是一幅美麗的圖畫，可惜我沒心情來欣賞。」

她站起身沿著小溪前進，前面就是小村，這是炊煙四起，暮色蒼蒼，茅屋小灶，真是說不出優美情調，姬蕾想找村人要求投宿，在這窮鄉僻壤，那見過像姬蕾這等美人兒，那些村童先嚷了起來道：「快來看美人兒啊，比戲上公主還漂亮啦。」

姬蕾被眾人瞧得不好意思，其中有一個小童看了姬蕾幾眼，然後堅決地道：「這位姐姐比後山上仙女還好看些。」

村童們七嘴八舌的應著，姬蕾聽他們說得天真，便道：「後山仙女你見著麼？」

那孩子見姬蕾問他，心中有說不出得意，他正色侃侃道：「仙女們凡人怎會看的到？看到了命都沒有了。」

姬蕾聽他口齒伶俐，生得很是清秀，不覺頗為喜愛。摸摸他頭道：「這麼厲害麼？」

那孩子道：「村裡的人都說如果見著仙女，便會呆呆站在那裡不想回來，只想再看一眼，就是下雨也不移動半步，姐姐妳想想這厲害不厲害。」

姬蕾道：「我今晚宿在你家可好？」

那些孩子都擁上來，有的拖著姬蕾的衣袖，有的拉著姬蕾的手，愛美惡醜乃人之天性，人人爭著要姬蕾住在自己家中。

這時村中大人也出來了，一個中年農夫道：「小雄，什麼事？」

那長得清秀的孩子道：「爹爹，這位姐姐要住在我們家。」

中年農夫道：「小雄不要亂叫。」他向姬蕾欠身道：「姑娘可是要投宿麼？」

他一口北方口聲，姬蕾聽來甚是親切，點點頭道：「正是，正是。」

那中年農夫道：「如果姑娘不嫌寒舍污穢，就請屈居一宿如何？」

姬蕾聽他文質彬彬，心想這人定是讀書耕田，清高世家，不由起了幾分敬意。

群童見姬蕾跟著農夫而去，知道無望，便紛紛對那喚做小雄的道：「小雄，咱們晚上去你家找你玩。」

小雄道：「歡迎歡迎，還有這位姐姐也一定會陪我們玩，姐姐妳說是麼？」

姬蕾笑道：「你真好客。」

小雄得意道：「妳多住幾天，我大姐會陪妳，嘿，她煮菜才叫煮得好哩，就是一碗白菜，也比別人大魚大肉煮得好吃。」

那中年農夫道：「雄兒，別頑皮，這位姑娘請啦。」

雄兒吐吐舌頭，向姬蕾作了個鬼臉，三人走到一處竹籬，那農夫推開竹門，現出一舍茅屋來。

園子及那茅屋清潔得很，那農夫引了小雄的母親及小雄的姐姐，姬蕾見那女孩生得整潔健康，甚是惹人憐愛。

小雄的媽立刻下廚殺雞洗菜忙碌非常，小雄的姐姐也去幫忙，姬蕾見鄉下人待客熱誠，頗感過意不去，小雄拖著姬蕾問東問西。

晚飯後，姬蕾和小雄在家中園內乘涼，夜風吹來，處處飄香，姬蕾舉目看去，原來園子中都種著桂花。

正在談天，忽然門外有人擊掌，小雄的姐姐立刻趁大家不注意，偷偷溜出門外，那農夫早已注意，輕輕嘆了口氣。

小雄道：「一定是大平哥哥來了。」

那農夫點點頭，滿面憂色，姬蕾不便相問，這時那群小孩都跑了過來，姬蕾講了幾個故事，孩子們都聽得津津有味。

忽然村前人聲喧雜，火光通明，小雄的父親臉色大變，跑到廚房取出一把大劈刀，小雄也滿臉義憤去取出一把火鉗。

那農夫道：「姑娘快請入內，莫要被這些壞人瞧著了，可是禍事。」

小雄也道：「姐姐別怕，我不離開妳就是。」

姬蕾心內好笑，這孩子不過才十二三歲，可是天生俠義，瞧來這家中很是正派，如果受人欺侮，自己倒要伸手管管。

那農夫推開門叫道：「芸兒，大平，快躲到後山去。」

外面一個少年應聲道：「姜伯伯，我跟他們拚了。」

農夫道：「現在不是逞勇之時，快走，快走。」

小雄的姐姐道：「爹爹你們呢？大平我們別走，要死大家死在一起。」

農夫怒道：「我還沒有死，妳便不聽話麼？」

小雄道：「如果他們找妳不著，也不敢怎樣的。」

兩人無奈只得離去，這時人聲漸近，那農夫不斷催促小雄的媽帶姬蕾進去，姬蕾笑嘻嘻道：「瞧瞧打什麼緊？」

正在這時，砰然一聲大門被打了開，四五個身著公差的壯漢紛紛進入園中，那農夫立在屋角，一個公差頭子道：「姓姜的，縣太爺問你婚事準備怎樣了？」

農夫道：「聘禮全在這兒，相煩頭兒取回，寒門不敢高攀縣太爺。」

那公差頭子道：「敬酒不吃，好不識抬舉的東西！弟兄們把那姐兒捉起來。」

農夫怒道：「你們竟敢如此無法無天，難道目無王法？」

那頭兒冷笑一聲，拔出朴刀往內便衝，那農夫舉斧相攔，頭兒藉機冷笑道：「大膽狂徒，竟敢抗官拒捕。」

他一揮朴刀擊向農夫斧頭，那農夫也頗具蠻力，只見刀斧相交，冒起一片金星，那頭兒大怒，一刀直削臂膀，小雄見父親無法抵擋，揮起火鉗不顧性命刺向那頭兒小腹。

姬蕾見情形已迫，她原站在暗處，是以眾人都沒看見，她走上前幾步高聲道：「且慢！」

那群公差見暗地突然冒出一個秀美絕倫的少女，愣了愣，姬蕾嫣然笑道：「別吵別吵，你們縣老爺是我朋友，我去見他。」

公差們見姬蕾穿戴非常，倒是不敢怠慢，姬蕾揮揮手道：「一齊去，你們替我領路。」

她自小指使已慣，自然有一種氣度，那些公差見她長得貌美，心想就是假冒，捉給縣太爺那也是一件大功，便對農夫道：「算你運氣，好好準備，過幾天咱們老爺便要來迎親。」

那農夫見姬蕾挺身而出，當下錯愕莫名，待到姬蕾走了，這才想起這般嬌怯怯一個女孩，竟然往火窟裡送，如果縣官兒不認識她，豈不是自己作孽？

他世代耕讀自守，只因女兒被縣官看上，這才引起一場禍事，他跌足而嘆，心想現在趕去也來不及，只盼那女孩真的認識縣官才好。

他想叫小雄去打聽一下，可是遍尋不著，原來早已跟去。

且說姬蕾跟在眾公差身後，走了半天只見地勢荒涼，心想正好在這下手，她笑哈哈地道：「我看大家都走辛苦了，就在這裡歇歇可好？」

那頭兒見她體態單弱，只當是真的走累了，便道：「姑娘只管休息就是，再走十里就是城裡了。」

姬蕾一抬手整理著頭上散髮，口中卻漫聲道：「是麼，還有十里？」

她話未說完，手指已點向那頭兒眉心大穴，一點之下，再厲害的硬功也破，而且終身練不回來，姬蕾手腳不停，那五個人還沒有想通原因，便被一個個弄倒，姬蕾拔出懷中峨眉刺把五個人挑在一起，每人賞了兩腳，輕笑一聲，胸中舒暢無比，這半年所受之氣，總算發洩了些。

她原路回去，心想：「我武功低得很，可是對付這五個蠢豬綽綽有餘，以高……以他的武功，對付五個像我這樣的人，又豈會不應付裕如呢？」

忽然她想到那該死的縣官如果不解決了，等於反而害了那農夫一家，她略一沉吟，反轉方向，施展輕功前跑。

她武功不高，可是輕功倒不錯，她衣裙飄飄，頭髮不住拂過臉頰，癢癢的很舒服，她正跑得興起，突然背後一個冷冷的聲音道：「這種輕功也沒有什麼了不起！」

那聲音雖則冷冷，可是仍然掩不住嬌嫩嗓子，姬蕾停身回轉，只見月光下站著一個女子，身形容貌看不清楚。

那女子道：「妳自以爲輕功好是不是，我不以爲是這樣的。」

姬蕾怒道：「關妳什麼事？」

那女子老氣橫秋地道：「像妳這般驕傲的姑娘，別人不會喜歡的，尤其是男孩子們。」

她雖是罵人，可是倒像是背書而且聲音幼稚無比，甚是好聽，姬蕾聽得哭笑不得，便回口道：「哼，妳怎麼知道？妳認識不少男孩子嗎？」

那女子一怔，立刻理直氣壯的道：「是我師父告訴我的，不可以麼？」

姬蕾幾乎放聲而笑，心想這女娃不知是何路數，天真得可愛，便道：「妳不要惹我，我也沒有空和妳胡扯，我還有要事啦。」

她火氣一消，語氣溫和不少，那女子冷笑道：「妳是要去殺那縣官吧，我老早把他殺了。」

姬蕾大驚，暗忖剛才自己行爲一切都落在那人眼中，自己竟然絲毫不覺，如果她對自己有甚惡意，真是不堪設想了。

那女子道：「妳回去好好睡吧！我也要到師父那去。」

姬蕾道：「這樣大人了，還像一個孩子似的，整天纏著師父也不羞。」

那女子怒道：「妳自己才是孩子呀！成天又哭又笑的。」

姬蕾沉聲道：「妳是誰，怎麼老跟著我走？」

原來姬蕾一路上每當一個人行到山中，想到孤苦無依，常常會一個人痛哭一場，哭完了又走，只要看到有趣的事兒，才會暫時把心中悲苦放開。

那女子道：「連我都不認識，好，咱們也別談了。」

她一說完飛身便走，姬蕾呆在地上，猜不透這人倒底是何用意。

姬蕾一賭氣便回去了，她這一耽擱，夜已深沉，便輕步走到那農夫人家中，想要飛越過籬，忽然大門一開，那農人全家都迎了出來，姬蕾揮手道：「一切都解決了，我累得很。」她不願和眾人囉嗦，直入屋內睡下，次晨一早她便向農人道謝告辭，那農人見她滿臉得色，只道縣官真的聽了她話。他可萬萬想不到一個如花似玉的小姑娘，竟然在舉手投足之間打倒五個壯漢。

姬蕾見小雄不斷和她使眼色，她暗想這孩子又不知又有什麼花樣，便向村前小林指了指，小雄甚是聰敏，先奔到小林中等候，等到姬蕾尋來，小雄道：「姐姐，妳真是仙女嗎？我是不信有神仙的。」

姬蕾莫名其妙，小雄道：「妳昨晚一指，那些人就倒下了，這是什麼法術，妳教我可好，免得爹爹姐姐再受人欺侮。」

姬蕾笑道：「昨晚的事你都看到了，你倒乖，沒讓我發覺。」

小雄道：「我等妳和另外一個女人鬥嘴時，便悄悄溜了回來，姐姐妳本事真大，比我姐姐的朋友大平神氣多了。」

姬蕾道：「受了你幾聲姐姐，不能沒有見面禮，好吧！我教你一套拳法。」

小雄臉色通紅，他一向口訥沉默，很少去喊別人，可是好像和姬蕾特別投緣，竟然一口一個「姐姐」喊得口甜。

姬蕾隨手便教了小雄一手小擒拿法，小雄天生練武的胚子，一學便會，不到半個時辰便能完全記住，姬蕾道：「好好練練，像昨天那幾個草包再來欺侮，便用不著怕了。」

小雄點頭道：「我還要學會姐姐的功夫，將來好去看妳。」

姬蕾又傳了輕功步法，小雄這才依依不捨，讓姬蕾離去。

姬蕾無意中管了這件事，心中很是自得，走了半天，來到一個山坡跟前，忽然「呼」的一聲，山坡後躍出一個女孩。

姬蕾定眼一看，叫道：「小妖女，原來昨夜就是妳。」

那從坡後跳出的正是白婆婆之徒兒金英，姬蕾驀然想起她的口音，心中暗忖：「我怎麼會這般糊塗，昨晚連這小妖女聲音都聽不出，不然可要好好教訓她一頓。」

金英笑道：「我以為高大哥會陪著妳哩！這才想跑來和他見見，如果知道只有妳一個人，我早就走開啦！」

她言出無心，卻字字如利刃刺入姬蕾心房，姬蕾氣得眼前一黑，幾乎栽倒。

姬蕾定定神道：「小妖女，妳真不要臉，高大哥是妳喊得的麼？」

金英道：「當然喊得，高大哥和我最好。咱們在天竺玩得好痛快喲！」

姬蕾沉住氣，冷冷道：「妳講完了沒有？」

金英今年盈盈十五，全是個孩子心性，她見姬蕾氣得臉上發青，覺得很是有趣，她聳聳肩道：「高大哥說天竺很好玩，他有空還要去的。」

姬蕾一言不發，推開金英便走，金英忽然問道：「喂，小氣姑娘，高大哥在哪裡呀？」

姬蕾道：「小妖女，妳別想我告訴妳。」

金英是小老爺的脾氣，別人對她硬，她從不賣帳，當下氣道：「我偏偏要妳講。」

姬蕾道：「那麼劃下道兒來。」

金英冷笑道：「我難道還怕妳不成？我現在有事，晚上在前面林子等妳。」

姬蕾道：「好得很，不要到時候又逃走不敢來了。」

金英道：「妳才不敢來。」

她說完就走，姬蕾漫步走向林中，她見金英身形來去如風，實在沒有半點取勝把握，忽然腳下一軟，連忙用一隻腳運勁前躍，低頭一看，原來是個捕獸陷阱，適才一不注意，幾乎掉下去。

姬蕾一看那陷阱，四周密密長滿了小樹小草，根本就看不出，她靈機一動，只喜得心花怒放，坐在地下定排巧計。

她先摘下幾條柳枝燒成木炭，然後走出林外，每隔十步使用峨眉刺割去樹皮，寫了幾個大字，她安排了妙計，吃了些乾糧，便躲身陷阱旁大樹，靜待魚兒上釣。

過了半晌天色已黑，金英果然如約而來，姬蕾喜心翻騰，暗忖：「等會她掉下去，我可要好好羞侮她一番，這陷阱總有五、六丈高，以她輕功是躍不出來的。」

金英走進林中，只見樹上駭然幾個大字：「如無膽量，就請倒回。」

金英冷笑一聲繼續前進，時時注意四周謹防暗算，又走了十幾步，一棵大樹上寫著：「有本事再往前走。」樹上還畫了個箭頭指引，金英明知這是敵人搗鬼，可是她天性最是受不得激，一激的話就是師父她也不賣帳，當下依著箭頭前進，一步步十分小心的走進。

忽然腳下一沉，金英是白婆婆唯一高徒，功夫自然高超，她一運勁反躍，頭頂上一股勁風擊下，她一偏頭，身形再也維持不住，直線向下墜去。

姬蕾見她落到井底，跳了好幾次都沒跳出，當下喜滋滋的諷刺道：「小妖女，妳有本事就跳上來。」

金英罵道：「這等卑鄙手段也虧妳施得出。」

姬蕾笑道：「這是捕獸的陷阱，妳這小妖女不知廉恥，就和禽獸也差不多，掉到這裡真是老天有眼，再恰當也沒有的了。」

金英氣苦，她一生如何受過別人這般欺辱，眼淚都快流出，姬蕾自言自語道：「我這就一走了之，讓她餓死吧！餓死的滋味我可知道不好受。」

金英聽她冷言冷語的譏笑著。心想如果跳不上去，只怕真的會活活餓死，搜搜身上，短笛也忘帶來，否則吹起來金鳥一定會趕到，師父也會聞聲來救。

姬蕾伸了個懶腰，輕輕嘆道：「我先睡個覺，累死了，這地洞又黑又髒，只怕還有野獸屍體也不一定。」

她低頭對金英道：「小妖女，安靜點，姑娘可要睡覺了。」

金英叫道：「喂，用這種手段暗算人，算得什麼好漢？」

姬蕾笑道：「我又沒說我是好漢？」

金英叫道：「妳如果拉我上來，我只要一隻手便可對付妳。」

她冰雪天真，只道別人也如她一般受激。姬蕾哼了一聲道：「有那樣容易？」

她剛說完，忽然背後有人接口道：「就有那麼容易，我徒兒想怎樣便怎樣，小丫頭快去結繩子去。」

姬蕾轉個身，但見一個白髮蒼蒼的老太婆站在那裡，月光之下也看不清她到底有多老，姬蕾正待反唇相譏，金英在井底叫道：「師父，就是這個丫頭害我的，妳得把她捉住，讓英兒出氣。」

金英見援從天降，一腔怒火都發洩出來，說到最後竟然有點哭聲，那老太婆面寒如水，指著姬蕾道：「原來是妳這鬼丫頭弄的鬼，我只道是我徒兒不小心跌下去哩！丫頭，快滾去結繩，慢一點瞧我打不打斷妳的雙手。」

姬蕾雖然想反罵，可是被她目光懾住，竟然開不得口，那老婆婆見她並不動手，大怒罵道：「妳真要我動手不成？」

姬蕾見她咄咄逼人，心一橫拚著性命不要亢聲道：「我偏不結又怎麼樣。」

那老婆婆冷冷一笑，一長身「啪！啪！」打了姬蕾兩個耳光，姬蕾只覺掌影飄忽，東閃西閃也躲不過，正想逃走，臉上已著兩記。

老婆婆道：「結是不結？」

姬蕾哭罵道：「不結不結，以大欺小算什麼前輩。」

那老婆婆是金英師父白婆婆，她聞知南荒三奇脫圍，便帶著徒兒金英下了雪山，想要見見昔日的師兄們，後來金英和高戰到天竺尋樂，她在中原也尋著南荒三奇，就回天竺，恰巧碰到平凡上人偷了她一罐用雪山之巔春雪釀的美酒，她一路趕去，又被高戰騙了一下到小戢島去，此時小戢島主已離島他去，她尋不著平凡上人，憤憤回到中原，剛好又碰上了徒兒金英。金英便和白婆婆往南行回家，金英發現姬蕾一個人行走，她對姬蕾本無惡意，只是覺得她傲氣凌人，大為高大哥抱屈，是以幾番現身相戲，想不到反著了姬蕾道兒，幸虧白婆婆及時趕到。

白婆婆正想再上前打姬蕾，金英忽然驚叫道：「師父！師父！有……有活的……的東西。」

白婆婆急道：「英兒，是蛇麼？好！我就下來。」

金英叫道：「啊！原來是小松鼠，師父您別下來，這洞四周沒有絲毫著力之處，下來只怕很難再上去。」

白婆婆見無法壓迫姬蕾編繩，她這個徒兒可就是她唯一命根兒，當下只想快快救她出來，冷哼一聲，點了姬蕾穴道，將姬蕾丟在一邊，便伸手用小刀割下大把樹皮，一端繫在樹上，她自己拿另一端，一股股的編著。

白婆婆道：「英兒，下面空氣夠麼？」

金英道：「我悶得很，這丫頭害得我好慘。」

白婆婆道：「師父一定替你出氣，英兒妳再忍耐一下。」

她柔聲說著，好像年老的祖母寵愛她可愛的小孫女一樣，過了很久，白婆婆估量所結之繩長度已差不多，她便在一端捆了個死結，將繩子用手拉了幾次，這才放心放下洞中。

她等金英握好，一抖手就將金英拉到半腰，再慢慢一點點收繩，金英一跳出陷阱，便向地下姬蕾怒目而視。

她手中還抱著一隻小松鼠，不住掙扎逃生，金英氣道：「你這小東西真不知好歹，如果不是我救你，你只有餓死了。走吧！走吧！誰又稀罕你了？」

金英把小松鼠放在地下，便對師父說：「我要好好打這壞丫頭一頓。」

白婆婆道：「她爲什麼要害妳啊？」

金英想想本是自己惹事，這才引起她設計相害，可是開口卻道：「師父你別管啦，總之英兒受盡她的欺侮。」

白婆婆怒道：「英兒，宰了她可好？」

她身出南荒異門，年輕時本就脾氣嬌縱殘忍，和她那三個寶貝師兄也差不了多少，經過七八十年左右的參悟，凶氣化解不少，可是如今見有人敢害她至愛之人，不由激發本性，想殺姬蕾出氣。

金英想了想道：「殺她倒是不必，不過我要打她幾個耳括子。」

姬蕾被點中啞穴，全身不能動彈，話也不能講，她心中暗想：「今日必受這小妖女之辱，只要留得一口氣在，必然不會罷休。」

金英上前扶起姬蕾道：「妳要餓死我是吧！看看我來整妳。」

她伸手正想往姬蕾臉上打去，忽然想到：「我這樣打她，高大哥一定不高興的，爲了打這女子，引得高大哥不快，這倒是不划算的事。」

她想到此，伸出的手不覺收了回來，以她的脾氣，就是十個耳光也打出了，可是礙於高戰情面，竟是不能出手。

白婆婆奇道：「怎麼不打了？」

金英道：「師父算了，我累得不想打人啦！」

白婆婆道：「我替妳打。」

金英阻止道：「師父妳解開她的穴道，咱們走吧！」

白婆婆大奇，可是她一向對金英百依百順，依言去解姬蕾穴道，但她想起姬蕾無禮，暗運真力往姬蕾泥丸大穴拍去。

這一指若下，姬蕾將全身功力盡失，金英沒有注意，姬蕾閉目而待，突然「呼」的一聲，一節枯枝直擊白婆婆手腕。

白婆婆手一收喝道：「哪裡來的野種？膽敢破壞白婆婆的事。」

她邊罵邊追，身子似箭竄出，金英也跟著竄起，白婆婆只見前面人影一閃，她足下運勁，直撲過去，那人好快身形，早已失去蹤跡。

姬蕾見白婆婆和金英離去，苦於穴道未解，動彈不得，她四面張望，忽見一個光光大頭從樹後伸了進來，姬蕾大喜之下，眼淚泉湧，痛哭失聲。

原來來人正是平凡上人，他揮手拍開姬蕾穴道，搖頭道：「別哭別哭，一哭就膿包了。」

姬蕾哽咽道：「上人我要跟你學本事，把那鬼婆婆殺掉。」

平凡上人道：「快走，快走，那妖姑娘就要回來了。」

姬蕾見平凡上人在此，不由膽氣大壯，她心念一動，有意挑撥平凡上人與白婆婆打一架，好讓白婆婆吃虧，當下裝得無力，不肯站起身來。

平凡上人急道：「妳再不走，那妖姑娘回來就走不了啦！」

姬蕾裝作正色道：「上人您怕打不過她？」

平凡上人怒道：「怎麼打不過，我老人家已練成金剛不壞之體，這妖姑娘還在牙牙學語哩！」

林外白婆婆接口道：「老鬼，又是你，今天管教你還個公道。」

白婆婆一說完，雙掌硬向平凡上人胸前擊去，平凡上人不敢怠慢，右手平推一拳出去，左手卻拉著姬蕾向後跑去。

白婆婆運勁全身功力，抵擋著平凡上人的拳風，使得身形不退，待平凡上人走遠了，她一鬆氣，身形不由前跌數步。

金英急道：「師父沒受傷吧！」

白婆婆長嘆一口氣道：「這老鬼，功力端的蓋世無雙，力道竟能持繼這麼久，我苦修這多年竟然還不足與他抗衡，唉，英兒，咱們走吧！」

廿四　情天折翼

遼河的水緩緩流著。

秋風，吹得高粱的長葉刷刷作響，此起彼伏，青蔥蔥的一片，從原野的這邊望去，除了雲天，就是漫漫的青紗帳，關外的景色是豪邁的，海闊天空。

遠遠的有幾隻野犬吠著，金黃色的高粱米已成熟往下垂，該是收穫的時候了，可是田間沒有一個人，高粱東倒西歪，似乎被千軍萬馬踏過一般。

殘陽照在崎嶇的古道上，鮮紅的，喲，那不是陽光，是一灘灘凝固的血，一堆堆屍體橫躺著，在河邊，在路旁。

烏鴉在枯枝上呱呱叫了幾聲，牠貪婪的瞧著地下的屍體，忽然天空一陣拍翼之聲，那烏鴉嚇得沒命的飛去，原來空中不知什麼時候來了一大群遼東最有名的凶殘禽鳥——海東青。

「海東青」專吃小獸及人屍，牠飛行極速，一抓之力端的可使動物開膛破腹，而且性又合群，關外人一談起海東青，就和塞北沙漠的人談起那成千成萬的野狼群一樣，的確令人色變。

這是一幅古戰場景色，在一場劇烈的搏鬥後，大地顯得那麼寧靜，靜得簡直沒有一點兒生息，只有流水潺潺，葉葉沙沙。

車轔轔！

從遠處揚起了一大片灰塵，騎士們的叱喝聲近了，原來是一大隊披冑擁甲的武士，中間擁著一個面貌清逸的中年，唇邊留著三支細鬚，在風中飄著。

他挺立在馬上，外面披著一件布袍，腰間插著一支長劍，神威凜凜，他一揮手止住眾人前進，單騎跑到河邊，看看地上情勢，然後對身旁一個武將道：「祖將軍，敵人這次慘敗，三月之內不會有力量再犯了。」

那武將長得猛勇過人，聞言忙道：「大帥神機妙算，清兵怎能識破。」

那被稱爲「大帥」的道：「羅參將他們呢？」

那武將道：「羅參將率隊乘勝渡河追擊。把清兵趕到老巢去。」

那大帥道：「去了多久了。」

姓祖的將軍道：「昨天羅參將趁大帥親發紅衣大炮襲擊清營時，從側邊引軍直追，想來今晚也該回來了。」

大帥手撫劍柄，望著原野半晌搖搖頭道：「大好河山，難怪清人垂涎已久，不知這外患要哪年才消弭得盡！」

姓祖的武將見大帥愀然不樂，他一向見大帥都氣壯山河，怎麼在大勝之後反而說出這等話來，他行伍出身，出生入死都跟著這大帥，當下亢聲道：「有大帥領導，不要一年功夫，咱們打到松花江去。」

那大帥哈哈大笑道：「大壽氣勢如虹，真勇將也。」

原來那大帥正是名震天下的遼東督師袁崇煥，經略遼東，幾年之間，清人不得越雷池半步，他身旁那武將是明末一大勇將，姓祖名大壽，遼東之戰，得力於他之功頗多。

就在三天前，袁崇煥堅守寧遠，清人由皇太子努爾哈赤猛攻，袁大帥親身燃發紅衣大炮，這大炮來自西洋，威猛無匹，只殺得清人屍塡遍野，血流成渠，大敗而遁，袁崇煥於大勝後，便和祖大壽來戰地視查。

這一仗是歷史上有名一役，叫做「寧遠第一次大捷」，清太子努爾哈赤全師俱沒，傷重而死，明末對抗外患年年失利，從未得此大勝。

袁崇煥忽然轉身問另一軍官道：「從上關運來的糧餉到了沒有？」

軍官道：「稟大帥，前夜已經克日運來。」

袁崇煥道：「護送的軍隊夠麼？」

那軍官道：「是大帥的親軍護送。」

袁崇煥道：「吳將軍，你趕快派李參將去，這批糧草重要非常，聽說道上很不寧靜，唉！

咱們在前方拚命，土匪在後方搗亂，國勢如此，夫復何言？」

那軍官領命飛馳而去，祖大壽道：「大帥，皮島毛文龍態度不明，上次大帥令他發兵助攻，這廝東拖西推。」

袁崇煥道：「大壽你多多注意監視，如果一旦有變，立刻報上。」

他說完抽出腰間長劍，用手輕彈了兩下，對祖大壽笑道：「毛文龍想把皮島變成化外之地，他不聽軍令，這寶劍就對付他。」

他這寶劍正是崇禎皇帝所賜「上方寶劍」，授袁崇煥以先斬後奏之權。祖大壽笑道：「大帥殺他如殺一豬狗耳！」

袁崇煥指著河山道：「他日如能渡過黑水白山，直搗女真，我輩也可休息了。」

祖大壽聽他言語消極，心中不明白他是什麼意思，其實袁崇煥在外爲國抗敵，正直英勇名聞全國，可是崇禎帝受群小包圍，對袁崇煥反而多方猜忌，袁崇煥大感掣肘之苦，瞻顧國家前程，能不浩然而嘆？

正在這時，前哨飛馬來報，有一大批人向大帥迫來，而且動手傷了哨兵，袁崇煥對祖大壽道：「你去看看！」

他剛說完，前面塵頭起處，高高矮矮來了十多個漢子，袁崇煥見他們江湖打扮，摸不清楚他們路數，祖大壽叫道：「各位朋友請了。不知何事見教。」

那些漢子也不答話，跳下馬來往官軍便打，這些人都是精於武功，袁崇煥一看不過來了十數名馬隊，眼看就要不敵。

祖大壽指揮後退，他平素訓練精嚴，令出如山，那些官軍一部份拚命抵敵，一部份在前開道，保護大帥後退。

這些馬隊確是千選百挑的，對於衝鋒陷陣都是猛士，可是對於技擊卻不高明，眼看一個個叫人奪去刀槍，打傷倒地，袁崇煥忽然勒馬叫道：「本帥遼東督師，快快住手。」

眾漢叫道：「捉拿袁崇煥！捉拿袁崇煥！」

祖大壽大怒，取下硬弓一笛射去，刷的一聲射中一名壯漢，袁崇煥見親兵死的死，傷的傷，只有幾個人猶自辛苦支持著，祖大壽揮刀力戰，全身浴血，保護大帥後退。

袁崇煥心知不敵，他不知來人究意是誰，為免再殺及手下，下令道：「向四周散開撤退。」

他說完先和祖大壽往青紗帳奔去，眾官軍見主將已退，紛道：「退入青紗帳中。」

眾漢子拚命追擊，這青紗帳連綿範圍極大，只要跑到裡面便不易找到，袁大帥和祖大壽奔跑了一陣，只聽見後面腳步急促，祖大壽拔刀對袁崇煥道：「大帥先走。」

袁崇煥道：「大壽，咱們在千軍萬馬中也不知廝殺過多少次，想不到今日會一齊死在這批江湖浪人之手，真是死不瞑目了。」

他這話雖然輕描淡寫，可是已然表明自己絕不逃走，祖大壽又是慚愧又是感激，垂淚道：「大帥千金之體，天之蒼生共賴，怎可以守此坐以待斃，我區區祖大壽算什麼，大帥，如果……如果……我祖大壽真是萬死莫辭。」

袁崇煥和聲道：「大壽，我平常教你什麼來著？」

祖大壽一凜，知道再勸無益，腳步愈來愈近，袁崇煥拔出上方寶劍準備拚死一戰，忽然高粱倒處出現幾個軍士，正是方才剩下之人。

祖大壽鬆了口氣，袁崇煥笑道：「大壽，你軍隊訓練得不錯，永遠不散的。」

那軍士見主將在此，不由勇氣大增，他們平常訓練有素，雖在危機一髮，猶能分開守著主將，這時那群江湖漢子也分四方迫近。

袁崇煥揮劍迎上前去，他久經行伍，劍擊甚是快疾，祖大壽率領四五個軍士圍著大帥，聯手抗敵。

那群漢子猛攻一陣，又殺死了三個軍士，見袁崇煥長劍被迫得施不開來，正喜得手之際，忽然一聲怒吼，聲如雷動，從斜地裡穿出一條大漢，長得黑沉沉一張臉，站在那裡，就如鐵塔一般，他雖長得粗魯，身上穿著倒是十分華麗。

他一出現，怒向眾漢吼道：「瞎了眼的王八羔子，連袁大帥都不認得了？你們是哪一個舵主手下？」

那群漢子中有人認得他，冷笑道：「黃鐵塔，現在關外可不是你們天池派的地盤了，你那老鬼師父都叫人宰了。」

那壯漢正是關外盟主風柏楊之首徒，只因他出師甚早，是以高戰沒有見過他面，他一向在關內關外做皮貨生意，是以認得袁大帥。

他一聽那人咒說師父死了，虎吼一聲，上前就是一拳，只打得那人翻天倒地，連哼都沒哼一聲便昏死過去。

他天賦異秉，雖則天資不高，可是力大無窮，那天池派看家本領狂飆拳被他施展起來，真如狂風大至，千軍突臨，端的霸道至極。

他出手攔在袁崇煥身前，不一刻便打倒了三個漢子，而且都是死多活少，待到怒氣發洩盡了，不覺十分後悔，他相貌兇惡，其實內心慈祥無比，祖大壽和軍士見天降猛將，不由精神百倍，纏戰起來。

雙方打得甚是猛烈，那黃鐵塔是他外號，他原名叫黃善，這時大現威風，打得敵人叫苦連天。

那些江湖漢子眼看到手大功被人破壞，真恨得牙癢癢的無可奈何，只有拚命苦戰，忽然冷笑一聲，三個少年踏葉而來。

黃善見到三人，不由大喜叫道：「長白三小，看老哥哥收拾這群狗賊。」

那三人冷笑連連，齊向黃善攻到，黃善連忙閃躲，身上幾乎著了一掌，口中大怒罵道：「臭小子，你瘋了嗎？你師父們呢？」

長白三小乃長白三熊的三個徒弟，當年風柏楊一劍伏三雄，在關外闖下盟主萬兒，從此三熊對風柏楊也甚恭敬，黃善不意他們反攻打自己，真是又氣又怒。

這三人功夫非同小可，黃善一個人應付大感吃力，他一邊罵一邊打，那邊群漢反守爲攻，又個個威風起來。

長白三小的老大道：「姓黃的，別打了，快滾去弔你師父的喪吧！」

黃善先前聽那人講師父已死，還道他詛咒，此時見長白三小又再講起，他師徒情重，不覺大是驚心，一失神衣服被穿了一劍。

正在這時，忽然遠遠蹄聲雷動，祖大壽取出一個竹哨，連吹三聲，袁崇煥喜容滿面，兩個軍士知道援軍已到，拚著最後一點力氣，保護著主將。

不一會蹄聲漸近，祖大壽高聲道：「是哪一位將軍？」

來人應道：「小將羅錦城，祖將軍，大帥在麼？」

祖大壽叫道：「羅參將快來，大帥被困在此。」

他這說話疏神，身上已連著幾刀，他一痛之下反而精神猛振，那羅參軍雖然就在不遠，可是高粱長得太密，他並看不見大帥，他知大帥危機，否則祖大壽也不會吹出這十萬火急之音，當下下令長刀手在前開道，自己親自率領輕騎前去。

他這一來，袁崇煥這邊聲威大振，敵人本事再高，也難擋得數千鐵甲精銳，長白三小呼嘯一聲，眾漢抱起受傷夥伴逃走。

黃善也不及向大帥告別，劈手搶了一個受傷的漢子，往河邊走，他把那漢子浸在水裡，待漢子悠悠醒來，他衝口問道：「風大俠死了的消息可是當真？」

那人方才醒來，一睜眼便見黑森森的大臉，只道已入陰間，會見閻王老爺，黃善見他不說，劈面就是一個耳光，這才將那人神智打清。

那人結結巴巴道：「風大俠是死了，就在寧遠城東那大宅子。」

黃善也來不及聽完，便往寧遠衝去，他腳不停步的趕著，整整跑了一個時辰才到城門，他常常來此做生意，而且又行俠仗義，是以守門的都認得他，他招呼都來不及打，便到城東去。

那城東大宅是長白三熊的產業，黃善很是熟悉，他跳牆而過，直奔大廳，到達廳前，兩個大漢前來攔阻，黃善手一推，大踏步走入。

那廳中坐著幾十個老少，黃善放目一瞧，不由大吃一驚，原來這些人都是關外鼎鼎有名之輩，像長白三熊，遼陽客，松江人屠等。

他這一撞入，長白三熊老大首先站起道：「黃賢侄，你來得正好。」

黃善雖然對長白三小不滿，可是對於前輩究竟不能太過無禮，立刻作了一揖道：「林前輩，我……我師父呢？」

長白三熊老大熊阮少達道：「黃賢侄，你瞧那桌上。」

黃善一看，那桌上放著一個檀木雕盒，裡面端端放著一顆人頭，那人頭髮蒼然，栩栩如生，正是自己每日所思念的師父慈容。

他大叫一聲，吐出一口鮮血，他一路趕來已然累極，再加上這麼一受刺激，立刻急痛攻心，但覺天旋地轉，他連忙伸手扶住柱子。

他眼睛像要冒出火一般，一個個看去，忽然他發覺牆角捆著幾個人，其中有一人是師父好友錦州大豪，他此時神智已昏，立刻直覺的認定殺害師父的是長白三熊，他大叫一聲，雙掌擊向長白三熊老大白山熊阮少達。

他如瘋狂了一般，纏住阮少達便打，阮少達見他雙目發赤，可是招式凌厲，招招勢大力沉，不禁連連後退。

黃善學藝二十餘年，對於本門功夫可說熟悉至極，他性子老實，做事最能專心，雖然天資不太聰明，可也把風柏楊功夫學到六七成，尤其是天池狂飆拳素重威猛，正適合他施展，阮少達一時被他迫得展不開手。

阮少達口中喊道：「黃賢侄且慢。」

黃善理也不理，那松江人屠起來想要制服黃善，黃善一掌震去，松江人屠坐倒在地下，老臉脹得通紅，那長白三熊老二白山劍阮巾達冷冷道：「大夥兒一齊收拾這小子，莫耽擱了大家要事。」

他說完向老三白山刀阮聞達示示眼色，那阮聞達飛刀是關外一絕，二十四刀連環出手，很少有人逃過。

這時白山熊阮少達已漸漸施展開來，他兄弟三人是同母所生，在關外威名僅次於風柏楊，自然有些真才實學，黃善已拚出性命只求傷敵，自己防守的招式完全不用，是以阮少達一時之間大感狼狽。

那白山刀冷笑，大喝道：「看刀！」右手連動，三把飛刀已分上中下擊向黃善，黃善側身閃過，一翻掌一招「雷動萬物」和阮少達雙掌一碰，兩人各退了一步。

黃善長身再上，林少達心中暗驚忖道：「這愣小子功力大進了。」

他不知黃善因得罪東海無極島主無恨生，引起師父和無恨生一場大戰，被風柏楊罰面壁三年，又傳了他不少武功。

白山刀左右手連連發刀，黃善閃刀還招，並不絲毫含糊，松江人屠惱羞成怒，一揚右手，放出他成名暗器五毒鋼針，黃善飛身閃避，一掌從空擊下，松江人屠奮力一擊，黃善身形一起又往下擊，松江人屠眼看雙手不保，忽然背後風聲大著，六把飛刀向他後腰襲到。

黃善扭動身形，只覺腰間一痛，真力大失，他連忙長吸一口真氣，吐聲推掌，咔嚓一聲，松江人屠雙手齊腕而折。

但他一落下，胸前卻被白山熊點了一記，真氣一散，倒在地下，白山熊冷笑道：「這小子倒是好漢。」

他命人將松江人屠抬到後室去治，然後清清嗓子道：「風老兒既然已死，咱們關外盟主一席應該有人來領導，再說現在是大亂時代，咱們學了一身本領，豈可白白糟蹋。」

四座眾人紛紛道：「是啊是啊！就由你阮老爺來領導不好嗎？」

阮少達待眾人寂靜後又道：「前不久清國九王爺差人和我傳消息，他說今後要大舉進攻，目下清軍軍容昂盛，各位是見著的了，九王爺說只要咱們關外武林響應，將來入關之後，關外之地就由咱們來分。」

眾人聽得血脈僨張。這些人都是居在清人勢力範圍，民族意識本就薄弱，聽得這消息，如何不高興萬分？黃善聽得氣炸了胸，只可惜不能動彈，只得破口大罵。

那阮少達又道：「這幾個廝鳥不知好歹，兄弟好心好意請他們來商量大事，這廝鳥反而大呼要去報密，所以兄弟先抓起來以免風聲洩露，壞了咱們大事。還有一個消息，適才兄弟得到消息，袁崇煥輕騎出城，兄弟已派人去捉了，如果能夠成功——哈哈！」

眾人紛紛讚他高明，他一指捆在地下幾個人，眾人七口八舌道：「錦州大豪，宰了宰了。」

阮少達獰笑道：「兄弟也是這個意思。」

他揮手指揮兩個壯漢把那幾人抬了過來，他冷冷道：「天堂有路不入，倒要入地獄，咱們殺了祭神，好佑我等成事。」

眾人大聲叫好，這錦州大豪平日和風柏楊交厚，風柏楊坐鎮關外幾十年，綠林中人對他早已恨之入骨，長白三熊內心也恨他之極，可是懾於風柏楊武功，是以一直不敢蠢動，因此對於錦州大豪也遷怒在內。

白山熊從壯漢手中取了一刀，試試刀刃，一刀便向錦州大豪砍去，黃善閉著眼不忍看，驀然——「噹！」的一聲，阮少達鋼刀墜地，從窗中跳出一個眉清目秀的少年。

黃善睜眼一看，阮少達手中鋼刀竟是被一個石子打飛，這個少年力道之絕，真是不可思議了。

那少年罵道：「好個不知恥的狗賊，今日叫在下撞著，倒要看看你們這般賣國媚賊的東西，有多大氣候？」

阮少達大吃一驚，暗忖這人竟能用一小石子擊飛自己掌中鋼刀，武功深不可測，他略一沉吟，仗著好手眾多，沉聲道：「少俠高姓大名？」他見少年武藝高強，心想定是名門之弟，是以不先得罪。

那少年冷冷道：「在下高戰。」

阮少達想了半天也想不起關外姓高的少年高手，當下再問道：「請教閣下師門。」

高戰不動聲色，轉身一掌拍出，只見一個中年漢子身子就如大鳥一般被打到空中，又輕輕四腳朝天落下，跌成一個大字，那漢子站起身來，發覺全身並未受傷，只驚得面無人色。

黃善心中一凜，隨即大悟，只喜得大聲叫道：「好一招雷動萬物，小師弟原來是你！」

高戰是碰巧經過此地，聽得阮少達等一番賣國求榮的言談，早已怒火塡膺，這一見他們竟要陷害忠良，當下立刻出手，沒料到居然碰到師兄，心中也是大喜，快活地叫道：「你是師兄？」說完又有些懷疑似的。

黃善見天外來了救星，何況又是自己嫡師弟，欣喜狂喊道：「我正是你大師兄黃善！」但突然他神色變得憂戚悲憤道：「這批賊子賣國媚敵，連師父也被他們害了，小師弟快將賊子們斃了，國仇師仇一併了結！」

高戰一聽師父被害，不啻晴天霹靂，怒目一掃，只見四周俱虎視眈眈，白山熊阮少達正猶豫不知要如何決定。立刻他看到桌上檀木雕盒中的人頭，鬢髮蒼然栩栩如生，正是養育自己多年，無限慈祥的恩師。

「啊！」高戰大叫一聲，頭腦一陣昏眩，立刻被更多的憤怒所激亂。

只見他雙目似噴出怒火，聲音顫著問道：「是哪位幹的事？有種的出來擔當？」

長白三熊在人群中儼然已成首領，老大阮少達對高戰方才露的一手有些震駭，勉強逼出笑容道：「閣下可是風大俠弟子，在下白山熊阮少達。令師被……天煞星君所害，我們正商議要如何替令師復仇呢！」

長白三熊的名號高戰在師父口中是聽過的，還未待他考慮此話是否真實，地上的錦州大豪已大叫道：「賢侄！別信他鬼話，令師是被長白三熊暗中下劇毒害死。這批賊子正商議要如何賣國——」

長白三熊老三白山刀阮聞達怒喝道：「有你說的！」只見白光一閃，亮晃晃的飛刀已電射至錦州大豪咽喉。

高戰大喝一聲，手中無物可救，只得右掌猛地發出劈空掌力，將那飛刀擊得一歪，抹著錦州大豪頸邊過去，左掌一翻往阮少達當胸拍去。

阮少達三兄弟往年在東北稱雄，武功也自不弱，心想這少年武功再強，內力也不會強到哪去，立刻也一掌硬迎上去，只聽大廳中一聲脆響，白山熊阮少達竟被擊退三步，幸喜高戰只打算救人，並未全力攻出。否則單此一掌，白山熊阮少達也非死即傷。

白山熊臉色變得一青，爲了搶回數十年前地位，他們才設計毒害風柏楊，誰知風柏楊竟有了這般功力的弟子，心中不免有些駭然。

高戰想著恩師被這般賊子害死，早已淚流滿頰，「嚓」地一聲拔出長戟，大罵道：「賣國賊子，償我恩師命來！」

說完一騰步跳至黃善身旁，一抬足將兩名看守大漢踢翻在地，立刻將黃善救了，喊道：

「師兄，你守住恩師靈骨，照護錦州大豪等，我與這批賊子拚了！」

場中人都已拔出兵刃，這大廳十分寬敞，但人太多也顯得有些擁擠，這一來可給高戰占了大便宜，只見他長戟連點，幾個躲閃不靈的已被他刺倒在地，立刻場中大亂，少數附合之眾已準備奪門而逃。

「媽的！哪來的野種！」

老三白山刀狠毒罵道，對老二白山劍打個招呼，雙雙向高戰攻來。

高戰自從經過一番苦練，把那平凡上人、梅香神劍、慧大師的詰摩步及本門關東絕學熔為一爐，不論武技功力都是大進，這數十人雖都是稱雄一方，但與高戰比較起來，還是只算得上二三流角色。

一連串的慘呼，高戰因恩師被害，憤而痛下辣手，招招精絕式式入化，把站在一旁的黃善看得目瞪口呆。

恐怖的時刻一晃眼即過去，大廳中一片死寂，幾乎沒有一個活口逃出，轉瞬間曾燈光輝煌的廳堂已變成處處充滿血腥的屠場。

高戰呆立在場中，戟上染滿著鮮血，激如狂濤的憤怒在一陣野獸的發洩後逐漸平息，望著地上屍骸累累，對自己從未曾有過的殘忍也感到震駭。

錦州大豪數人是一般不會武功的普通百姓，何曾看過這種慘絕人寰的屠殺場面，緊靠著黃善，口唇發著顫，手腳抖顫不停。

「嗚！嗚！」

突然高戰哭出聲來，將長戟插在背後，向那放在桌上的檀木盒子跪下，泣道：「恩師在天之靈，弟子大仇已報，從此投身軍旅，爲國家幹一分事業！」

說完恭敬叩了三個頭，起身又朝黃善一揖，道：「師兄，小弟從此別過，恩師遺骨尚請師兄照護，爲弟的殺敵去也！」說完頭也不回破門而去。

原野上已是一片灰黯顏色，青紗帳一望無垠，高戰心中只覺渾渾淘淘的，恩師的頭顱，以及數十個臨死時掙扎逃命的扭曲面孔，在他眼前飛舞，只見他似喝醉了酒般東倒西歪的撞去。

「得得！」

一陣蹄聲驚醒了他，只見一里之遙處黃塵飛騰，向右如電奔去，後面三條黑影如鬼魅般追著。

高戰只覺這三條身影有些熟悉，正思慮間，一聲女子驚呼遠遠傳來，高戰舉目細看，猛然一震，「啊！」地呼出：「南荒三奇怎會到了此處？」

這幾日中高戰的身手雖是日進千里，但與南荒三奇相較仍是差了老大一截，數代遺下來的英雄血液使他忘卻了一切可能的危險，發足亡命地往南荒三奇追去，一晃眼間也失去了蹤跡。

月光從上灑下，一堆堆的巨石嶙峋危峻，山坳處一匹神駿戰馬倒斃在地，口角流著白涎，生似力竭而死的模樣，就在死馬十丈外，是塊平坦岩地，當中立著位俏生生的姑娘，看她額上香汗淋淋，衣衫已有多處破爛，一副狼狽不堪的狀況，面色也微微透著青灰，南荒三奇分三個角落將她圍住。

「嘻嘻！平凡老兒的徒弟果真個稀鬆平凡。」老三傻笑著說。

「喂！小姑娘！咱們三兄弟的長相妳可看清楚了，前日妳同平凡上人一塊兒，徒弟師父叫得滿親熱，今日妳那老鬼師父到哪兒去了？」老二也道。

這被圍困的女子秀眉緊鎖著，她再也想不到在自己落單時，竟被這三位三分像人七分像鬼的傢伙纏上。

「三位可是南荒三魔？」她問道。

老三傻笑道：「這名號咱三兄弟倒是第一次聽到，妳這小妞兒敢如此稱呼南荒三奇，膽量不小，等會兒想吃幾掌！」

「你們尋的是我師父，纏著我做甚？」女子恨恨地道。

南荒三奇一陣嘻嘻哈哈，老三獰笑道：「打了小的還怕老的不出來！」說完面上浮著濃厚的得意色，生像發現一種極爲有趣的遊戲。

這年輕的女子正是傷心哀絕的姬蕾，半途遇著金英同白婆婆，平白受到一番屈辱，幸遇平凡上人才得到解救。平凡上人也是對她有緣，一生討厭女子卻獨獨看上她，竟答應收她爲弟子，連以前那些臭規矩都不顧了。但行到半途平凡上人又因故他去，留得姬蕾一人很自然地就走入追尋高戰這條路，誰知竟被這三位失去理智的老魔纏上。

南荒三奇衣著不倫不類，髮如亂草手如鷹爪，在月光下更加顯得猙獰恐怖，被圍在當中的姬蕾芳心忐忑，真是不知要如何是好。

「呱！呱！」一個夜梟受驚而起，同一時間一條黑影電閃而來，遠遠聞得喊道：「南荒三魔，不得欺負女流……」剎那間人至場中，但語音卻突然沒了。

姬蕾正喜得來了救星，看清來人，臉上浮起一片淒苦神色，吶吶道：「大哥……大哥……」

趕來的正是高戰，花了他的一番精神才趕上南荒三奇，發現竟是自己既痛恨又難忘掉的姬蕾。

「原來是姬……姬姑娘！」他說著，語調卻顯得生硬拘束。

南荒三奇一齊哈哈大笑，老三道：「又多來個送死的，這小子那日曾與我對過手，與平凡老兒想來也有一些淵源，嘻嘻！打了小的還怕老的不出來！嘻嘻！」

高戰聽得這一番語無倫次的怪話，加上三魔陰森恐怖的面相，也只覺毛髮豎立，他自然而然地靠近姬蕾將她護住，但卻一直不肯再看她。

姬蕾眼看高戰如此對她，更是傷心欲絕，這時南荒三奇的老大開口問道：「小子！平凡老兒落在何處？告訴我們就給你個好死！」

高戰是倔強脾性，即是知道也不會告訴他們，何況根本不知道，聞言答道：「平凡上人豈是你們這批鬼怪見得的，哼，咱高戰可並不怕你們三人呢！」

老三指著高戰嘻嘻笑道：「這小子是怕我們三人聯手攻他呢，嘿嘿！其實我一招一掌他還不就乖乖躺在那裡了！」

老二也道：「誰說不是，但我們仍要三人攻他啊！哈哈！」說完三人像失心瘋般同聲大笑，高興至極。

高戰此刻心中卻不斷盤算，月餘前自己對南荒三奇的老三，在百招內能攻，一百招後能支持三百招。但經過前幾天的一陣大徹大悟，將平凡上人大衍十式與梅香神劍、天竺杖法以及同本門武功融匯貫通後，已有自信能敵上老三五百招內攻勢，但對方三人同時攻卻怎麼辦呢？

月兒更居中了點，近處景物清晰異常，遠處景物卻朦朧模糊。

老三獰笑道：「大哥，該動手了吧！」

老大點頭，怪聲道：「小子！你是不肯講平凡老兒在何處嗎？」

高戰一想到平凡上人，心中豪氣大增，亢聲道：「就是知道也不告訴你們！」說完嚓地將長戟合上，小聲道：「姬姑娘請靠緊我！」說時臉上一股凜然不可侵犯神色，生像大英雄臨危殉身，一種立志一去不回的氣氛，不禁將姬蕾看呆了，自然地緊靠在高戰背後，手中峨眉刺也緊緊拿在手中。

南荒三奇心目中唯一的真正仇敵就是平凡上人，對其他的人全憑一時的喜惡，高興就放過，不高興的話對方不死也得殘廢，是以這一路闖蕩下來，凶殘的名聲早已傳遍了整個武林。這時的高戰與姬蕾在他們面前，直似一對被困的小老鼠。

「老三，你就先動手吧！」南荒三奇的老大說著，面上浮動著一種酷冷又有些傻癡的笑容。

老三將破爛的衣袖捲了捲，一翻掌往高戰拍來。南荒一脈武功素來怪異，這一掌之力好不出奇，四周的空氣像打著圈兒，一層層往高戰壓來，即使站在高戰背後的姬蕾，也覺得迎面有極強壓力。

高戰曾嘗過這怪力道的滋味，長戟在空中劃個圈兒，陡地往力道中心刺了過去，但聞「波」地一聲微響，戟尖已直刺向對方咽喉。

高戰自從金伯勝佛處學得天竺杖法後，與梅香神劍一融合，竟生出一種特異的功效，不管你再強的勁力，他手中的長戟都能一戳而入，南荒三奇此時大吃了這點上的大虧。

三魔老三吃了一驚，右手連忙撤拔，左手一翻順勢往戟幹砍去。

高戰這一搶得先機，一鼓作氣戟上奇招迭出，一時戟出如山，直似飄花亂絮般盡往南荒三魔滾去。

三魔被激得怪吼連連，兩掌不停翻動，只剩下招架的份兒。三弟兄都想不到才月餘不見，高戰竟似強了十倍似的，其實這點連高戰自己都想不到。

「好一個天竺杖法！」三魔大喝道：「你是三佛中哪一位的弟子！」

高戰對自己武功的突然精進也莫名其妙，只覺出戟得心應手，胸中不停有成套的招式湧現，幾乎是梅香劍中與天竺杖法中任何一招彼此相合，都能成為一式天下絕學，何況再加上平凡上人的「大衍十式」。只見高戰一個身子東倒西歪，滿臉興奮神色，根本沒有聽見對方問話。

立在背後的姬蕾卻聽清了南荒三奇所問的，從平凡上人的口中，她也知道許多有關恆河三佛的事跡，但她也奇怪，為何高戰竟能得到恆河三佛的傳授，於是立刻聯想到那小妖女金英，於是她感覺一陣心酸。

老三被攻得幾乎無還手之力的情勢，大魔一拍手掌，另外兩魔也同時加人戰圈。南荒三奇對恆河三佛似甚尊敬，又問道：「小子隸屬三佛哪一位門下？」

這一次高戰聽得清楚了，豪笑道：「在下可不是三佛弟子，在下恩師邊塞大俠是也！」

三奇勃然大怒，同時喝道：「好小子！原來是風老鬼門下，今日放不得活路了！」說完三人六掌同向高戰姬蕾攻來。

高戰武功雖精進不少，三奇一聯手立刻感覺有束手縛腳之感，再加上他必須處處護著姬蕾，更減少發揮的地方。

「高大哥，你自己逃出去吧！別管我！」姬蕾見高戰奮勇苦戰，一時百感交集，辛酸地喊出這句話。

「哈哈！」老大笑道：「乖乖地拿下命來，這時候休想逃走！」

高戰一支長戟指東打西，招招精絕極巧，勢如長江大河滔滔不絕，以巧補力之不足，以勇化險為夷。

三魔本以為對方後生小子，因心存輕視只出五成功力，這久攻不下才發覺這小子智勇過人，立刻放出九成勁力。

高戰因雜學豐富，才能令對方一時間摸不著門戶，但南荒三奇何等人物，這一全力施為，不到一刻敗象立顯。

正在高戰焦心灼灼之時，突然三魔一陣獰笑，緊跟姬蕾「哎喲」一聲，一對峨眉刺被打上半天空。

高戰只覺心中一陣痛，手中長戰戟一連攻出九招，式式俱全力而為，總算把三奇逼退一丈，偷眼一看姬蕾，只見她蹲在地上，雙手捧住小腹，面色煞白，口角汨汨流出絲絲鮮血。

高戰心如絞痛，正想大喊：「我與你們拚了！」

但地上姬蕾卻萎疲地喊道：「大哥你快逃吧！」

「對！」高戰想到了逃字，這是他有生以來第一次想起「逃」這個字。

三奇趁高戰心神微分之際陡然攻來，高戰大喝一聲，長戟使出「力拔山兮」，只見大戟劃出一層絕大氣牆，將那三魔擋得一擋，左手一挽將姬蕾攔腰抱起。

姬蕾心中一種安然的感覺，在高戰耳邊輕道：「高大哥放下我，你自己逃吧！」但她心中其實何嘗有這樣想。

高戰充耳不聞，將那大戟一連三點，式式俱是「冷梅乍現」！這梅山氏獨霸江湖的絕學，果然逼得三魔讓得一縫。

「擋我者死！」高戰奮力一喊，大戟在週身搶出圈鐵牆，直往縫隙衝出。

南荒三奇何等身手，怎肯讓對方如此輕易離去，大魔往後退一步，巧妙地擋住缺口，另兩魔左右閃電般攻來。

高戰兵刃直刺大魔，眼看兩脅皆空，難逃毒手，誰知他突然身法一變，兩肩微晃間，正從三奇合圈的一剎那間突困而去。三奇怔得一怔，大魔迷惘喊出：「太清玉女！」敢情高戰方才用的正是慧大師獨門的「詰摩步法」。

三魔、二魔已開步追出一丈，但一見大師兄那失魂落魄的模樣，不禁都驚異著停下身來，問道：「大哥，那小子跑了……」

大魔對以往的事幾乎都忘懷，剛才高戰的身法只激起他一絲回憶，但立刻又隱沒了去。兇殘的性子一淹沒了昔日美好的眷戀，立刻又喝道：「快追，別讓那兩個小子逃了！」

高戰不知「詰摩步法」已救了自己一條命，背著姬蕾，用盡力氣自亂山中奔出。他功力大進，背著姬蕾雖一點不覺吃力，但也聽得到背後南荒三奇愈來愈近的呼嘯聲，譏罵聲——

月色突然暗下去，這給高戰莫大良機，揀著曲折險峻的山徑他一路奔去，晃眼間已深深進入山區。

「大哥！大哥你一人逃吧，」姬蕾喘著氣道：「別讓我累著你！」

高戰只顧奔著，聽著這話好不難受，將那攬著姬蕾腰肢的左手微一用力，算是絕不丟棄她的回答，姬蕾懂得這意思，立刻眼角盈滿了淚水。

高戰一路上算過地勢，他知再一盞茶的時間南荒三奇就會追上，那時必然自己同姬蕾都會沒了命，因此在這一盞茶時間，他必須尋一絕佳地勢，至少能阻止三人同時進攻的地勢。

這山中俱是光禿禿的大岩石，此時夜色雖濃，但高戰目力不比尋常，遠遠看見一處山壁高聳入雲，一縷白線從上直瀉而下，立刻心中靈光一閃，高戰已有了計較。

轉眼間高戰已奔至山壁下，只見一瀉瀑布從數丈高湧出，從這山到那泉洞約四丈，壁下一潭清水緩緩朝山下滾去。

高戰想也不想，背著姬蕾一縱身往洞口竄去，兩人只覺一陣涼溫，已進得洞來。

這洞雖不算大，也有一丈高下，兩人立在洞中尚綽綽有餘，正當高戰將姬蕾安放好了，南荒三奇已呼嘯而至。

老三暴跳道：「這兩個小子逃進洞去了，咱們也衝進去！」

高戰在洞裡聽得這話，全身勁力早已含蓄待放，果然三魔當先衝進，高戰藉著地勢優良雙掌奮出，三魔憤恨喝著被凌空擊了下去。

三魔被這洞口阻住在外，憤怒莫名，而高戰在洞內也憂心如焚，只因姬蕾中了三魔一掌，這「腐石陰功」含天下至陰之毒，已深深侵入姬蕾內臟。

「咱們困他個十天半月，餓也將他餓死！」老大在外喊道，另兩魔附和著，好似又發現了一種極有趣的遊戲似的。

姬蕾面色青中透白，氣息微弱得幾乎要斷了。她淚眼望著高戰，像一切的不愉快都不再存在，面前的高戰，只是她心中永遠都覺得最可愛的高大哥。

「大哥！我好冷！」她微弱地喊道，兩眼露出企求的目光。

三魔並未繼續搶攻，竟在外面嘻嘻哈哈談笑起來。高戰鬆了一口氣，此刻再也不能避男女之嫌，緊緊將姬蕾摟在懷裡。

「大哥……那天你走後我就一直尋你……你知我多忘不了你，現在總算讓我給尋著了……」姬蕾像自言自語地說著。

高戰也傷心道：「蕾妹，都是我不好，我不該離開妳的，我……」

姬蕾淒婉一笑，道：「大哥別說了，聽我講，我有好多話要給你說啊！」

高戰只覺得姬蕾全身冰涼，往常美麗明亮的眸子也黯然無光，心中一陣憐痛，幾乎流下淚來。

「大哥！」姬蕾又道：「我知道就要去了，我是沒有福氣終身與你廝守在一塊兒，那小……小妖女！如果是真心愛你，將來你可娶她為妻，現在我再也不恨她了。」

高戰急道：「妳說的就是金弟啊，我一直只視她為弟弟呢！」

姬蕾露出一絲不置可否的笑容，又道：「那日她跑來告訴我你走了，我真恨死了你。在那時我好像就有預感我們會活生生地被拆開，再也沒有見面的機會，現在——現在這預感靈驗了，但我覺得很滿足，除了還有一點心願未達到之外，其他的我再也不敢企求什麼——」

高戰無限痛悔地撫著姬蕾，從那洞中一別，他早已發現自己是情根深種，對姬蕾是一輩子也忘不了的。現在雖一切誤會都冰釋，但一切歡樂也將永沒有實現的可能。此刻他是多願以自己的生命換取至愛的生命啊！

泉水從他兩旁湍急的湧出去，冰涼的水珠在姬蕾額上凝結成一滴滴，在黑暗中閃閃發出微光，生似代替了她往日眸中的奪目神采。

姬蕾氣息是愈來愈微弱了，她伸出手道：「大哥，將那風雷水火寶珠給我看下好麼？」

高戰雖猜不出她要看這珠子的用意，但很順從地立刻就從懷中拿出那粒雄的風雷水火寶珠來。

姬蕾接在手中，眷戀地看著說道：「大哥以後別忘了要向辛叔叔討回那粒雌的，這就是我唯一未了的心願了。」

高戰有些激動，在這生離死別的場面下，他再也不能自持，只見他哀傷道：「蕾妹，大哥真對不起妳！妳還有什麼心願，大哥一定不顧一切替妳完成。」

姬蕾滿足地笑著，臉上陡地湧起一層淡淡的紅暈，像鼓足了勇氣斷斷續續地道：「我父母家族都亡了，世界上就只剩下我孤伶伶一人，我死後……你在墓碑上刻上……刻上……你懂我的意思嗎？」

高戰在姬蕾的眼光中發現了深刻的眷戀，還有強烈的惋惜之情，絕頂聰明的他自然懂得她的意思。他緊緊握著姬蕾的手，誓道：「無論別人說什麼話，蕾妹，妳都是我的妻子。當我殺了南荒三奇之後，必定向辛叔叔討得雌珠紀念妳終生！」待高戰說完，一縷香魂即安詳地去了。

高戰一時間悲痛欲絕，如果說這種結果不好，但如此一來不是使他倆很可能終生不解的誤會求得釋然嗎？

泉水仍從他倆身旁湧出，三奇的咒罵也不斷地從外面傳來，好像一切都沒有變化，但對高戰來說，世界上一切都是變了，變得如此巨大，如此不容人有絲毫懷念的地方。

高戰望著姬蕾蒼白的，但艷極美極的臉孔，覺得突然間他們被相隔得如此遙遠，的確，他們被分離得太遠了，他解下了衣衫，含著無比的痛淚，輕輕的，但留戀地爲姬蕾蓋上……

洞外的三魔還在狂笑著，高戰恨得牙齒緊咬，毅然衝了出去。

請續看《長干行》(三)

上官鼎武俠經典復刻版9

長干行（二）天地悠悠

作者：上官鼎
發行人：陳曉林
出版所：風雲時代出版股份有限公司
地址：10576台北市民生東路五段178號7樓之3
電話：(02) 2756-0949
傳真：(02) 2765-3799
執行主編：劉宇青
美術設計：吳宗潔
業務總監：張瑋鳳

出版日期：2023年8月 新版一刷
ISBN：978-626-7303-51-1
風雲書網：http://www.eastbooks.com.tw
官方部落格：http://eastbooks.pixnet.net/blog
Facebook：http://www.facebook.com/h7560949
E-mail：h7560949@ms15.hinet.net
劃撥帳號：12043291
戶名：風雲時代出版股份有限公司

風雲發行所：33373桃園市龜山區公西村2鄰復興街304巷96號
電話：(03) 318-1378
傳真：(03) 318-1378
法律顧問：永然法律事務所 李永然律師
　　　　　北辰著作權事務所 蕭雄淋律師

行政院新聞局局版台業字第3595號 營利事業統一編號22759935

定價：320元

國家圖書館出版品預行編目資料

長干行 / 上官鼎著. -- 二版. -- 臺北市：風雲時代出版股份有限公司, 2023.05 冊； 公分

上官鼎精品集復刻版
ISBN 978-626-7303-50-4(第1冊：平裝). --
ISBN 978-626-7303-51-1(第2冊：平裝). --
ISBN 978-626-7303-52-8(第3冊：平裝). --
ISBN 978-626-7303-53-5(第4冊：平裝). --

863.57　　112003684